きよのお江戸料理日記5

秋川滝美　Takimi Akikawa

アルファポリス文庫

JN095726

https://www.alphapolis.co.jp/

目次

千川酒合戦 5
引っ越してきた夫婦 95
攫《さら》われっ子騒動 187
主《あるじ》の留守 295

千川酒合戦

文政九年（一八二六年）霜月《しもつき》、深川《ふかがわ》にある料理茶屋『千川《せんかわ》』の板場では、料理人であるきよが今日も勤めに励んでいる。

きよは逢坂《おうさか》の油問屋『菱屋《ひしや》』の子として生まれ、不始末をしでかした弟の清五郎《せいごろう》に付き添う形で江戸に出てきた。はじめは『千川』の下働きをしていたものの、主《あるじ》の源太郎《げんたろう》やその息子で板長の弥一郎《やいちろう》、ひょんなことから関わることになった与力《よりき》の上田《うえだ》といった周りの人々に料理の才を見いだされ、料理人を志すこととなった。

最初は戸惑いと不安しかなかったが、今では料理人としての心構えや、あるべき姿が少しずつ芽生え、いつかは自分の店を持ちたいという望みまで抱くようになった。

清五郎は清五郎で、『千川』になくてはならない奉公人となりつつあるようで、姉としても一安心。気になることがまったくないわけではないが、それなりに落ち着いた日々を送っていた。

「今日の客は、やけに騒がしいな」

右隣のへっついを使っている弥一郎が、呆れた声で言う。

それもそのはず、いつもならひとり、多くてもふたりぐらいでやってきて、静かに盃を傾けているような馴染み客が、今日に限って五、六人も集まり、車座になって盛り上がっている。時折、『千住《せんじゅ》』とか『大師河原《だいしがわら》』といった地名や、『水鳥《すいちょう》』といった言葉が聞こえてくるが、なんの話をしているのか、きよには見当もつかない。

ただ、大きな笑い声が上がるたびにそちらを見る客のほうが気になっていた。

案《あん》の定《じょう》、左隣に座っている兄弟子の伊蔵《いぞう》が眉をひそめて言う。

「まったく。あれじゃあ与力様も騒がしくて仕方ねえだろう……」

「ですよね。なんだかお酒もあまり進んでいないように見えます」

「だよな。久しぶりのご来店だっていうのに……」

上田は、長月《ながつき》におこなわれた締め鯖《さば》の腕比べで味見役を務めたあと、ずっと姿を見せなかった。同じく味見役となった厩方《うまやかた》の神崎《かんざき》が来たときに話してくれたところによると、手がけていた事件の探索が難航し、呑気に町歩きなどしている暇がなくなったらしい。だが、およそ二月《ふたつき》ぶりに来てくれたのだから、ゆっくり酒や料理を楽しんでほしい。

車座の客たちも馴染みだし、なによりどの顔もいつにも増して楽しそうで、静かにしてくれ、なんて言えたものではない。

「与力様《よりき》が、うんざりして帰ってしまわれないといいんですけど……」

そこにちょうど源太郎が料理を取りに来た。そして、きよの言葉を聞いて、あっさり首を左右に振る。

「心配いらねえ。与力様はうるさくて酒が進まねえわけじゃない。人待ちだよ」

「人待ち……もしかして神崎様ですか？」

「ああ。昼前に神崎様が与力様のお屋敷の前を通りかかったらしくて、たまたま気づいた与力様が、久しぶりに一杯やろうってうちで待ち合わせてくださったそうだ」

「わざわざうちで？」

上田の屋敷からも神崎の家からも、『千川』はものすごく遠いというわけではない。だが、会ったのが家の前ならもう少し近いところにすればいいのに、と言うきよに、源太郎は少し気の毒そうに返した。

「このところ与力様はずいぶんお忙しかったらしい。だから、うちの料理を気に入ってくださってるってのもあるが、なにより外を歩いて息抜きがしたかったんだろうな。そもそも気軽に足を運べる店なんて、うち以外にないだろうし」

「そうだったんですか。それなら安心……あ……」

「ほら、おいでなすった！」

　まるで話を聞いていたかのように暖簾《のれん》の間から顔を覗かせた神崎のもとに、源太郎がすっ飛んでいった。

「いらっしゃいませ、神崎様。与力様がお待ちかねでございますよ！」

「おお、そうか！」

　神崎は上がり框《かまち》に草履《ぞうり》を脱ぎ捨て、勢いよく上がっていく。その仕草と嬉しそうな表情はまるで子どものようだ。迎える上田も、ぱっと顔を輝かせている。身分やお勤めを超え、心置きなく付き合える数少ない友人と時を過ごせることを、心底喜んでいるに違いない。

「与力様、お待たせして申し訳ありません」

「なんの。こちらこそ、急に誘って申し訳ない。無理をさせたのではないか？」

　無事に勤めは終えたのか？　と訊ねられ、神崎は大きく頷いた。

「もちろん。ただ、与力様とお約束したあと、少々問題が起こりまして……」

「というと？」

「お城の厩方《うまやかた》から呼び出しが参りました。なにやら、これまで元気に走り回っていた馬が動こうとしない。疝痛《せんつう》を起こしているわけでもなさそうだし、原因がわからないから一度見てやってくれないか、と」

「ほう。相変わらずお城からも頼りにされておるのじゃな。けっこうなことだ」

「いやいや、ことあるごとによそに頼るようでは厩方《うまやかた》など務まりませぬ。ましてや今回は上様がお気に入りの馬。もっとしっかりしてもらいたいものです」

「上様の！　それは大事じゃ。して、なんとした？　行ってやったんじゃろうな？」

「そりゃ行きましたよ。馬は等しくかわいいですから。で、呆れました」

「呆れた？」

「はい。ついでに腹が立ちました。毎日馬を見ているくせに、蹄《ひづめ》が乾いていることにも気づかないのか、と」

「はて……」

　車座の客たちの話も、神崎の話もさっぱりわからない。今日の客たちは、きよが知らないことばかり話している。こんなことでは、自分の店を持ったときに客の相手ができず困ってしまうだろう。

　馬の世話について詳しくなる必要はないのかもしれないが、何事も知らないよりは知っているほうがいいに違いない。とにかく、もっともっと見聞を広めないと、と反省することしきりだった。

ただ、蹄に詳しくないのは上田も同じだったらしく、苦笑いで言う。

「蹄が乾いているかどうかなど、どうやって見分けるのじゃ。わしもわからんぞ」

「与力《よりき》様は厩方ではございませんから、気づかなくても仕方がありません。ですが、仮にも厩方、しかも上様の馬を預かる身でそれは通りませぬ」

「なるほど。で、蹄が乾いているとどうなる……あ、割れやすくなるのか！」

「そのとおりです。割れたり欠けたりしやすくなります。上様のお馬の蹄にも、よく調べたら小さな割れ目がありました。しかもその馬を走らせている馬場の土が、冬のせいかずいぶん固く締まっていて……」

あれでは馬が運動したがらないに決まっている、と神崎は憤慨している。さらに、凝《こ》りをほぐすように首を左右に曲げながら言う。

「草鞋《わらじ》――馬沓《うまぐつ》を脱がせ、蹄のひとつひとつに丁寧に油を塗り込み、馬場の手入れもしてきました。二、三日すればまた元気に駆け回ることでしょう。下を向きっぱなしで草臥《くたび》れましたが、馬が蹄を割るよりずっといい。にしても、お城の厩方ときたら……」

「まあ、そう言うな。そういえば、厩方の頭《かしら》が休みを取ったと聞いた。のっぴきならない事情だったらしい。親方がいないせいで、あれこれうまくいっていないのだろう」

「休みを取るなとは言いませんし、事情はあったに違いないでしょう。でも、厩方なら馬が難儀しないようにしてから休んでくれって話ですよ」

「わかった、わかった、そういきり立つな。まあ、一杯やれ」

「あ、はい……」

そこで神崎は、上田に注がれた酒を一息に呑み干し、大きく息を吐いた。

「ああ……染み渡る。甘露《かんろ》とはこのことです」

「そうじゃろう、そうじゃろう。よく働いたあとの酒はなおのこと」

神崎の様子に目を細めたあと、上田は少し離れたところで別の客の相手をしていた源太郎に声をかけた。

「おーい主《あるじ》、次の酒をくれ。あと、なにか酒に合う料理もな」

相変わらずの大声で、店の中に響き渡る。

「与力《よりき》様、うちの料理はどれも酒に合いますよ」

「そうじゃったな。では、この男が好みそうなものを片っ端から持ってきてくれ。急いでな」

「へーい！」

上田も神崎も健啖家《けんたんか》だ。これは稼ぎ時と思ったのか、源太郎は喜色満面で板場にやってきた。

「聞いたとおりだ。なんでもいいから急げ」

こんな注文が一番やっかいだ、と弥一郎が渋い顔になる。なんでもいいと言われても、どの料理も酒には合うに違いないが、料理同士の相性というものもある。焼き物ばかり、汁物ばかりとはいかないのだ。

弥一郎が、平笊《ひらざる》に並べられた魚を見ながら言う。

「まずは魚……そうさな、冷えてきたから鱈《たら》をほうろく煮にでも仕立てるか。茸《きのこ》も豆腐もたっぷりあるから出汁《だし》で煮含めてとろみを付ければ、冷え切った身体もすぐに温まる」

源太郎が頷いて答える。

「お、鱈のほうろく煮か！　いいな！　次は？」

「なにか和《あ》え物、これは小松菜の胡麻《ごま》よごしだな」

「歯触りがいいし、胡麻の香りが胃の腑《ふ》に刺さってますます食が進むってわけだ。次は？」

「神崎様は薬食いがお好みだったな。今日は鴨《かも》が入っているから、付け焼きにしよう。仕上げに粉山椒《こなざんしょう》でも……」

「あ、でも、粉山椒よりも七味にしたほうがいいかもしれません。お酒のあとに山椒飯をご用意できますから」

きよの言葉に、弥一郎と源太郎がぽんと手を打つ。さすがきよだ、とふたりから褒められ、気を良くしたきよは、鴨《かも》を焼き網の上に載せ、醤油と味醂《みりん》を合わせ始めた。

弥一郎は鱈《たら》を昆布出汁《だし》に沈め、伊蔵は湯がいてあった小松菜を胡麻《ごま》だれで和《あ》える。まずは小松菜の胡麻よごし、次に鴨の付け焼き、さらに温かい鱈のほうろく煮と続いたあと、まだ食べられそうならもうひとつ、ふたつ料理を加え、山椒飯で締める。これなら食い道楽のふたりも満足してくれるだろう。

胡麻よごしを作り終えた伊蔵が、源太郎に訊ねる。

「旦那さん、今日はおふたりとも腰を据えて呑まれるようですから、蜆汁《しじみじる》の支度もしておきましょうか?」

「そりゃいい。明日の朝、二日酔いで頭を抱えなくて済む」

「いやいや、あのふたりは自分の酒量ぐらいわきまえていなさるはずだ。蜆汁が必要なのは、あっちの連中だろう」

そう言うと、弥一郎は顎《あご》でついっと座敷を示す。上田たちの献立作りに夢中になっているうちに、車座になっている客たちはいよいよ盛り上がり、中には半分寝転がっている者までいる始末……。おそらく、酔いが回りすぎて座っていられなくなったのだろう。

「本当だ……あれじゃあ明日の朝は大変だ」

伊蔵はあわてて蜆が入っている桶を覗き込む。車座になっている客の数は七人、全員が蜆汁にありつけるか気になったらしい。桶の中に蜆がたっぷり入っているのを確かめたあと、ほっとしたように言った。

「大丈夫だ。あの客たち全員に蜆汁を出したとしても、まだたっぷり残る。それにしても旦那さん、連中はなにをあんなに盛り上がっていやがるんですか？」

「どうやら、酒合戦について話しているらしい」

「酒合戦？」

伊蔵ばかりか弥一郎も首を傾げている一方、きよは合点《がてん》がいった。

――それで『千住』とか『大師河原』とか言ってたのね。今思い出したけど、どっちも酒合戦があったことで有名な場所だし、『水鳥《すいちょう》』はお酒のことだったわ……

酒という字をばらばらにすると、水と酉《とり》になることから『水鳥』。酒だけではなく、酒呑みを指すこともある。誰が言い出したかは知らないが、なかなか風情のある別名だ、と逢坂の父が言っていた覚えがある。

なるほど、と頷いているきよに気づいたのか、弥一郎がこちらを見た。

「きよは酒合戦について知ってるのか？」

「そんなに細かくは知りませんが、確か大勢で集まって、どれぐらいたくさんお酒が呑めるかを競うとか……」

「それじゃあ、ただの呑み比べじゃねえか。合戦なんて大げさな……」

「最初はれっきとした合戦だったそうです。二組に分かれて、大将なんかも決めて、首の代わりに盃を取ったり取られたり……」

それぞれが盃を持って呑み比べをし、相手がそれ以上呑めなくなって倒れたら、その盃を自分のものにする。まるで戦で相手の首を取るように盃のやりとりをすることから『酒合戦』と呼ばれたそうだ。

「おきよはよく知ってるな。逢坂では酒合戦が盛んなのか？　『菱屋』さんが大盤振る舞いをしたとか？」

逢坂や京は酒造りの有名処だし、呑み比べも大いにおこなわれているのではないか、きよの実家の『菱屋』は大店《おおだな》だから、戯《たわむ》れにそんな催しをしたのではないか、と弥一郎は思ったらしい。だが、きよが酒合戦を知っていたのは、身近で開かれていたからではなかった。

「実家で酒合戦をやったことはありません。私が知っていたのは、仮名草子《かなぞうし》で読んだからです。酒合戦なら、むしろ江戸のほうが盛んじゃないですか？」

「そうなのか？」

怪訝《けげん》そのものの顔をする弥一郎に、源太郎が大きなため息をついた。

「仮にも料理茶屋を継ごうって男が、酒合戦も知らねえのかよ。近頃はあんまり聞かねえが、ちょっと前ならあっちでもこっちでもやってた」

「俺は知らねえぞ。この界隈《かいわい》でそんなことやるやつはいねえし」

「深川だけが江戸じゃねえんだよ。料理ばっかりに気を向けてねえで、もうちょっと見識を広めろよ。そんなことじゃあ、『千川』の身代は譲れねえ」

「うるせえ、俺は料理で手一杯なんだよ！　それに、どうせ身代なんてまだまだ譲る気はねえに決まってる」

「それはどうだろうな。ま、身代の話はさておき、とにかくあの連中は酒合戦をやってみたいらしい」

「やってみたいっていっても、酒合戦をやるにはかなりの量の酒がいるんだろ？」

一升《しょう》、二升に留まる話ではない。その程度の酒など一息に呑み干す大酒呑みばかりが集《つど》うのだから、菰樽《こもだる》がいくつあっても足りない。

車座の客たちは、どう見ても懐《ふところ》が豊かそうには見えない。いくら盛り上がったところで、そんなに大量の酒も、人を集める場所すらも用意できないのではないか、と弥一郎は言う。

もちろんきよも同意見で、隣の伊蔵も大きく頷いたところに、清五郎がやってきた。

「話し込んでねえで、与力《よりき》様たちの料理を急いでくだせえ。あんまり待たせるから、馴染み客と一緒になって大事になりかけてる」

「大事？」

振り返って客席を見た源太郎が、ぴしゃりとおでこに手を当てた。

「なんてこった……車座に与力様と神崎様が入り込んじまってる。今までこんなことは一度もなかったのに」

「だから、料理が遅いからですって！」

清五郎によると、再会を喜びつつ盃を交わしていた上田と神崎に、車座の連中が芋の煮っ転がしを差し入れしたらしい。

「え、お侍相手に差し入れを？」

それはまた大胆な、と伊蔵が呆れたが、どうやら声をかけたのはあの寝っ転がっている男で、その時点でもう前後不覚だったらしい。

「さすがに周りの連中が男をひっぱり戻して、謝ったよ。でも、この上、差し入れを引っ込めたら、もっと失礼なことになると思ったんだろうな。自分たちはさんざん呑み食いしたあとなのに、この酔っ払いがさらに注文してしまった、食べきれそうにないから食ってくれ、って言ったんだ」

「それで与力様たちは受け取ったのかい？」

「もちろん。自分たちは注文したばかりで、そんなにすぐに料理は届かねえ。なにより、ふたりともうちの芋の煮っ転がしの旨さなんぞ先刻ご承知だから、断れっこねえよ。それに、酔っ払いをひっぱり戻した男も、与力様たちが空酒《からざけ》になってるのを見てのことだし」

「なんでそんなことがわかるの？　あんたまた、いい加減なことを言ってるんでしょ」

きよが窘《たしな》めるように言うと、清五郎は、憤然《ふんぜん》と返す。

「いい加減じゃねえよ。あの真ん中で講釈垂れてる客が確かに言ったんだ。『一日のお勤めを終えられて駆けつけたご様子、さぞや喉も渇いているし、腹も減っていることでしょう。でも、そんな勢いで呑まれたら身体に障るんで、まずは芋でも……』ってさ」

「あ、あら……そうだったの……」

「そこまで言われて断るようなお方たちじゃねえ。かたじけない、とかなんとか言って受け取って、なんやかんやで一緒になっちまったんだ」

「それじゃあ、今更お料理を急いだところでどうにもならないわよ」

「そんなのわかんねえじゃねえか。とにかく、与力様たちをあの連中と一緒にしとくのはまずい」

なにがそんなにまずいのかわからない。だが、清五郎はかなり焦っている。もしかしたらあまりよくない話をしているのだろうか。

料理茶屋に居合わせた客同士でどんなよくない相談が始まるというのだ、と思うが、清五郎は大慌てで小鉢に手を伸ばす。

「あ、伊蔵さん、この小松菜の胡麻《ごま》よごしは持っていっていいんですよね？」

「おう。おきよの鴨《かも》ももう焼けただろ」

「鴨の付け焼きか！　これなら神崎様もすっとんで自分の席に戻るな」

「ついでにこれも！」

続いて、予定になかった座禅豆も小鉢に盛り上げる。上田はきよの座禅豆に目がないから、神崎同様、即座に自分の席に戻ることだろう。

合点承知《がってんしょうち》の助《すけ》、と軽口を叩き、清五郎は料理を運んでいく。ところが、自分たちの席に戻るかと思った上田と神崎はまったく動こうとしない。それどころか、車座のところに料理を持ってこさせ、そのまま話を続けた。

空の徳利《とっくり》を下げてきた清五郎が、さっきの源太郎のさらに倍のため息をついた。

「駄目だ……あれはもう止められねえ……」

「止められねえって、なんのこと？」

「姉ちゃん……このままだと、『千川』で酒合戦が始まっちまう。神崎様がなんとか止めようとしてくれてるけど、与力《よりき》様が悪乗りしちまって……」

どうやら上田は酒合戦に乗り気になっているらしい。

「与力様だけならまだしも、おふたりとも車座から離れないのは、そういうわけだったのね」

「ああ。神崎様は、尋常じゃない量の酒がいる、揃えるのも大変だし、とてもじゃないが町の衆に払いきれるものじゃないって説いてくださってるんだが、とにかく与力様が聞かねえ……」

「まさか、かかりはわしが……とか？」

「そのまさかだよ。酒なんぞ、あるところから持ってくればよい、とか言い出してる」

「あるところから……」

それは道理に違いないが、ここまで運んでくるのも大変なら、酒合戦の日まで置いておく場所もない。いくら酒や肴《さかな》の代金が『千川』の売上げになるとしても、あれこれ考えたら、とてもじゃないが、はいどうぞなんて言えないはずだ。

きよはとっさに源太郎の顔を見た。

ところが、きっと困り果てているはず、と思った主《あるじ》は喜色満面だった。

「そりゃあいい！　あの連中だけなら、とんでもねえ話だ、払いきれるわけがねえと思ったが、与力《よりき》様が後ろ盾になってくださるなら心配ない。うまくすりゃ『千川』の名が江戸中に知れ渡るぞ」

悦に入る源太郎に弥一郎が言い返す。

「なに気楽なことを言ってるんだよ！　酒合戦ならかなりの人数になるんだろ？　酒の手配だって最初っから全部こっちに振られかねない。近頃繁盛してるからただでさえ人手が足りねえのに、そんなことしてたら商《あきな》いができなくなっちまうぞ！」

「酒の手配なんざたかが知れてる。それこそ酒屋に頼んで持ってこさせるだけだ。それに、人集めはあの連中がやるさ」

「どうやって？」

「そりゃあ……貼り紙をしたり触れ歩いたり……」

「みんな仕事がある。どこにそんな暇があるんだよ？」

「なに、ざっと見たところ半分は外仕事、大工だって左官だっている。雨が降ったら仕事になんねえんだから、やることができていいじゃねえか」

源太郎はどこまでも前向きで、止めようがない。とどのつまり、大変な目にあうのは俺たちばかりか、と弥一郎が頭を抱えた。

とはいえ……と、そこできよは考える。

——与力様が乗り気なら、どうやったって止められない。それならいっそ、旦那さんがおっしゃるように『千川』の名を江戸に広めるために力を尽くしたほうがいいんじゃない？　だって『千川』は、深川でこそ有名な料理茶屋だけど、西のほうではそこまでじゃないはず。それなら、深川の『千川』から江戸の『千川』になれるように前向きに頑張ってみよう！

酒の手配はきよの手に負えないが、酒に合う肴《さかな》なら考えられる。酒量を競うにしても、ずっと酒ばかり呑んでいるわけではないだろうし、それではあまりにも身体に悪すぎる。酒量を妨げず、それでいて胃の腑《ふ》を守れるような料理を用意できてこそ、『千川』の名が世に轟《とどろ》くというものだ。

きよは顎《あご》をぐっと引いて弥一郎に話しかける。

「板長さん、もうこれは止められません。それなら愚痴を言っていないで、さすがは『千川』と言われるような酒合戦にしましょう。農家のお屋敷やそこらの野原でやるのとは段違い、これぞ料理茶屋って呻《うな》らせるような酒合戦に！」

「おきよ……」

「さすが、おきよだ！」

いつの間に近づいてきていたのか、神崎が大きく手を打ち鳴らした。

どうやら神崎は、これはかなり『千川』の負担になると考え、板場の様子を確かめに来てくれたようだ。

「おきよは、与力《よりき》様が半ば無理やり料理の道に引き入れたと聞いた。大波に呑まれるように、本人の意に染まぬまま、ことだけが進んでいったのではないのか、と気にかけておったが――。いつの間にか料理人として『千川』の名を上げることを考えるまでになっていたのだな」

「はじめのうちこそ戸惑っていましたが、今では料理の道に入れて本当によかったと思っています。だからこそ、修業を許してくれた『千川』のためになることなら、なんだってやりたいんです」

きっぱりと言い切るきよに、神崎は微笑みながら頷いた。

「志《こころざし》や良し。しかも志のみならず、着実に腕も上げておる。日々成長、けっこうなことだ。おそらく弥一郎の仕込みがよいのであろう。与力様の気まぐれに困らされる日も多かろうに……」

こんなふうに褒められては、弥一郎が嬉しくないわけがない。軽く頬を紅潮させて答える。

「ありがとうございます。こんなことを言うのもなんですが、与力様の無理難題には慣れっこです」

「そうか……まあ、それはそうかもしれぬな。けっして悪いお人柄ではないのだが……」

「それもわかっております。ただ、困っている者、弱き者をなんとかしてやろうと躍起《やっき》になるあまり暴れ馬のようになるだけのこと。思いやりに溢《あふ》れた方だと……」

「うむ。わしもそう思う。とはいえ、今回もそなたたちに面倒をかけることに違いはない」

「毎日のことではありませんし、あの連中も正月の楽しみができて喜んでいることでしょう」

いつの間にか、弥一郎も『千川』で酒合戦をおこなうことを受け入れたらしい。きよは、この厩方《うまやかた》は馬だけでなく人の扱いもうまいのか、と感心する。それでいて、人は苦手だ、などと嘯《うそぶ》くところも興味深かった。

まじまじと顔を見つめているきよに気づきもせず、神崎は弥一郎と話し続ける。

「あの者たちが千住や大師河原の酒合戦のことまで心得ておったのには驚かされた。やはり『千川』の馴染み客は格が違うな」

神崎の言葉で、弥一郎は車座の客たちを改めて見た。ひとりひとり顔を確かめ、大きく頷いて答える。

「今、与力様と話している者は読売《よみうり》です。日ごろから絵双紙《えぞうし》を扱っているせいで、ほかの者より様々なことを知っているのかもしれません」

「それにしても、だ。与力《よりき》様など、町の民にも博識な者がいると感心するあまり、ついつい首を突っ込んでしまわれたほどだ」

いかに腰が軽すぎるとはいっても上田は与力だ。その上田が、料理茶屋に足を運ぶばかりか、馴染み客たちの企《くわだ》てに加担するなんて考えられない。

上田にしてみれば、いくら楽しいにしても、そんなに大量の酒を買う金などないに決まっている町人たちのために、一肌脱いでやろうと思ったのだろう。だが、そんなことを考えること自体、与力、いや武士にはあり得ないことだった。

「まあ仕方ありません。ご覧ください、あの与力様の楽しそうな顔。馴染み客も大喜びです。あとで与力様だって知ったら、どんな顔をするか見ものです」

「そういえばそうだな。あの姿《なり》では、そこらの下屋敷勤めの暇な侍と思われているかもしれぬ」

いつのころからか、上田は『千川』に来るときに黒羽織を着てこなくなった。与力職をひけらかさず、気儘《きまま》に呑み食いしたい一心だろう。けれど、周りにしてみれば、戯《ざ》れ言《ごと》同然だった酒合戦の話に、大乗り気で入ってきたのが与力だなんて思いもしない。あとから聞かされて、自分の言動に失礼がなかったかと生きた心地がしないだろう。

「それはあるかもしれません。あんなに気安い与力様は見たことありませんし」

「だな。まあいい。とにかく板場を預かるおぬしが了見してくれるなら安心だ」

「お気遣いありがとうございます。最初は正直戸惑いましたが、おきよの話を聞いて考えを改めました」

「そうか。まあ、あの者たちも、それほど大がかりな酒合戦は望んでいないはずだ。『千川』の馴染み客にそれほどの大酒呑みがいるとも思えぬ」

「そのとおり。おそらく菰樽《こもだる》を三つ、四つ用意すれば事足りるでしょう」

弥一郎と神崎は呑気に話しているが、きよはさすがにそこまで楽観的にはなれなかった。

きよが知る限り、酒合戦は気楽な仲間同士の呑み会ではない。そこら中から酒豪を集めておこなう『合戦』である。ましてや、読売《よみうり》が音頭を取ったら、『千川』での酒合戦を江戸の隅々にまで広めかねない。少なくとも両軍五名、総勢十人以上は集めるはずで、馴染み客ばかりではないどころか、『千川』のせの字も知らない者が、酒目当てに押しかけるに違いない。菰樽の三つや四つ、ひとりで呑み干す者だっているかもしれないのだ。

座敷では、今も上田と読売を中心に談義が続いている。きよはそちらを気にしつつ口を開く。

「神崎様、おそらくそんな量では収まりません。酒合戦の途中でお酒が足りなくなったなんてことがあったら『千川』の名折れです。委細をしっかり確かめて、十分な量を集めなくては……」

だが、弥一郎は呆れたように言う。

「いやいや、菰樽《こもだる》が三つ、四つあったら、出せる酒の量は十五、六樽《たる》になる。さすがにそれだけあれば十分だろう。まさかおきよは、酒を水で割ることを知らないわけじゃないだろ？」

「知ってます」

大師河原の酒合戦について書かれた仮名草子《かなぞうし》を読んだとき、驚いたのは、何升《しょう》どころか何樽もの酒を呑んで倒れても、一晩寝たら元通りとか、迎え酒にさらに何升か呑んで帰った、などと書かれていたことだ。

果たして人間はそんなにたくさんの酒を呑んで平気でいられるのかと疑問に思ったきよが、長兄の清太郎《せいたろう》に訊ねてみたところ、仰天の種明かしをされた。

もともと酒は、原酒を水で割って呑むものだが、仮名草子にあるような酒合戦のときはもっともっと薄めてあるに違いない。さもないと、酒を用意するのに金がかかって仕方がないし、呑むほうにしても瞬《またた》く間に倒れてしまって、面白くないどころか命にかかわる、と言うのだ。

だから、酒を薄めることは知っている。だが、それでも酒合戦に一桁の樽数では到底足りないこともわかっていた。

「板長さん、お酒はどちらから仕入れるつもりなんですか？」

食い下がるように訊ねるきよに、弥一郎は怪訝《けげん》そのものの顔で答えた。

「どこって……出入りの酒屋に決まってるじゃねえか」

「出入りの酒屋さんって、予備のお酒をたくさん置いているんですか？」

「年の瀬だし、正月に備えてそれなりに持ってるだろ。その中から少々多めに回してもらえば済む話だ」

「ですから、そんな量では足らないんですって。酒合戦を甘く見ないほうがいいです。とにかく十分な量を……」

「まったく、おきよは心配性だなあ」

弥一郎は笑って相手にしてくれない。神崎にしても、たかが町人が言い出したお楽しみが、そこまで大がかりになるなんて思ってもいない様子だ。上田は協力を申し出たことで車座の面々から絶賛されて、大いに気を良くしている。

しかも、座敷では早速、酒合戦の日時やどうやって人を集めるかの相談まで始まった。

さっきまでだらしなく寝転がっていた男まで背筋を伸ばして座り直し、話に加わっている。どの顔も生き生きと楽しそうだし、真ん中で上田も気を吐いている。このままでは大変なことになる、と肝を冷やしているのはきよひとりだった。

――これはもう、この話が稀代《きたい》の大酒呑みの耳に入らないことを祈るしかない。いっそ、普段の倍ぐらいにお酒を薄めちゃうとか……

いずれにしても人数がわからなければ始まらない。今できるのは、せいぜい『千川』に入りきる人数に留めてくれ、と祈ることぐらいだ。

上田と馴染み客の間で酒合戦の話が持ち上がってから十日後の暮れ六つ（午後六時）、あの読売《よみうり》が大慌てで『千川』に駆け込んできた。このままでは、酒合戦がとんでもないことになると言うのだ。

「まあ落ち着け。とんでもない、ってのはどういうことだ？」

源太郎が座敷に座らせ、話を聞きに行く。これでしばらく主《あるじ》は酒合戦の話にかかりきりだろう。

今日はそれほど立て込んでいないけど、今はちょっと……と思いながら、きよは網の上の魚を皿に移す。

味噌に漬けた鯛《たい》は、ところどころについた味噌がほどよく焦げ、酒も飯も進むこと請け合い。一刻も早く客のもとに届けてほしいのに、源太郎は読売と話し込んでいる。困ったな、と思っていると、とらが取りに来てくれた。

　とらは『千川』の奉公人で、もっぱらお運びをやっている。きよ姉弟が『千川』に世話になるずっと前から勤めていて、客のこともよく知っていた。

「勘助《かんすけ》さんにも困ったもんだ。いくら腕利きの読売だって、そこまで広く触れ歩くことはないのに……」

　――そうか、あの人は勘助という名で、腕利きの読売なのね……それはさておき、さっさと運んでほしいのだけど……

　そんなきよの心を読んだように、とらは盆に魚の皿を載せて運んでいく。そして、すぐに戻ってきた。注文されている料理はさっきの鯛で終わりで、新しい客も来ていない。しばらく板場もお運びも手が空く、と見越して話をしに来たのだろう。

「それで酒合戦はどんな具合なんですか？」

「それがさ、今の時点で、名乗りを上げたのが五十人もいるらしい」

「ご、五十人⁉」

　隣で伊蔵が仰天している。当然だ。そんな人数は『千川』に収まりきらない。表の通りどころか裏の源太郎の家まで使っても入らないし、そもそも家を使うなんて、源太郎はともかく妻であるさとが許すはずがない。

それに、五十人が呑み比べをするほどの酒が確保できるとは思えなかった。

思わず座敷に目をやると、源太郎も唖然としていた。

「なんでそんなに……」

勘助が申し訳なさそうに言う。

「面白がって見に来るやつらはいるかもしれねえが、酒合戦に出たがる連中がそんなにいるとは思わなかったんだ。それで見物客なら多けりゃ多いほどいいだろって判断で、仲間の読売《よみうり》にも触れ歩いてもらった。そしたら……」

「江戸中の酒呑みが名乗りを上げたってことか……」

「そうなんだ。しかも、噂によると、一升《しょう》、二升呑み干すのは朝飯前ってのが五、六人まざってる。そいつらだけでも菰樽《こもだる》が三つぐらいなくなっちまうだろうって……」

恐るべし読売仲間、ときよは絶句したが、驚いている場合ではない。人数を減らすか、五十人が入りきる場所を確保する必要がある。さらに酒の確保……いくら減らしたところで五十人が五人になったりはしないだろうから、これまでの予想の何倍もの酒が必要となる。

酒合戦は正月三日に決まったと聞いている。今はすでに霜月《しもつき》の末、あと一月《ひとつき》で必要な酒を揃えることができるだろうか……

ただでさえ足りないと思っていたきよは、酒合戦の成り行きを思って暗い気持ちになってしまう。あれほど楽天的だった弥一郎すら、眉根を寄せて考え込んでいる。源太郎とともに仕入れに関わっているだけに、大量の酒の確保の難しさがわかっているのだろう。

「参ったな。まさかそれほどの人数になるとは……。いくらなんでも、五十人は集まりすぎじゃねえのか？　どれだけただ酒が呑みてえんだよ」

弥一郎の呟きに、何食わぬ顔で伊蔵が言う。

「そりゃあ報奨金が出るって聞きゃあ、集まりもしますって」

「報奨金!?」

弥一郎が板場から飛び出して、勘助に駆け寄った。やはり気になるのか、伊蔵も続く。どういうことだと弥一郎に詰め寄られ、勘助はこれまた後ろめたそうな顔で答えた。

「いや……その……あんまりにも人が集まらないと格好がつかねえと思って、つい……」

「でまかせを言ったのか？」

「えっと、まあ……」

「報奨金の出所は？」

「それはまあ、おいおい……」

「ふざけんじゃねえ！」

弥一郎の怒号に勘助は縮み上がった。

普段は物静かな男だけに、たまに怒ると恐ろしい。店の壁に張り付かんばかりになっている勘助は気の毒だとは思うが、『千川』の名を口にしておきながらそんな嘘を吐いたのだから、怒鳴られるのは当たり前、むしろ張り飛ばされなかっただけ御の字だろう。

それまで黙って聞いていた源太郎が、首を左右に振りながら言う。

「これは困った……それだけ触れ歩いちまったあとでは、報奨金は嘘でしたなんて言えっこねえし……」

「当たり前だ！　そんなことをしたら、うちが嘘を吐いたってことにされかねねえ。うちから出すしかない。とはいっても、張り込んでも大判一枚がいいところだが……」

屋台の寿司がひとつ四文《もん》とか八文、そばが十六文、『千川』で出している酒は一杯確か十六文、料理は二十文からせいぜい百文……そんな商《あきな》いをしている店が賞金に大判一枚を出す。いくら酒や料理の代金が入ってくるとはいえ、とんでもない話である。だが、伊蔵の口から出たのはさらにひどい話だった。

「俺が聞いたときは大判三枚って話でしたけどねえ……」

「ええっ⁉」

そこで誰よりも大きな声を上げたのは、勘助だった。

「俺は、報奨金が出るって話はしたが、額までは口にしてねえ。ましてや、大判三枚だなんて……。あんた、いったいどこでその話を聞いたんだい？」

血の気の失せた顔で勘助に詰め寄られ、伊蔵は小首を傾げながら答えた。

「湯屋で。そういや、最初は報奨金の額までは言ってなかったな……。ただ、三日経ち、五日経ちするうちに、一枚だ、二枚だって話が聞こえてきて、とうとう昨夜は三枚だって」

「噂に尾ひれがついたってことか……」

さすがに三枚は出せない、それでは儲《もう》けが吹っ飛ぶどころか大赤字だ、と源太郎は肩を落とす。弥一郎は、おまえがいい加減なことを言ったからだと勘助を責めるし、勘助は勘助で俺は悪くないと言い張る。どう考えても、報奨金のことを言い出した勘助が悪いに違いないのだが、噂の中身までは知ったことではないと言いたいのだろう。

「うちは知らねえぞ。場所や酒の調達はするが、報奨金までうちで払ういわれはねえ！」

弥一郎は突き放すように言うが、そんな話が通るはずもない。このままでは、勘助だけでなく『千川』の面々も酒合戦に集まった人たちにひどい目にあわされるし、『千川』

の名は地に落ちる。

嘆いていても仕方がない。なにか方策はないのか……と、きよは必死に頭を巡らせる。

そして、板場の奥の天井近くに設けられている神棚を見てはっとした。そこには、いつの間にか富籤《とみくじ》が置かれていた。おそらく源太郎が買ってきて、当選祈願のために神棚に供えたのだろう。

「あの……富籤みたいにしたらどうですか？」

「富籤？　あれは寺や神社だけのものだ。俺たちが富籤なんぞやり出した日には、あっという間に後ろに手が回る。与力様《よりき》にも大変な迷惑がかかっちまう」

なにを馬鹿なことを、と言わんばかりの源太郎に、きよは懸命に説明する。この苦境を乗り切るためにはほかに策がないと思ったからだ。

「富籤じゃなくて、富籤みたい、です！　酒合戦に出る人や見に来る人から少しずつお金を取って、それを報奨金に充てるんです」

「なるほど！　出るのに金がかかるとなりゃ、五十人なんて数にはならねえし、見物人にも払わせるなら、それなりの額が集まりそうだ！」

料理の腕がいいだけじゃなく、なかなかの知恵者だ、と勘助は手を叩いて喜ぶ。だが、源太郎と弥一郎はいずれも渋い顔のままだった。

「おきよ、確かにそれはいい考えかもしれねえ。だが、わざわざ見物料を払ってまで他人が酒を呑む様《さま》を見に来るなんて酔狂なやつがいるとは思えねえ」

「親父の言うとおりだ。むしろ、『千川』はそんなことまでして銭を儲《もう》けたいのか、と言われかねない」

「ただ見るだけならそうでしょう。でも、見物客にもお酒とお料理を出したら？　それなら悪口を言われることもないんじゃないですか？」

「酒と料理……？」

「はい。ただ見ているのも退屈でしょうから、ってお酒とつまみを出します。お酒は一杯、つまみも簡単なものをちょっとでいいです。あらかじめ見物券を売って、その券と引き換えにお酒とつまみを渡す。うちの料理の宣伝にもなりますよね」

深川でも『千川』に来たことがない人はたくさんいる。普段は料理茶屋で飯を食ったり酒を呑んだりしない人でも、酒合戦の見物がてら『千川』の料理が試せるとなったら、券を買ってくれるかもしれない。それほど高額にしなければ、それなりの売上げが見込めるのではないか、ときよは考えたのだ。

弥一郎がにやりと笑った。

「それはいいな。先に券を売れば、金も先に入る。どれぐらいの見物客が来るかの見当もつくし、料理や酒の支度もしやすい。なにより、もし券だけ買って見に来ない客がいれば……」

「うちは丸儲け、ってことか……。弥一郎、おぬしも悪よのう……」

悪代官みたいな源太郎の言葉に、伊蔵が噴き出す。弥一郎は笑いながら言う。

「まあ『千川』の料理が食えるとなったら、券を買っておいて来ない客はいないだろう。当日具合でも悪くならねえ限り、みんなして押しかけてくるさ。あとは酒の調達だな」

「問題はそれです……」

どれだけ見物券を売ったところで、肝心の酒がなければ台無しだ。この案だと、酒合戦だけではなく、見物客に呑ませる分まで調達しなければならない。起死回生の一手にあいた大きな穴だった。

「親父、酒屋に注文は出したのか？」

「もちろん。とりあえず菰樽《こもだる》を十、用意するよう頼んである」

「十か……。それで見物客の分まで賄《まかな》えるかな」

「怪しいところだ。おまけに稀代《きたい》の大酒呑みが集まっちまうとなったら……」

「その『稀代の大酒呑み』は参加賃が払えねえってことはないのか？」

「どれぐらいの金を取るかにもよるが、たぶんないだろう。たとえ本人が払えなくても、周りが面白がって払いかねない」

見知った人間に勝ってほしいと思う気持ちがあれば、金を持ち寄ってでもその大酒呑みを酒合戦に出させるはずだ。そして、江戸というのはそういう者が多い土地柄の気がする、と源太郎は言う。

確かに、酒合戦に限らず、腕に覚えがあっても様々な事情で表に出ようとしない者を後押しするのは、江戸っ子気質に合っている気がした。

「どう考えても菰樽十じゃ足りねえ。すぐにでも酒屋に増やすように言わねえと。大儲《おおもう》けできて、酒屋もさぞや喜ぶだろう」

源太郎は前掛けも外さずに店を出ていく。酒屋は決まった日に注文を取りに来るけれど、次に来るまで待っていられない。客も一段落した昼下がり、自分がいなくても支障はないと判断したに違いない。

ところが、勢い込んで出かけていった源太郎はすぐに肩を落として帰ってきた。あまりにしょんぼりしているので、酒の注文がうまくいかなかったことが一目でわかるほどである。

「駄目だったのか……」

弥一郎が眉根を寄せて呟く。源太郎は、そのまま座敷に近づくと上がり框《かまち》に腰掛けた。

「駄目どころかもっと悪い。先に注文した十ですら難しいらしい」

「え、十も揃わねえのか⁉」

「蔵元から、酒は一日や二日でできるものじゃねえ、今年の酒はもう売り先が決まってる、急に増やせって言われても無理だ、って言われちまったらしい。おまけに、その蔵元の杜氏《とうじ》がやらかして樽《たる》のいくつかを腐らせちまったとかで、いつにもまして品薄だそうだ」

その蔵元は付き合いのある酒屋に頭を下げまくって、収める量を減らしてもらっているという。

『千川』に出入りしている酒屋も蔵元の苦境はわかっていたが、まったく余分がないとは思わなかった。注文に応じられなくて申し訳ない、と源太郎に頭を下げたそうだ。

「なるほど……酒屋は酒屋で気の毒だな。まさにない袖は振れねえってやつだ」

「そうなんだ。近頃、なにやらお天道《てんと》さんの元気がなくて野菜がしっかり育たねえって聞いたことがあったが、酒造りにはそれぐらいのほうがいいと思ってた。まさか、杜氏がやらかすとは……」

杜氏だって人だ、そんな日もあるだろうが、なにも今年に限ってやらかさなくてもいいじゃねえか、と源太郎は嘆くことしきりだ。ほかにも酒屋がないわけではないが、ずっと付き合ってきただけによそから買うとは言いづらい、と肩を落とした。

そんな源太郎に、弥一郎が叱るように言う。

「そんなこと言ったって、酒が揃わなきゃすべてが台無しだ。酒屋との付き合いも大事に違いねえが、それで『千川』の評判が地に落ちてもいいのか?」

「だがよう……あの酒屋の先代と俺は竹馬の友、洟垂《はなた》れ小僧のころからの付き合いだったんだ。子ども時分は風邪ひとつ引かねえ丈夫な男だったのに、流行病《はやりやまい》で早々と逝《い》っちまってな。一人前になっていなかった息子と女房はいっそ店を畳もうか、とすら言ってたんだ。それを、俺が発破《はっぱ》をかけて……」

当時を思い出したのか、源太郎の目の端に光るものが浮かぶ。どうやら源太郎は、亡くなった友だちの代わりに息子に商《あきな》いのなんたるかを教え、いつも以上に酒を仕入れ、酒屋を続けていけるよう力を尽くしたらしい。

そうやって支えた店を、酔狂で始まった酒合戦のために無下にすることはできない――いかにもお人好しの源太郎が考えそうなことだった。

「付き合いをやめるわけじゃねえ。それに、酒合戦なんて毎年やるわけじゃないだろ? 今度の酒合戦の分だけ、よそから買うわけにいかねえのか?」

「杜氏がやらかしちまったとこは、かなり大きな蔵元なんだ。うちの出入りの酒屋以外との付き合いも多い。たぶん、よそでも酒は品薄だろうし、普段から付き合いのない店に売ってくれるかどうか……」

「確かに……」

主親子《あるじおやこ》が揃って肩を落とす。

「だったらもう取りやめでいいんじゃねえですか？　酒が仕入れられねえのは『千川』のせいじゃないいんだから、うちの評判が落ちるって話にはならないでしょう」

主たちの苦境を見かねたように伊蔵が言う。もっともな言い分かもしれないが、きよには少々疑問だ。勘助は、読売《よみうり》仲間まで使って江戸中に触れ歩いたという。酒合戦の話を聞いた人すべてに事情を説明しに回るのは無理だし、なにより蔵元の事情が津々浦々に知れ渡る。

酒蔵にとって『酒を腐らせた』というのは恥ずべき話で、それを広められたらたまったものではない。源太郎が気にする『竹馬の友』の息子の酒屋が話のもとと知られたら、付き合いを断られかねない。

きよの懸念を聞いた源太郎は、ますます頭を抱えてしまった。

「八方塞《ふさ》がりとはこのことだ。正月まであと一月《ひとつき》しかねえってのに……」

取りやめにもできず、酒も揃わない。なんであの日、車座の客の隣に上田を座らせてしまったのか、と悔やんでも悔やみきれない様子だった。

「どこかに酒は余ってねえのかよ……」

弥一郎が宙を睨んで呟く。

どうにもまずい状況だと悟った勘助はとっくにいなくなっている。ただただ、重苦しい空気が『千川』を満たす。そのとき、外から忙《せわ》しない足音が聞こえてきた。暖簾《のれん》を割って顔を出したのは神崎だった。

「お、揃っておるな」

『揃っておるな』もなにもない。いくら縁日の明くる日で客がさほど多くないといっても、店を開けている最中に主親子や奉公人がどこかに行くわけがないのだ。

「もちろん揃っておりますとも。雁首《がんくび》揃えて困り果てております」

ぶすっとしたままの弥一郎に、神崎は首を傾げた。

「なにか困り事でも？」

「ここだけの話……」

さっきのきよの話で、周りに伝わってはいけないと悟ったのか、弥一郎は声を潜めて事情を説明する。だが、話を聞いた神崎は困るどころか、ぱっと明るい顔になった。

「そうか、酒が揃わぬか！」

「神崎様、なんでそんなに嬉しそうになさるんですか。こちとら生きた心地がしねえってのに」

「すまぬ。だが、そんなおぬしらにいい知らせがある」

「というと？」

「実は、上様が褒美をくださることになってな」

「褒美？」

「うむ。先般、お城の厩方《うまやかた》の助っ人に行っただろう？　そのときの件で上様が褒美を取らせろとおっしゃったそうだ」

日頃からよく乗っている馬だけに、上様も馬場に出しても動きたがらないことを気にかけていた。馬はあまり動かないと疝気《せんき》を起こす。愛馬が苦しむ様《さま》は絶対に見たくないからなんとかせよ、とのお達しで神崎が呼ばれた。神崎の処置で馬は元気に動くようになり、上様は大喜び。是非とも褒美を……ということになったそうだ。

「しかも褒美は下り酒。俺は食うのと同様、酒もそれなりに好きだが、量を呑めるわけではない。いっそ今度の酒合戦に使ってもらおうとやってきたのだ」

「下り酒！」

弥一郎と源太郎だけではなく、奉公人たちも一斉に声を上げた。

京や逢坂で造られて江戸に運ばれてくる酒を下り酒という。江戸界隈《かいわい》で造られる酒より値が張るものの、味は極上ということで人気が高い。その下り酒を褒美にもらって、そのまま酒合戦に供するなんて、神崎は酒合戦を『千川』で開くことになったのを相当気にかけているのだろう。

だが、源太郎が慌てて答える。

「いやいや、せっかくのご褒美です。やはり神崎様が召し上がられたほうが……」

「上様は、菰樽《こもだる》をひとつ丸ごと与えよ、とおっしゃっているそうだ。そんなにもらっても呑みきれない」

「ですが……誰にも気兼ねなくゆるりとやる酒はひと味違いますぜ？」

神崎は料理もそれなりにする。好きな肴《さかな》を誂《あつら》えて、ゆっくり呑めばいいではないか、と源太郎は言うが、神崎はあっさり首を横に振った。

「いいのだ。家にそんなに大量に酒があったら、うかうか外に呑みにも行けない。たまに『千川』に来て、旨い料理で一杯やる楽しみが失われてしまう」

そんな目にあいたくないから遠慮なくもらってくれ、と神崎は譲らない。もとより足りない酒のこと、しかも下り酒とあっては断る理由はなかった。

さらに、きよは考えを巡らす。

——見物客の分だけでも、下り酒を使えないものかしら……。値は張るに違いないけれど、お酒がないよりずっといいし、正面切って『下り酒』を謳《うた》えば多少高くても見物券を買いたがる人が増えるかもしれない。確保できるお酒とお客さんの数を読むのは難しそうだし、いい具合に船便があるとは限らないけど……

あえて下り酒を揃えたいから、というのは、出入りの酒屋から買わない理由になる。もちろん、出入りの酒屋でも下り酒を扱っているから全部を逢坂から取り寄せるわけにはいかないにしても、いつもの酒屋で買えるだけ買って、残りを取り寄せるという形ならなんとかなるのではないか。

今は霜月《しもつき》の終わりだ。酒合戦を開くのが正月三日なら、なんとか間に合うような気がした。

「あの……旦那さん……逢坂から江戸への船便ってどれぐらい日数がかかるものですか？」

「どうだろう……たしか一月《ひとつき》ぐらいじゃなかったかな」

源太郎の答えを、弥一郎が即座に否定する。

「それは昔の話だ。沖乗りするようになってから、船便の日数はうんと短くなった。樽《たる》廻船《かいせん》なら十日もかからねえのがあるはずだ」

「沖乗り？」

船のことはほとんどわからない。樽廻船が、かつて江戸と逢坂の間を行き来していた菱垣廻船《ひがきかいせん》よりずっと速いというのはどこかで聞いたことがあったけれど、なぜそんなに速くなったのかまでは知らなかった。なんとなく、様々な荷を積む菱垣廻船に比べて樽廻船は酒しか積まないから、積み下ろしの順序を考えなくていい分、日数がかからなくなっただけだと思っていたのだ。

首を傾げるきよを見て、弥一郎が小さく笑った。

「昔の船は、地乗りっていって、陸の近くから陸にある目印を見ながらひたすら漕いでた。そのせいで夜は港町で止まって休むことが多かったんだが、木綿のでっけえ帆を立てるようになって事情が変わった」

「帆……ああ、風の力を借りて進むってことですね」

「そのとおり。沖に出て風に任せて夜中も進む。おかげでぐっと速くなったってわけだ」

「なるほど……全然知りませんでした」

「酒合戦は知ってても、酒を運ぶ船には詳しくねえってことか。まあ、おきよは前から、知ってて当然のことを知らないことが多かったからな」

「弥一郎、てめえが知らなかった酒合戦についておきよが知っていたからって、そんなに虐《いじ》めるものじゃない。知ってて当然のこと、なんて抜かしやがったが、下りものを扱う商《あきな》いでもしていない限り、船便に詳しくないほうが当たり前だ」

「虐《いじ》めてるわけじゃ……」

「まあいい。だが、なんでおきよは逢坂と江戸の間の船便の日数なんて知りたかったんだ？」

「それよ」

主《あるじ》親子に見つめられ、きよは頭にあった考えを話してみた。

源太郎と伊蔵は、良案だ、と手を打ったけれど、弥一郎はじっと考え込んでいる。どうやら懸念があるらしい。

「確かに、上方《かみがた》ならそれなりの量の酒があるだろう。今すぐ頼めば、正月に間に合うかもしれない。だがそれも、師走《しわす》半ばまでに出る船があってのことだ。そもそも、江戸の料理茶屋が頼んだところで、逢坂なり京なりの蔵元が酒を売ってくれるだろうか？」

「それは……」

答えに詰まるきよを見て、伊蔵が助け船を出した。

「そこはそれ、竹馬の友の出番じゃねえですか？　先代からの付き合いなんだから、少々の無理は通るでしょう」

出入りの酒屋に仕入れさせて、それを買う形にすればいい。伊蔵の意見はもっともだった。

けれど、弥一郎の眉間の皺はまったく伸びない。それどころか、さらに皺を深くして言う。

「難しいな。あの酒屋はそんなに手広く商《あきな》っていない。下り酒も扱うには扱ってるが、もっぱら房総《ぼうそう》の酒だ。そんな酒屋が、今時分に余分な酒を抱えてるような大きな蔵元に言える無理じゃねえ。ましてや今すぐ船に乗せてくれ、なんて……」

どうかしたら鼻で笑われて終わりだ、と弥一郎は言う。そこで口を挟んだのは、清五郎だった。

「えーっと、それ、うちの親父に頼んでみたらどうでしょう？」

「そりゃどうだろ……」

源太郎が首を傾げた。

『菱屋』は油問屋だから船便を使っているにしても、樽廻船《たるかいせん》は酒だけを運ぶ船だ。油問屋が無理を言えるとは思えない、と言いたいのだろう。

ところが、今度は弥一郎が手をぽんと打った。

「それはいい手だ！『菱屋』さんには船主の知り合いがいるはずだ。しかも、毎年毎年きちんと使ってるに違いないから、江戸の料理茶屋や酒屋よりも無理が通るかもしれない。訊くだけ訊いてみたらどうだろう?」

早飛脚を立てれば逢坂まで四日、返事が来るのにまた四日。それでも師走《しわす》の半ばにはならない。すぐに出る便があれば、ぎりぎり間に合うのではないか、と弥一郎は嬉しそうに言う。

八方塞《ふさ》がりの中、ようやく見えた隙間をこじ開ける気持ちなのだろう。

「一か八かやってみるか……」

「全部が一か八かの企《くわだ》てだ。ひとつふたつ増えたところでどうってことねえぜ!」

今すぐ文《ふみ》を書け、と弥一郎は源太郎を裏の家に追い立てる。

「いっそ、年明け早々に着く便があればいいな。初荷で縁起がいいじゃねえか」

伊蔵の気楽な言葉に、弥一郎が呆れて返す。

「初荷ってのは、正月早々に積み込む荷物だ。年明け早々に着くなら、積み込んだのは年の瀬ってことになる。縁起担ぎは無理だ」

「初めて積み込んでも、初めて着いても、両方初荷ってことにすればいい。江戸っ子は縁起を担ぐから、多少のことには目を瞑《つぶ》るに決まってます」

「いい加減すぎるだろ」

「ともかく、酒がなんとかなりそうでよかったじゃねえですか」

「ま、『菱屋』さんの返事次第だがな」

依然として客足は途絶えたまま、注文された料理はすべて作り終えている。今ならなんとかなる、と思ったきよは、弥一郎に頼み込んだ。

「板長さん、私も文を書いていいですか？」

「そうだな。おきよからも頼んでもらったほうがいいな」

「そうそう、書いたほうがいい。みそっかすの俺と違って、姉ちゃんの頼みとあらば、おとっつぁんはしゃかりきになるに決まってる」

ついっと立ち上がったきよは、通りすがりに弟のおでこをぴしゃりとやる。

「痛っ！」

「くだらない焼き餅を焼くんじゃありません。おとっつぁんはどの子も等しくかわいがってくれてる。万が一、分け隔てをしてるとしたら、末っ子のあんたが一番かわいがられてるぐらいよ」

さもなければ、わざわざ江戸に逃がしたりしない、と断言され、清五郎はちょっと嬉しそうに笑った。

「そうか、そうだよな……やっぱり俺が一番か。へへ……」

そういうところが末っ子だっていうのよ、ともう一発ぴしゃりとやって、きよは休憩に使っている板場の奥の小部屋に入る。文を書くのは得意だから、源太郎よりも早く書き上げられる。夕方の書き入れ時にも十分間に合うだろう。

源太郎は、詳しい事情まで知らせないに違いない。どうかしたら、下り酒を売りたいから送ってくれないか、と書くのが関の山だ。

窮状を訴えるなんてこれまでしたことがないけれど、『千川』の評判がかかっているとなれば話は別だ。酒合戦を開くに至った事情に加えて、酒が揃わなかったらどんなことになるかをこと細かに知らせる。その役割を負えるのは自分しかいない。

おとっつぁんならきっとなんとかしてくれる——そう信じて文《ふみ》をしたためる。文を送ってから返事が来るまで最短で八日かかる。だが、安請け合いはしない父の質《たち》を考えたら、下り酒の手配ができるかどうか調べてからでないと返事は書かないに決まっている。その手配にどれだけかかるのか読めない。

どうか間に合って！　と祈るような気持ちで、きよは父への文を書き終える。ずいぶん長い文になってしまったけれど、それでも源太郎よりは早く書き終え、板場に戻ることができた。

待ちに待った返事が来たのは文を送ってからおよそ半月が過ぎた日の、日が暮れてからだった。

飛脚によると、この文が逢坂を出たのは四日前、どうやら父も早飛脚を立ててくれたらしい。きよの文でことの重大さを悟った証だった。

宛名はもちろん源太郎で、清五郎が、帳簿をつけるために裏の家に戻っていた主《あるじ》を呼びに走った。大慌てで店に戻った源太郎は、文を読むなり大きな息を漏らす。明らかにほっとした顔つきで、いい返事だったことは誰の目にも明らかだった。

「ありがてえ……」

源太郎は文を弥一郎に渡し、くずおれるように上がり框《かまち》に腰を下ろす。続いて文を読んだ弥一郎が、きよと清五郎に言った。

「おまえたちのおとっつぁんは、真に頼れるお方だ。四方八方手を尽くして酒を集めてくれたばかりか、次に出る樽廻船《たるかいせん》に乗せるよう手配してくれたそうだ」

「次に出る……それで間に合うんですか？」

心配そうに清五郎が訊ねた。樽廻船がどれほどの頻度で行き来しているかなんて知らないのだから、もっともな問いだろう。

弥一郎は、読み終えた文をきよに渡しながら言う。

「今年最後の船が師走《しわす》十八日に出るそうだ。京や逢坂の蔵元から船着き場に酒を運ぶのに時がかかるからちょうどいいし、樽廻船《たるかいせん》は十二、三日で江戸まで来るから酒合戦には間に合うだろう」

「海が荒れなければ、の話ですよね？」
十二、三日で江戸まで来るというのは、何事もなければの話だ。いくら沖乗りでも時《し》化《け》には太刀打ちできない。
それでも弥一郎は、平気な顔で言った。

「悪いことばかり考えても仕方がない。海が静かで風の具合がよければ、三日、四日で江戸まで来ちまうことだってあるそうだ。冬の海がそこまで穏やかとは思えねえが、大《おお》時《し》化《け》が続いたとしてもせいぜい七日。間に合うか間に合わないかで言えば、間に合う見込みのほうが高いだろう。とにかく酒と船を押さえてくれた『菱屋』さんには足を向けて寝られねえ」

万が一、間に合わなかったとしても、言い訳が立つ。仕切り直して下り酒の到着を待てばいい、と弥一郎は言う。確かに父が集めたからには上等の酒に違いないし、旨い下り酒が船でやってくるとなれば、酒呑みたちは納得するに違いない。

「逢坂からの樽廻船は、俺たちにしてみりゃ宝船みたいなものだ。船着き場に通い詰めて、船が来るのを待ちてえぐらいだよ」

逢坂に文を送ってから気の休まらない日々が続いていたが、これでようやく一息つける。源太郎と弥一郎は喜色満面、きよも肩の荷が下りた気分だ。

ところが、そのとき、隣の伊蔵がぼそりと呟いた。

「それにしても、急な話だったのによく船に積めたもんだ。樽廻船ってそんなにがらがらなのかな……」

そんなはずはない。もっぱら酒を運ぶ樽廻船も、米や油、そのほかのものを運ぶ菱垣《ひがき》廻船《かいせん》にしても、毎日のように行き来しているわけではない。廻船問屋が船を出せるのは年に数回だと聞いたことがあるし、荷が軽すぎても重すぎても遭難の恐れがあるそうだ。限られた回数ならよけいに、かなり先まで積み荷の中身は決まっているはずだ。予定にない酒を手に入れるときはもちろん、船に荷を積むためにも、父はいろいろなところに『鼻薬』を嗅がせなければならなかったのではないか。酒そのもののお金や船賃は源太郎が払うにしても、『鼻薬』あるいは『袖の下』まで父が源太郎に求めるはずがない。父はこの件で、どれほど金を使ったのだろう――きよの中に、そんな心配が湧き起こった。

そっと清五郎の顔を窺《うかが》うと、弟も極めて難しい顔をしている。おそらく、父に強いた負担に思い至ったのだろう。清五郎は、きよにだけ聞こえるぐらいの小声で言う。

「きっと大丈夫だ。俺たちが世話になってる『千川』を助けなきゃって躍起《やっき》になってくれたに違いねえが、おとっつぁんは手堅い人だし、大兄ちゃんだっている。今の『菱屋』にできる以上のことはしなかったはずだ。間違っても『菱屋』が傾くなんてことにはならねえよ」

自分自身に言い聞かせるような声音に、弟の不安を知る。きよが説明しなくても、『菱屋』の負担や隠居の父の立場を思いやれるようになったのか、と感心する。それとともに、父の思いの深さを改めて思う。忌《い》み子《ご》で家の奥深くに隠され、父に厭《いと》われていると思っていたころが嘘のようだった。

清五郎の言うとおりだと信じ、きよはへっついの前に座り直す。明日は富岡八幡宮《とみおかはちまんぐう》の縁日だから、客が詰めかけてくる。夜の書き入れ時の前に、少しでも仕込みを進めておかなければならない。

へっついの上の大鍋には、ほどよく湯が沸いている。鍋の横には大笊《おおざる》いっぱいの葱《ねぎ》と剣に似た形の烏賊《いか》——茹でた烏賊と葱のぬた和《あ》えは『千川』でも人気の料理だ。

冬の烏賊は夏の歯応えのある烏賊と異なり、足や耳まで柔らかくほのかな甘みを持つ。烏賊の持ち味を台無しにしないように甘みを控えて味を付けるので、酒にもぴったりだ。

このぬた和えを酒合戦に出してみたらどうだろう。酒合戦に出るものは呑気にぬた和えを食べる暇はないだろうが、見物客は喜んでくれるかもしれない。

それとは別に、酒をぐいぐい呑みながらつまめる料理を考える必要がある。源太郎はいつも以上に水で薄めるつもりだったようだが、あれは酒が足りない恐れがあったからだ。十分な量、しかも上等の下り酒が揃うとなったら、料理茶屋の主《あるじ》として酒の味を損ねるようなことはしたくないに決まっている。

いつもどおりの酒をぐいぐい呑めば、酔っ払うのも早い。開始、即酔っ払って終了、ではつまらない。少しでも酒合戦を盛り上げるためにも、質のいいつまみがいるのだ。

――さっと口に入れられて、すんなり呑み込めて、美味しい……あ、焼き大根なんてどうかしら？　あらかじめ茹でてから焼くから柔らかいし、焦がした醤油の香りがすごくいい。輪切りじゃなくて一口の大きさにすれば、お酒の合間に口に放り込める。冷めても美味しいから作り置きができる……

大根は旬で値打ちだから源太郎も喜んでくれるかもしれない。あとで弥一郎に相談してみよう……と思いながら、大鍋に葱を沈める。

湯に沈んだとたん、根深葱の青が一気に深くなった。旨いだけではなく目にも美しいぬた和えを作るためには、しっかり火が通り、かつ、この青に茶色がまじらないうちに引き上げなければならない。ほかの料理はまたあとで考えることにして、きよは大鍋の中で躍る葱に目を凝《こ》らした。

酒合戦を開くにあたって見物券を売るという話は、勘助や読売《よみうり》仲間たちによって瞬《また》く間に広まった。

きよは、自ら言い出しはしたものの、酒合戦に出るためならまだしも、素人が酒を呑む様《さま》を見るだけのために金を取ると勘違いされて一騒動起きるのではないかと心配していた。

だが、読売たちが言葉巧みに、この見物券は酒合戦を見ながら楽しむ酒とつまみの代金だと説明してくれたおかげで、さほど文句を言う者は出なかった。それどころか、会場がそう広くないために、限られた数しか出せなかった見物券の奪い合いのようになってしまったのである。

見物券を買ったのはもっぱら深川在住の者たちで、酒合戦云々《うんぬん》ではなく、この値段で富岡八幡宮の参道にこの店ありと名高い『千川』の酒と料理を試せるなら、という考えもあったようだ。

「こんなことならもう少しふっかけておくんだった！」

悔しそうに言う源太郎に、弥一郎は苦笑いで答える。

「そんな阿漕《あこぎ》なことをやらかしたら、『千川』の評判は地に落ちる。いくら名が広まっても、悪名じゃしょうがねえだろ」

「そりゃそうだが、見物券を買ったやつが値段をかさ増しして別のやつに売りつけてるって話も聞いたぞ。そんな悪どいやつを儲《もう》けさせるぐらいなら、うちが儲けてえよ」

「諦めろ。酒合戦に出るやつや見る客から金を取るってのは、報奨金を集めるのと客の数を絞るための策だ。ただでさえ一石二鳥、しかも客の数を、いい案配に収められたんだからよしとしようぜ」

「まあな……」

　金がかかると知って、酒合戦に参加する者は十名に絞られた。二組に分けて戦わせる本来の酒合戦の形にほどよい人数である。問題は組分けだが、これは勘助を筆頭にあの日車座になっていた馴染み客が、ああだこうだと言いながら東西に分けた。見ず知らずの者を平等に分けられるか、片方に酒豪が集まってしまうのではないかとはらはらしたが、大酒呑み、大食いに限らず、なにかに長けた者というのはとかく人の口に上りやすい。読売たちが江戸中からかき集めた噂をもとに、かなりいい組分けができたらしい。

　勘助がほっとしたように言う。

「一時はどうなるかと思いましたが、これでなんとか格好がつきました」

「どうなるかって……言い出しっぺはあんた方じゃねえか」

巻き込まれて迷惑したのはこっちだ、と言わんばかりの弥一郎に、勘助は申し訳なさそうに答える。

「そりゃそうですけど、俺たちだってまさか本当に酒合戦をやることになるなんて思ってなかったんです。ただ、やれたら面白かろうって酒の席の与太話《よたばなし》で……。まさか与力《よりき》様が話に入ってくるなんて」

話に首を突っ込んできたあとですら、戯《ざ》れ言《ごと》だと思っていた。まさか、深川の料理茶屋で与力と隣り合わせるはずがない。お侍だとはわかっていたが、酒の代金を丸ごと引き受けてまで、酒合戦を強行する金も力もないと考えていたそうだ。

勘助の言い分には、『千川』の面々も頷かざるを得なかった。とどのつまり、悪いのは上田――これはもはや『千川』の習わしに近い。ある意味、馴染み客たち自身が巻き込まれて大変な目にあっているとも言えた。

弥一郎が、それまでよりかなり柔らかい口調で言う。

「お互い様ってことか……。まあ、とりあえずなんとかなってよかった。あとは酒が無事に着いてくれれば……」

このところ深川界隈《かいわい》の天気は落ち着いている。雨が降ることはあっても続かず、翌日には冬晴れとなる。陸と海では天気は異なるし、逢坂の港を出てから江戸までずっと晴れっぱなしということはないにしても、多少の雨なら支障はないだろう。年が明けてから港に入る船は宝船みたいで縁起がよさそうだが、心配が長引くのは嫌だし、港から『千川』まで運ぶ暇だっている。様々なことを考えたら、予定どおりに着いてくれるほうがずっとよかった。

師走《しわす》二十三日、朝から『千川』はてんやわんやだった。逢坂から運ばれてきた酒が届けられることになっていたからだ。

樽廻船《たるかいせん》は予定どおりどころか、二日も早く江戸に着いた。

これはあとで聞いた話だが、逢坂と江戸を結ぶ南航路は冬になると陸から海に向けて強い風が吹き、帰れなくなってしまうこともあるそうだ。そのため、冬の南航路は慎重に天気を読んで船を出す。さらに陸に近い航路を選ぶ。沖乗りだから大丈夫、などと安心していられないのが冬の樽廻船だという。しかも、樽廻船は、本来は酒を運ぶための船であるにもかかわらず、師走から新酒が出る如月《きさらぎ》あたりまで酒を運ばない習わしらしい。

それでも酒を積み込めたのは、日頃から船便をよく使っている『菱屋』だからこそだろう。もしかしたら、酒よりうんと高い米と同じぐらいの運び賃を払ったのかもしれない。さもなければ、ただでさえ今年最後の積限《つみきり》の船に荷を割り込ませられるわけがなかった。

さらに驚かされたのは、菰樽《こもだる》の数だ。

父からの文《ふみ》では数には触れられていなかった。源太郎は、できれば二十、と書き送ったそうだが、返事になにも書いてなかったところを見ると、おそらく揃わなかったのだろう、と言っていた。そして、少し後ろめたそうな顔で続けた。

「本当は十ありゃ足りる。こっちの酒屋から六つは届いてるから、それでも多いぐらいなんだ。だが、十で頼んで揃わなかったら困る。二十って言えば、半分ぐらいはなんとかしてくれるんじゃねえかと思ってさ」

菰樽ひとつに酒は四斗《と》入る。十あれば四十斗、一斗は十升《しょう》なので四百升もの量になる。さらにそれを水で割って出すのだから、十人の大酒呑みと見物客には十分な量と言えた。だが、どうか十、せめて八は……と思いながら待っていたところに大八車《だいはちぐるま》で運ばれてきた菰樽は二十五、頼んだより五つも多かった。

「『菱屋』さんには頭が上がらねえ……」

源太郎が、西を向いて手を合わせた。それを見た清五郎が、ぼそりと呟く。

「まるで、おとっつぁんがいけなくなっちまったみてえだ……」

「縁起でもないことを言うんじゃありません。それより、こんなにたくさん、しまう場所はあるのかしら」

「一時のことだし、蔵に放り込むんだろ」

「でも、蔵はお味噌で一杯……ってこともないわね」

『千川』では、味噌も手作りしている。毎年如月《きさらぎ》あたりに仕込んで、夏に出来上がったものを使い始めるから、まだ来年の味噌を仕込んでない今が、一年で一番、蔵が空いている時季だった。

ところが、荷を受けた源太郎は、蔵ではなく店の前に大八車を着けさせた。

早速、弥一郎が文句を言う。

「親父、そんなものを店に置かれたら、邪魔でしょうがねえ」

「全部置くわけじゃねえ。そうさな……六つ、いや十四、店に入れて、あとは蔵だ」

「十四？」

「ああ。一番下に五つ、そこから四つ、三つ、二つ……と積み上げる。いよいよ酒合戦だって意気が上がるし、酒が揃ってるって証にもなる」

「そりゃそうだが……」

「なあに、座敷に積み上げるんだから、板場の邪魔にはならねえよ」

「入れる客の数が減っちまうぞ？」

「十日ほどのことだ。それに、多少狭くなったところで支障ねえよ」

今だって、朝から晩まで客で一杯ということもない、と源太郎は何食わぬ顔で言う。確かに、全部を蔵にしまい込むよりも、客の目に触れるところに置いたほうがいい。酒合戦について知らなかった客でも、話の種にできるだろう。

十四を店に、残りを蔵に入れたあと、大八車は帰っていった。車力がほくほく顔だったから、源太郎が心付けをたっぷりはずんだに違いない。

「よし、これで酒は大丈夫。料理のほうは？」

「抜かりねえ。青物も魚も注文済みだし、万が一揃わなくても代わりにできる料理まで考えてある。酒も料理も余分がありそうなら、見物券を持ってねえ客にも売れるかもしれねえ」

「そりゃいいな。ますます儲《もう》けが増える」

「儲かっても儲からなくても『菱屋』さんにはちゃんと酒代を送れよ」

「わかってらあ」

それぐらい心得ている、と源太郎は不満そうに答える。算盤《そろばん》勘定に余念のない源太郎に苦言を呈したくなる気持ちはわからないでもないが、さすがにいらぬ心配というものだ。むしろ、義理人情に篤い主《あるじ》が必要以上の代金を送ってしまわないか不安を覚える。

とはいえ父も、いくら息子たちが世話になっているにしても、気の合わない相手にこまでする人ではない。幼なじみは言うまでもなく、友だちと呼べる相手さえほとんどいないきよにしてみれば、江戸と逢坂と遠く離れても続いている父と源太郎の遥か昔からの交わりが、羨《うらや》ましくてならなかった。


正月三日、『千川』の板場は祭りと縁日が一緒になったような騒ぎだった。

きよと清五郎も夜明け前に『千川』に着いたのだが、そのときにはもう弥一郎も伊蔵もへっついの前に座っていたし、とらも暗い中、掃除を始めていた。

弥一郎や源太郎はまだしも、伊蔵やとらよりは早いと思っていたのに、と驚く姉弟に、伊蔵が笑いながら言った。

「気が立って寝られなかったんだよ。ちょっと寝ちゃあ目が覚めて、まだ夜は明けねえのか、ってじりじりしてたら、旦那さんたちが動いてる気配がしてさ、もういいや！　って起きてったら、おとらさんも起きてて、俺がどんじりだった」

「そうだったんですか……じゃあ、みんな寝足りないんじゃないですか？」

「まあな。でも寝られなかったんだから仕方ねえよ。おきよと清五郎だって似たり寄ったりだろ？」

夜明け前に店に着いているのだから、そう思われるのも無理はない。だが、実のところ、きよも清五郎もしっかり眠った。なにせ昨夜は、ふたりして家に着くなり寝てしまったのだ。

遅くまで仕込みがあるから夕飯は店で賄《まかな》いを食べることになる。それならいっそ、帰りに湯屋も済ませてしまおう、と湯札を持って家を出た。おかげで家に帰るなり寝てしまうことができたし、疲れていたせいか、いつもより深く眠れた気がする。

朝もいつもよりずっと早く目が覚め、清五郎も声をかけるまでもなく起きてきた。てっきり叩き起こさなければならないと思っていただけに、これにはきよもびっくり。暗い井戸端で煮炊きはできない、ということで、そのまま店に来ることにしたのだ。

「起きたまま……じゃあ、おきよたちは飯も食っちゃいねえってことか？」

そいつは大変だ、と伊蔵が周りを見回す。

そのとき、勢いよく引き戸が開き、風呂敷包みを背負った男が入ってきた。

「邪魔するぜ」

「彦之助《ひこのすけ》さん！」

唖然とするきよに、彦之助がにやりと笑って言った。

「しばらくだったな、おきよ。元気そうでなによりだ」

「彦之助さんも……って、どうしたんですか、こんな朝っぱらから！」

「弁当の押し売りにきた」

「お弁当？」

「ああ。今日の『千川』は賄いどころじゃねえ。こいつは『ひこべん』の出番だと思ってさ。案《あん》の定《じょう》、おきよも清の字も飯を食ってないらしいじゃねえか。腹が減っては戦はできねえ、まずはこいつを食え」

言うなり、彦之助は風呂敷包みを開けて破籠《わりご》を取り出した。

「『ひこべん』特製の五色握り飯だ。具だくさんながらも、一口で食えるように小さく握ってあるから食いやすいって評判なんだぜ」

「五色握り飯？」

「刻んだ梅、浅蜊《あさり》の佃煮《つくだに》、ほぐした焼き鮭、昆布に……」

「炒り玉子だ！」

説明の途中で清五郎が歓声を上げた。一緒に覗き込んだ破籠の隅っこに黄色がまじった握り飯がある。一瞬たくあんでもまぜ込んだのかと思ったが、よく見ると確かに炒り玉子だった。

彦之助が得意そうに言う。

「今日はうんと気張らなきゃならねえだろうから、奢《おご》ってやった。こいつを食って力をつけな」

「炒り玉子をまぜ込んだ握り飯！　なんて贅沢なんだ……こんなことなら俺も朝飯を食わなきゃよかった！」

伊蔵は心底嘆いている。だが、彦之助がみんなの分を用意していないわけがない。それにたとえ朝ご飯を食べたあとでも、動き回っている間にお腹なんてすぐに空く。手を動かしながら食べればいいだけの話だ。

彦之助は、伊蔵を安心させるように、風呂敷包みから出した破籠《わりご》を積み上げる。その数はなんと十八。小さめの破籠にしても、作ったり詰めたりは大変だし、なにより神田《かんだ》から運んでくるのは一苦労だっただろう。

「彦さん、こんなに作ってきてくれたんだ……」

「おう。今日も冷え込んでるから傷《いた》む心配はねえし、まとめて作ってきた。これだけありゃ、一日中賄《まかな》いの心配はねえ。奥の小部屋に置いとくから、腹が減ったら食ってくれ」

「ありがとう、彦さん！　おや……？」

そこで伊蔵が小首を傾げた。なにかと思ったら、破籠に結んである糸が気になったらしい。

「この糸、白、黒、紺とあるけど、なにか意味があるんですかい？」

「色によって中身が違う。白は五色握り飯、赤は焼き結び、黒は押し寿司だ」

「押し寿司まで⁉」

「ああ。神崎様に聞いたけど、先だって、兄貴と伊蔵とおきよで腕比べをしたそうだな。神崎様、どれもいい出来だったってべた褒めしてた。で、あんまり褒めるから、ちょいと悔しくなって俺もやってみたんだ」

どんな具合か、あとで聞かせてくれよ、と彦之助は急に真面目な顔になって言った。

親元を離れ、自分の店を持ってなお衰えない競争心に感心させられる。やんちゃ気儘《きまま》な末っ子に見えても、奉公人を抱える店の主《あるじ》としてやっていけているのはこの競争心があるからかもしれない。その場にいなくても、後乗りでも加わって自分の腕を試したい。比べたくなるのは、勝ち誇りたいからではなく、劣っているところを見つけて磨きたいと考えているからに違いない。

――人より劣るところを目の当《ま》たりにするのは辛《つら》いけれど、それを避けていては伸びられない。私も人の陰に隠れてばかりじゃなく、ときには前に出て腕を競わなくては……

そんなことを考えながら、黒い糸が結ばれた破籠《わりご》の蓋を取ってみる。均等に切り分けられた押し寿司は、鯖《さば》の身がしっかりと白い。十分に酢に浸して締めた証だ。これならたとえ夏の盛りだったとしても、夜まで保《も》つことだろう。

きよが開けた破籠を覗き込んだ弥一郎が言う。

「いい出来だ。見たところ、押し具合も頃合いだし、弁当にするのにぴったりの締め加減。食ってみないと味はわからねえが、こんなにきれいな寿司が不味《まず》いはずがねえ」

「見た目だけはよくて不味い食い物も世の中にはあるがな……でもまあ、ありがとよ。兄貴にそう言ってもらえると安心する」

「おや？　おまえ、しばらく会わねえ間に、ずいぶん素直になりやがったな」

「うるせえ。店を持つってのは案外いろいろあってな。粋がってばかりじゃいられねえんだよ」

「そうか……俺にはわからねえ苦労だな」

弥一郎がわずかに俯《うつむ》いた。寂しそうな顔つきから、自分はまだ店の主《あるじ》ではないという気持ちが窺《うかが》える。きっと弟に一歩先んじられたと思っているのだろう。

そんな気持ちを見透かしてか、彦之助が呆れたように言った。

「なに言ってんだ。店といったって『ひこべん』は雇い人ひとり、店で呑み食いすらさせねえ弁当屋だぞ？　板場にふたり、お運びにふたり、あわせて四人の奉公人を牛耳《ぎゅうじ》ってる兄貴のほうが大変に決まってる」

「でも、うちにはまだ親父がいるし」

「親父なんざ、半分、いや三分の二ぐらいは隠居気分だと思うぞ。なにかあったら兄貴に任せて一目散に逃げ出しかねねえ」

「ご挨拶だな、彦之助」

「おっと、いたのか親父……」

いきなり後ろから声をかけられて、さすがの彦之助もばつが悪そうにする。

それでも源太郎は、彦之助の差し入れに気づいて礼を言う。

「弁当を作ってきてくれたのか。すまねえな、店の仕事もあるだろうに……。おまえ、これから帰って仕込みをするのか？」

ようやく夜が明け始めたところとはいえ、深川から神田まで戻って仕事を始めたのでは間に合わない。『ひこべん』の商《あきな》いに支障が出るのでは、と源太郎は心配になったのだろう。

弥一郎がはっとして訊ねる。

「まさかおまえ、全部利八《りはち》におっかぶせてきたわけじゃあるまいな？」

「おっかぶせても大丈夫なぐらいの腕利きだが、さすがにそれはない。俺はそんなひでえ男じゃねえ。むしろ滅法奉公人思いの、いい主《あるじ》だ」

「ていうと？」

疑わしげに見る弥一郎に、彦之助は得意満面で答えた。

「利八には一日休みをやった」

「そんな……それじゃ『ひこべん』が回らねえじゃねえか」

「心配ねえ。店ごと休みにしたんだ」

「なんだと⁉」

「そんな怖い顔をするなよ、兄貴。なにも店を畳むって話じゃねえ、一日休むだけだ。主は俺だ。店を開けるも閉めるも俺の勝手だ」

「なんて馬鹿なことを……そんな気まぐれな商《あきな》いをしてたら、馴染みがつかねえし、ついたとしても離れちまうじゃねえか！」

源太郎に怒鳴りつけられ、彦之助はそっぽを向く。弥一郎も、あり得ないという顔をしている。

だが、きよには彦之助の気持ちが痛いほどわかる。おそらく彦之助は酒合戦の話を聞いて、いてもたってもいられなくなったのだろう。いくら自分の店を持ったといっても、生まれ育った『千川』の一大事に、なにかできることはないかと必死に考えた挙げ句、弁当の差し入れを思いついた。ずっと『千川』の賄《まかな》いを作っていた彦之助だからこその気配りだ。

もっと言えば『ひこべん』は注文を取って弁当を作る店だ。あらかじめ、この日は無理だと言えば通る。馴染みの客がふらりと立ち寄って、閉まっていてがっかりするなんてことが起きるはずがなかった。

「旦那さん、板長さんも、そんなに怖い顔をしないでください。彦之助さんは、わざわざ店を休んでまで、力を貸しに来てくれたんじゃありませんか。きっと、お弁当の差し入れだけじゃなく、酒合戦そのものも手伝ってくれるつもりなんでしょう？」

さもなければ、店を休むまでもない。弁当は利八にでも届けさせて自分が仕込みに入れば、つつがなく店を開けられる。それをせずに、自ら届けに来たのは、差し入れの中に助っ人として彦之助自身が入っているからに違いない。

そうですよね？　ときよに顔を覗き込まれ、彦之助は微かに笑った。

「おきよは察しがいいな。神田界隈《かいわい》にも、『千川』の酒合戦の噂は届いてる。客の中には、俺が『千川』の息子だって知ってる者もいて、弁当を届けに行ったときに、親父さんたち大変そうだな、なんて言われる。しまいには、おまえも倅《せがれ》なら少しは助けてやれよ、とか言い出してな」

神田から深川は近所とまでは言えない距離だ。知らんぷりして店を開けることだってできる。それでもやっぱり気になる。『千川』は普段から忙しい店なのに、酒合戦で人が詰めかけたらてんやわんやになってしまう。板場だって大変だろう。自分が板場に入ることはできないにしても、下働きならできる。なんならお運びだってするから、手伝わせてくれと彦之助は頭を下げた。

これにはさすがの源太郎親子も大慌てだった。

「手伝いに来て頭を下げるやつがあるか！　頭を下げなきゃならねえのはこっちのほうだ」

「親父の言うとおりだ。本当は喉から手が出るほど人手が欲しい。だが、今日のためだけに人を雇うわけにはいかねえし、素性の知れねえやつを店に入れたくもない。おまえが手伝ってくれるなら、こんなありがてえ話はねえんだ」

「そうか、ならよかった」

嬉しそうに笑い合う兄弟に、源太郎も目を細める。そして一瞬ののち、ぱん！　と手を鳴らして言った。

「さあ、やることは山積みだ。仕事に戻るぞ！　彦之助、奥のへっついを頼む」

「ほいきた。なんだか懐かしいな」

板場と裏の洗い場を繋ぐ通路にあるへっついは、彦之助が『千川』で弁当を作り始めたときに使っていたものだ。板場に入らず、店にも出なかった彦之助にとって、『千川』の板場そのものよりも懐かしい場所に違いなかった。

酒合戦は、九つ（正午）の鐘が鳴ると同時に始まった。

座敷の真ん中に東西五人ずつの酒呑み――『水鳥《すいちょう》』たちが向かい合って並び、まわりを見物客が取り巻いている。

昨日まで積み上げられていた菰樽《こもだる》が奥に下げられているのは、場所を取るのと、菰樽からそのまま酒を供することができないからだ。客はみな、菰樽の酒を水で割って出していることを知っているが、さすがに目の前でやられては興ざめ。あらかじめ裏で樽《たる》を開け、水で割ったのちに座敷に運び込むほうがいいという判断だった。

各々の前には膳が据えられ、ちょっとしたつまみと大きさの違う盃が置かれている。

この盃は、損料屋《そんりょうや》から借りてきた。

酒と料理の算段がある程度調《ととの》ったあと、器をどうするかという話になった。

源太郎は盃がなければ格好がつかない、上等の漆塗《うるし》りとはいかないまでもそれなりのものを揃えよう、と言った。けれど、弥一郎は、ただでさえ酒代が高くついているのに、盃まで揃えていられない、酒合戦なんて一度限りなのだから、鉢でも丼でもいいではないか、と言う。

『千川』の名を広めるためにやっているのに、そんな貧乏くさいことを言ってどうする、と源太郎はいきり立つし、弥一郎は、名を広めたところで店が潰れたら元も子もないと返す。

どちらの言い分もわかるし、どちらも譲らない。収まらない親子の言い合いに、さよと伊蔵がどうしたものかと困り果てたところに、使いから戻ってきた清五郎が言った。

「そんなの、借りてくりゃいいじゃないですか。さっき、損料屋《そんりょうや》の前を通ったら蔵の掃除をしていたらしく、あっちにもこっちにも道具が山積み。その中に、けっこうでかい盃がありましたぜ」

「なんでそんなものが損料屋に……もしや、どこかのお武家様に押しつけられたとか？」

あの損料屋はかなりの大店《おおだな》だし、侍との付き合いもある。質屋も一緒に商《あきな》っているから、食い詰めた侍に無理やり押しつけられ、そのまま質流れになったのではないか、という源太郎の推量は、あながち間違っていないかもしれない。

だが、酒合戦には参加する者の数だけ盃がいる。いくら武家で使われていた立派な盃であっても、ひとつだけでは仕方がない。

ほかにも問題はある。祝言に使われるような大きさでは、話にならないのだ。

それに気づいたのか、源太郎が訊ねた。

「で、清五郎。その盃は、どれぐらいの大きさで、いくつぐらいあった？」

「俺が見たのはふたつ、どっちも屋台のそば丼ぐらいでした。茶碗に毛が生えたぐらいの大きさしかありませんが、塗り物だし、ないよりはいいかと……。まだ運び出してる最中でしたから、ほかにもあるかもしれねえし」

「そりゃそうだな。よし、じゃあ、ちょいと行って見てくるか」

「俺も行く」

ちょうど客足が絶えたところで、しかも損料屋はそう遠くない。

おそらく弥一郎は、源太郎ひとりでは、とんでもないもの、しかもどんな高い損料の盃でも借りかねない、と心配したのだろう。ふたりは連れだって出かけていった。

そして、ほくほく顔で戻ってきた親子の手には大小様々な盃があった。中には翳《かざ》して舞えるほど大きなものまである。

伊蔵が目を丸くして言う。

「すげえ……でも、よくこんなにありましたね？」

「な？　俺たちもびっくりしちまったよ。どれも立派な盃だ。これなら酒合戦の名に恥じねえ」

「酒合戦の名に恥じなくても、『千川』で使うには立派すぎなんじゃ……」

名前負けならぬ器負けだ、と清五郎が呟く。即座にきよは、弟のおでこをぴしゃりとやって窘《たしな》めた。

「立派すぎるなんてことはありません。それに酒合戦の盃は戦のときの首の代わり。安っぽい器を使っては『千川』の名折れです」

「そりゃそうかもしれねえけどさ……。それにしても、よくもこんなに数が揃ったな」

「ほんとに。質草に盃を持ち込む流行《はやり》でもあったのかしら……」

いくらなんでもそんな流行はないし、深川に食い詰めた侍が大勢いたとも思えない。だが、よく見ると盃に入れられた紋所は様々で、ひとりが持ち込んだのではなさそうだった。

そこで源太郎が、気の毒そうに言った。

「流行ってわけではないが、似たような話があったみたいだぜ」

損料屋《そんりょうや》の話によると、二年ほど前にお侍が現れた。あまりにもみすぼらしく、昨日どころか一昨日《おととい》からなにも食べていないという話に同情した損料屋の主《あるじ》は、金が戻らないばかりか、損料屋としても使い物にならないのを承知で盃を預かった。案《あん》の定《じょう》、その侍は二度と現れなかったが、これも人助けと諦めたそうだ。

ところが、しばらくして立て続けに損料屋に盃が持ち込まれた。どうやら、件《くだん》の侍が、あの店なら盃でも質草にできると言いふらしたらしい。類は友を呼ぶではないが、同じように金に困った侍が家中を引っかき回して盃を持ち込んだ。中には、主に内緒で蔵の奥から持ち出した者もいたようだが、使い道のない盃を預からなければならない上に主従の争いに首を突っ込むいわれはない。しかもやってきた侍は、口を揃えて、あの侍の盃は預かったのに俺のは断るとは何事だ、と凄む。店頭で刀を抜かれそうになり、泣く泣く預かりそのままになっていた、というのが事の次第。なんとも気の毒な話だった。

「場所塞《ふさ》ぎだし、ほかに借り手なんていそうにない。なんならそのまま買い取ってくれないか、って頼まれたが、さすがに断った」

場所塞ぎはうちも同じだ、と笑う源太郎を見て、弥一郎が呆れたように言った。

「なに言ってやがるんだ。ふたつ返事で買いそうになってたくせに。やっぱり一緒に行ってよかった。俺が止めなきゃ、この盃を仕舞う場所に悩まされるところだった」

「いいじゃねえか。こんなに立派な道具があるなら、いっそ毎年酒合戦をやれば……」

「勘弁してくれ！」

ただでさえ酒合戦で大変な目にあっているのに、毎年、しかも食い詰めた侍が持ち寄った盃なんて縁起の悪いものを使うなんて洒落《しゃれ》にもならない。弥一郎だけではなく、奉公人もみな同じ気持ちだろう。

「ってことで、買い取りはなし。損料屋《そんりょうや》にしても、何年も場所塞ぎだった盃で一儲《ひともう》けできただけで御の字さ」

そんなこんなで借り受けた盃が、上手《かみて》から大きい順に並べられている。ちなみに、東西に分かれた『水鳥《すいちょう》』たちの大将や並び順は、勘助が決めた。

『千川酒合戦』と名付けたのも、当日の仕切りも勘助だ。とんでもないことになった、酒の席とはいえ、迂闊《うかつ》なことを話すものじゃないとしきりに嘆きつつも、案外楽しそうにしているのがきよには不思議だった。

清五郎は、あんまり大変すぎて一周回って面白くなってしまったのだろう、と言うが、もしかしたらそのとおりなのかもしれない。

『千川酒合戦』は当初『深川酒合戦』と名付けられていた。大師河原にしても千住にしても、合戦の地の名を取っているのだから、今回は『深川』だというのだ。もしも勘助が、ここまで『千川』に面倒をかけたのだから、少しでも『千川』の名を上げたい、と言い張らなければ、そのまま『深川酒合戦』になっていたことだろう。

いずれにしても、勘助の「いざ、尋常に勝負！」というかけ声で、『千川酒合戦』が始まった。

酒合戦のやり方は、各組五人が一列に並び、向かい合った者同士が酒を注ぎ合う。ただし、酔いが回って酒が注げないほど手元が怪しくなった場合は、『千川』の奉公人が代わって酌をする。これ以上呑めないと白旗を掲げる、もしくは酔い潰れて寝てしまうまで続ける。呑めなくなった者の盃は取られ、五組の呑み比べが終わったときに、呑んだ酒の総量が多かった組を勝ちとする。

本来なら、一組一組じっくり戦うのだろうけれど、大師河原や千住の酒合戦のように何日もかけていられない。なんとか一日で終わらせたい、と考えた挙げ句、五組同時に進めるというやり方になったのだ。

ただ、そのせいで、酒や料理を運ぶ清五郎やとらがとんでもなく忙しくなってしまったのは気の毒だった。けれど、板場だって大差ない。

実のところ、他人が酒を呑む様《さま》なんてずっと見ていられるものじゃない。はじめのうちこそ面白がってはやし立てていた見物客も、次第に飽きて、自分たちが酒を呑むことに熱心になり始めた。見物券で酒と料理を楽しんだあとは、酒合戦などそっちのけで料理や酒を追加したがる。幸い、人気だったのは座禅豆や鯛《たい》味噌、鉄火味噌といった作り置きができる料理だったが、盛り付ける手間がいることに違いはないし、皿だって無尽蔵ではない。使った皿は洗わねば次の客に出せないし、板場と洗い場はまるで戦場のようだった。もしも彦之助が助っ人に来てくれなければ、使う皿がなくなって途方に暮れたことだろう。

「おい、この鯛《たい》味噌は堪《たま》らねえな！　こんなに山ほど鯛が入ってやがる！」

「鉄火味噌だって同じだぜ。胡桃《くるみ》や煎《い》り大豆がてんこ盛り。甘さもしっかりあって酒が止まらねえ」

「馬鹿野郎、鯛味噌も鉄火味噌も味噌そのものが旨いからこそだ。この味噌も『千川』で仕込んでるっていうんだから恐れ入るぜ」

「いやいや、味噌も旨いがこの座禅豆もすげえ。こんなに甘くて柔らかい座禅豆、おいらは食ったことがねえ！」

「これが『千川』名物『おきよの座禅豆』ってやつだ。なんでも、酒合戦を後押しした与力《よりき》様は、この座禅豆が気に入って『千川』に通い詰めるようになったらしいぜ」

「与力様を虜《とりこ》にした座禅豆か。そりゃあ旨いはずだ」

「だが、俺はもうひとつの『千川』の座禅豆も好きなんだ。昔ながらの歯応えと塩気がしっかりある座禅豆はなんとも言えねえ」

「そうか、じゃあ次に来たときはそっちも食ってみるか」

聞こえてくる客の声に、弥一郎の口元が緩んでいる。

忙《せわ》しなく手を動かし、奉公人に指示を飛ばしつつも、客の声もしっかり耳に入れる。板長たる者こうでなければ、と感心するばかりだった。

「彦之助、次の菰樽《こもだる》を開けてくれ。そろそろ酒が足りねえ！」

「そりゃいいが、水は大丈夫なのか？」

ひとつの菰樽を水で割って四樽《たる》の酒にする。大量の水がいるのだが、深川の井戸水は塩っ辛くて酒を割るには適さない。当然、買った水を使わなければならないが、十分な量があるのか、と彦之助は心配する。

だが、弥一郎に限ってそんなしくじりをするわけがなかった。

「洗い場の隅に並べてある樽が目に入らねえのか？」

「お？　あ、本当だ。しかも、どれも六分目ぐらい水が入ってる」

「朝一番で水売り船から買っておいた。八分目まで酒を足して、座敷に運んでくれ」

「八分目？　なんでいっぱいにしねえんだよ？　酒が濃くなるのが心配なら、もっと水を入れときゃいいじゃねえか」

「蓋が開いた樽を運ぶのは難儀だ。重いし溢《あふ》れる。八分目ぐらいがちょうどいい」

運ぶときばかりではなく、酒を注ぐために柄杓《ひしゃく》を突っ込むにしても樽《たる》一杯に酒が入っていては溢れかねない。あらゆることを考えて八分目にしたのだ、と弥一郎は説いた。

「なるほど……やっぱり敵《かな》わねえな、兄貴には……」

「そう簡単に肩を並べられて堪《たま》るか。くっちゃべってないで、さっさとやれ」

「合点承知《がってんしょうち》の助《すけ》！」

威勢のいい声とともに、通路から首だけ出してしゃべっていた彦之助が洗い場に消えた。

すぐに清五郎が後を追う。酒樽は重い。たとえ八分目しか入っていなくても、ひとりで運ぶのは無理だと察し、手伝いに行ったようだ。

「清五郎はいい奉公人になったな」

「どうしてですか？」

弥一郎の呟きに、きよは思わず訊き返した。弟を褒められて嬉しくないわけがないが、弥一郎がそう判断した理由が知りたかった。

「俺や親父がなにも言わなくても、やるべきことがちゃんとわかってる。仕事の先読みができるのは、周りの話をちゃんと聞いてる証だし、この忙しいときにそこまでゆとりがあるのはすすげえ」

「ちゃんと聞いてたのかしら……」

清五郎は器でいっぱいになった盆を掲げていた。たまたま器を下げてきて、洗い場に運ぶ途中だったのではないか、と言うきよに、弥一郎は唇の片方だけ上げて笑った。

「俺が彦之助に声をかけるまで、清五郎は両軍の間に入って酌をしてた。菰樽《こもだる》を開けろって声を聞くなり、おとらに酌を代わってもらって器を集め出した。盆を山盛りにして戻って、そのまま奥へ。おとらじゃ、樽を運ぶ助けにはならねえってわかってるんだ」

ただ戻るだけじゃなくて、器も集めてくる。おそらく、彦之助が酒の支度をしている間に洗い物も済ませるつもりだろう、と弥一郎は満足そうに言った。

「なんか、買いかぶってる気がしますけど……」

「清五郎は本当によくやってる。逢坂でやらかして江戸に逃げてきたにしても、今の清五郎は甘えた末っ子なんかじゃねえ。気働きがしっかりできる一人前の奉公人だ」

「まだまだですよ」

「身内だからこそ、厳しい目で見てしまうのはわからないでもないが、清五郎はどこの店にでも欲しがられる奉公人に育っている。よくぞ『千川』に預けてくれた、と『菱屋』さんに礼を言いたいぐらいだ。ま、これは清五郎だけじゃなく、おきよもだし、伊蔵もおとらも、よくぞうちに奉公してくれた、って感謝してる」

「板長さん……」

伊蔵の声がした。振り返ると、目を赤くしている。

弥一郎ときよの話だと、これまでは口を挟まずに聞いていたが、自分にまで感謝してると言われ、感極まったのだろう。

泣き出しそうな伊蔵を見て、弥一郎が笑う。

「おまえはほかのやつが褒められてても、僻《ひが》んだり捻《ひね》くれたりしない。俺も頑張ろうって素直に思えるから、これからだってどんどん伸びる。だが、そうやってすぐにめそめそするのはいただけねえ」

泣いてる暇があったらこれでも炒めろ、と弥一郎は笊《ざる》を渡す。笊には牛蒡《ごぼう》が山盛りになっている。少し前に、弥一郎が彦之助に笹掻きにさせたものだ。

大井に三つも作った鉄火味噌も残りわずかとなっている。そろそろ作り足せということだろう。

「座禅豆はまだあるな。じゃあ、おきよは鯛《たい》そぼろを頼む。俺は烏賊《いか》をやっつける」

そう言いながら弥一郎が取り出したのは、内臓を取って皮も剥《む》かれた烏賊だ。これももちろん下拵《したごしら》えは彦之助で、『千川』で弁当を作っていたころとは比べものにならないほど手早くなったことに驚かされた。十杯の烏賊の下拵えを頼んだのに、あっという間に板場に戻されてきたのだ。

本人は、利八が腕利きの料理人だからこそ主《あるじ》である自分が引けを取るわけにはいかない、速さも腕のうち、と頑張ったからだと笑っていたが、寝る間も惜しんで練習したに違いない。

「板長さん、その烏賊、どうするんですか？」

きよの向こうから首を伸ばして伊蔵が訊ねた。くだらないことを訊くなと言わんばかりに弥一郎が答える。

「糸作りだ」

「え、それは……」

「なんだ、おきよ。糸作りじゃまずいのか？」

こんなに新しい烏賊を刺身にせずにどうする、と弥一郎は言う。

きよだって、いつもなら反対なんてしない。だが、今は酒合戦の最中だ。見物客ならまだしも、酒合戦に出ている者たちが刺身を食べるとは思えない。いちいち醤油を付けて口に運んでいる暇があったら、一杯でも多く酒を流し込みたいだろう。

「糸作りは見物してる人に出す分だけにして、残りはほかの料理にしてはどうですか？」

「ほかの料理といっても……」

烏賊の味噌焼きもぬたも『千川』では人気だが、鯛味噌や鉄火味噌を出したから味噌味ばかりでつまらない。塩を振って焼いて、仕上げに柚子《ゆず》を搾るのも乙《おつ》だが、どちらかといえば夏向きの料理だし、丸のままなら醤油で煮られるが刺身にするつもりで開いてしまったから、これから煮るのはいかがなものか……と弥一郎は思案顔になる。

そんな弥一郎に、きよは黙って、後ろにあった凧糸《たこいと》を渡した。

「凧糸？　まさか巻き烏賊《いか》にしろってんじゃねえだろうな？」

「もちろん巻き烏賊です。ほかに凧糸を使う烏賊料理なんてありませんから」

「いやいや、今からじゃ……」

巻き烏賊は下拵《したごしら》えをして一枚になった烏賊に格子状に切り目を入れて巻き、凧糸で固定したあと、醤油と味醂《みりん》を入れた出汁《だし》で煮る料理だ。煮上げたあと、一口の大きさに切って出すので、酒のつまみにはもってこいなのだ。

ただ、この料理はいったん冷まして味を染みこませる必要がある。今から作って間に合うのだろうか、と心配する弥一郎に、きよは平然と返した。

「いつもより濃い味付けにしたらどうでしょう？　夜に向けて冷え込みも厳しくなっていきますから、熱々の巻き烏賊も乙《おつ》かと……」

「熱々の巻き烏賊なんて聞いたことねえよ」

「馴染み客と組んで料理茶屋に酒合戦をやらせる与力《よりき》も、あっさり乗っかる店主も聞いたことありません」

「確かに……」

得心したのか、弥一郎は丸めた烏賊に凧糸を巻き付ける傍ら、へっついに鍋をかけ、醤油と味醂が入った出汁を煮立てる。ちらりと覗いた鍋の中の出汁はいつもよりずっと色が濃い。これなら出汁をさっと絡ませるだけで十分。むしろ、中まで染みさせたらしょっぱくて食べられなくなるだろう。

「甘くて柔らかい座禅豆のあと、しょっぱくて熱々の巻き烏賊が出てくる。なんとも珍しい店だよな、『千川』は」

「いいじゃないですか、珍しくて」

店の名を広めたいなら、ほかの店と同じことをしていては駄目だ。酒合戦もそうだが、ほかの店にない料理を出す店は人の口に上りやすいに違いない。

「怪我の功名とはこのことだな……」

弥一郎がぼそりと呟く。

ぎょっとして顔を見つめたきよに、弥一郎はにやりと笑って言った。

「もともと巻き烏賊が頭になかったわけじゃねえ。魚屋が持ってきたらさっさと仕込んじまおうと思ってたんだ。ただ、昨夜からばたばたしっぱなしで忘れちまってたんだ」

「え、忘れたんですか……」

「きれいさっぱり」

どうにかこうにか支度を済ませ、酒合戦が始まったあとで烏賊《いか》のことを思い出した。今からでは巻き烏賊は間に合わない。やむなく糸作りにしようと考えた、とのことだった。

「巻き烏賊を熱いまま出しちまおうなんて、これっぽっちも考えなかった。やっぱりおきよはすげえな」

「でも、糸作りのほうが値が張るから儲《もう》けも……」

「そりゃあまあ……ただ、おきよの言うとおり、酒合戦には断然、巻き烏賊のほうがいい。見物客にしても、酒にも飯にも合う巻き烏賊を注文したがるだろう」

「それならよかったです」

「また、おきよの工夫に助けられちまったぜ」

昨日自分たちが帰ったあとも、弥一郎は仕込みを続けていたのだろう。もしかしたら源太郎も板場に復帰したのかもしれない。

とんだ成り行きで酒合戦を開くことになったにしても、引き受けたからには成功させたい一心で支度を進め、ろくに眠りもしなかったに違いない。烏賊のことを忘れたからといって、誰が責められるだろう。

自分の思い付きが商《あきな》いの助けになってよかった、と思いつつ、きよは鯛《たい》そぼろを作り始めた。


昼九つ（正午）に始まった酒合戦は、暮れ六つ（午後六時）になった時点で東西いずれもふたりずつ酔い潰れていた。ただし、東軍は残っている三人が三人とも調子よく呑み続けているのに対し、西軍は勢いよく呑んでいるのは大将ひとりだけ、ひとりは先ほどからちっとも盃の酒が減らないし、残るひとりはこっくりこっくりと船を漕ぎ始める始末。ほどなく大将以外が盃を取られ、遅くとも夜四つ（午後十時）、もしかしたら宵五つ（午後八時）には決着するのではないかと思われた。

ところが、この西軍の大将が強者《つわもの》で、残った東軍のひとりがいきなり宵六つ半（午後七時）に眠り込み、粘りに粘ったもうひとりが五つ半（午後九時）に「もう無理だ！」と厠《かわや》に駆け込んだあとも悠々と呑み続けていた。それでも東軍の大将は、ここで引いたら男が廃《すた》ると思ったのか、西軍から奪い取った四つの盃になみなみと酒を注がせ、一気に呑み干した。

四つの盃に満たされた酒はおよそ二升《しょう》。昼九つ（正午）からずっと呑み続けてなお、ぐいぐいと盃を空けていく大将に見物客は拍手喝采。誰もが、東軍の勝ちを信じて疑わなかった。

けれど、四つ目の盃を干したあと、東軍の大将はゆっくりと後ろに倒れて高鼾《たかいびき》……そのまま朝まで目を覚ますことはなかった。

その間も西軍の大将は我関せずと呑み続けた。挙げ句の果てに、夜四つ（午後十時）に東軍が呑んだ総量を追い越して、もう勝負はついたのだからと言われてもなお、もう一杯……と盃を差し出したのである。

しかもこの大将、終始乱れず淡々と酒を呑むだけでなく、つまみもしっかり食う。その上、ただ食うだけではなく、気に入った料理は源太郎や清五郎を通じて板場を褒める。最後まで乱れず、気配りとゆとりに満ちた態度を保っていたのである。

お勤めを終えて見に来た上田も感じ入った様子で、見事勝利した西軍大将に、『千川酒合戦大水鳥《おおすいちょう》』の称号を与えた。

もともと大水鳥だったに違いないのに、今更そんな称号をもらっても……ときよは思ったけれど、本人はひどく嬉しそうにしていたから、あれはあれでよかったのだろう。

もっとも、清五郎に言わせると、西軍大将が喜んだのは『大水鳥』の称号ではなく、一緒に渡された報奨金のほうらしい。見物券を売ったおかげで、もともとそれなりの金《きん》子《す》が入っていたのだが、上田がさらに加えて、大判三枚になったとかならなかったとか……

　好きな酒をたらふく呑んで大金を手にできるなら、上機嫌にならないほうが嘘だ。

　源太郎は、高い下り酒を買わねばならなかったことや船賃、港から店までの運び賃に加えて、つまみにも趣向を凝《こ》らしたせいで儲《もう》けはほとんどなかったと嘆いた。それでも、赤字にはならなかったし、『千川』の名が広まったのならそれでいいじゃないか、と弥一郎は言う。その上、上田からは大いに褒められた。勘助をはじめとする馴染み客も、本当に迷惑をかけた、これからは今まで以上に『千川』を贔屓《ひいき》にすると言ってくれた。

『損して得取れ』とはよく言われることだが、そもそも損はしていないのだから文句を言ったら罰《ばち》が当たる。源太郎ならそれぐらいのことはわかっているだろう。

　出入りの酒屋は、商機を失ったことを嘆きつつも、蔵元の失態を広めることなく乗り切った『千川』に感謝していたし、蔵元も同じ気持ちに違いない。

　いずれにしても『千川酒合戦』は思った以上にうまく運び、江戸はおろか東海道《とうかいどう》の丸《まり》子宿《こしゅく》あたりまで『千川』の名が知れ渡ったらしい。小田原宿《おだわらじゅく》には以前『千川』で奉公していた欣治《きんじ》がいる。少々僻《ひが》みっぽいところはあるにしても、弥一郎にしっかり仕込まれたおかげで腕は確かだ。どこで修業したかと訊かれたとき『千川』の名を出すこともあるだろうから、ちらほら『千川』を知っている者もいるかもしれないが、その遥か先の丸子宿まで名が知れたのは、『千川酒合戦』を開いたからこそに違いない。

酔い潰れて座敷に寝転がる『水鳥《すいちょう》』たちと空いた菰樽《こもだる》を交互に眺めつつ、清五郎が言う。

「人ってのはあんなに酒を呑めるもんなんだな。西の大将なんざ、あれだけ呑んだのに平然と帰っていきやがった。俺たちとは身体のつくりが違うとしか思えねえ」

からかうような口調で答えたのは伊蔵だ。

「身体のつくりが違うってことはねえよ。そんなこと言ったら、清五郎だって同じだ。ついさっきあれだけ食ったのに、もう腹を減らしてやがる。食ったものはどこに行っちまったんだ、って首を傾げたくなる」

「う……」

言葉に詰まった清五郎に、周りから一斉に笑い声が上がる。確かに、酒合戦ではなく食い比べであれば、清五郎は大将とは行かないまでも、副将ぐらいは務められそうだった。

そんなこんなで『千川』の名を上げるという狙いは見事叶えられた。酔い潰れた面々も、頭が痛むのか、手ぬぐいを額にぎゅっと縛ってはいたが、翌朝になっても立ち上がれない者まではおらず、『千川酒合戦』は無事終了を迎えたのである。

引っ越してきた夫婦

きよと清五郎の家に大家の孫兵衛《まごべえ》が訪れたのは、酒合戦騒動が終わった正月末、ようやく日常が戻ってきたと感じていた夜のことだった。

「ちょいとお邪魔するよ」

そんな声とともに引き戸が開けられた。

晩ご飯も片付けも済ませ、湯屋に行こうとしていたきよは、引き戸のところで孫兵衛と鉢合わせし、お互いにびっくりして一歩下がった。

「おっと、すまねえ。おきよちゃん、出かけるとこかい？」

「はい。湯屋に行ってこようと思って」

「そうかい……ちょいと頼み事をしようと思ったんだが……」

朝は飯やら勤めに出る支度やらで忙しい。この時分ならゆっくり話せると思って来てみたんだが……と言う孫兵衛に、奥から清五郎が声をかけた。

「まずは入ってくだせえ、大家さん。話なら俺が聞きますぜ」

「え、あ……まあ、うーん……」

孫兵衛は困ったように、きよと清五郎を見比べる。

頼み事の相手は自分だと察し、きよは孫兵衛を招き入れた。

「どうぞ。湯屋は少しぐらい遅くなっても大丈夫ですから」

「そうかい？　すまねえな」

後ろ手で引き戸を閉めて入ってきた大家は、すでに敷かれた布団を見て、上がり框《かまち》に腰を下ろした。慌てて清五郎が布団を二つ折りにしようとするのを、片手を上げて止める。

「そのままにしておきなさい。あたしはここで十分だ」

「そうですか？　じゃあ……」

清五郎は布団の上にどっかと座り、きよは孫兵衛と並んで上がり框に腰掛ける。すぐに孫兵衛の話が始まった。

「先だって、八郎《はちろう》さんの部屋が空いただろ？　あそこの次の借り手が決まったんだ」

「ああ、息子さんと一緒に住むって出ていかれたんでしたね？」

「そうそう。最後まで、まだまだひとりで大丈夫だって言い張ってたけど、さすがに六十に手が届く年じゃこっちが心配だ。いい頃合いで息子さんが迎えに来てくれてよかったよ」

「本当に。それで次の人っていうのは？」

「文吉《ぶんきち》っていう大工なんだ」

「あら、大工さんなら大家さんも心強いですね」

大工なら、家に不具合が出たときにすぐに直してくれる。大工に限らず、手に職を持つ店子《たなこ》は重宝するに違いない。

孫兵衛は嬉しそうに頷きながら言う。

「そうなんだ。しかも、文吉はもともとここを建ててくれた大工の息子でな。親元で修業してたから、ちょくちょくこの長屋の手入れにも来てくれてた。人柄も間違いねえし、建物のこともよくわかってるってんで、家を探してるって聞いたときに、うちに住んでくれるように頼んだんだ」

「そうだったんですか。それで頼み事って？」

「実は文吉は一年ほど前に嫁をもらったんだ。おみちちゃんっていうんだが、今、腹に子がいて、そろそろ産み月になる」

「あら、おめでたなんですね！」

孫兵衛長屋には赤ん坊はおろか、子どもだっていない。静かなのはいいが、子ども好きのきよとしては少々寂しい。赤ん坊は大歓迎だし、その子が育って外を駆け回るようになればさぞや賑やかになるだろう。

目を輝かせたきよを見て、孫兵衛がほっとしたように言った。

「おきよちゃんは、子どもが好きなんだな」

「大好きです。私だけじゃなくて、弟も」

「清五郎も？」

「はい。この子、実家にいた時分は、近所の子を引き連れて駆け回ってたんです。面倒を見てやってたんだって本人は言いますけど、どうみても『手下』扱いでした」

「姉ちゃん！」

なんでそんな昔の話を持ち出すんだ、と清五郎は渋い顔をした。

「よその子でも分け隔てなく面倒を見るのはいいことだよ。なにより、子どもってのは正直だから、嫌なやつのあとをついて回ったりしない。手下でもなんでも、子どもに囲まれてる男に悪いやつはいねえ」

「まあ、それはそうです。それで、その大工さんご夫婦はなにか困り事でも？」

夜はどんどん更けていく。あとでいいとは言ったものの、湯屋に行かずには寝られない。せっかく弟を褒めてくれている上に相手は大家だ。ちょっと失礼かな、と思いながらも、きよは先を促した。

　孫兵衛は慌てて話を元に戻す。

「困り事とまではいかねえが、腹に子がいる、おまけにもうすぐ産み月となったらなにかと大変だ。旦那のほうはともかく、かみさんは越してきたばかりで近所に知り合いもいねえだろうし、ちょっと気にかけてやってくれると助かるんだが……」

　自分はもちろん、女房のくめにも気にするように言ってはあるが、いかんせん住まいが離れていて目が届きにくい。やはり、同じ長屋に住んでいるきよのほうが適役だろう、と孫兵衛はすまなそうに言った。

「おきよちゃんだって家のことはやらなきゃならんし、『千川』での奉公もある。忙しいのはわかっちゃいるが、ひとつ頼まれてやってくれねえか」

「なんだ、そんなことですか。お安いご用ですよ。とはいっても、私は子を授かったことがないから、身重の大変さはあまりわかりません。およねさんがいてくだされればよかったんですけど……」

　きよの隣に住むよねは今、嫁いだ娘、はなのところにいる。もともと仲のいい親子だったし、こちらもおめでたで悪阻《つわり》がひどいはなの面倒を見に行ったので、もうしばらくは帰ってきそうにない。

孫兵衛にしても、本当はよねに頼りたかったに違いないが、いないのだから仕方がない。猫の手よりまし、ぐらいの考えで、きよのところに来たのだろう。

ところが孫兵衛は、ちょっと考えてから首を左右に振った。

「いや、およねさんは頼りになるに違いないが、あの人がいてもやっぱりおきよちゃんに頼みに来たよ」

「どうしてですか？　およねさんはすごく親切だし、なんでも知ってます。とっても頼りになる人ですよ？」

きよはちょっとむっとして言葉を返す。江戸のおっかさんと慕うよねを否定されたような気がして、面白くなかったのだ。

ところが、眉根を軽く寄せたきよに、孫兵衛はなんだか嬉しそうに笑った。

「そうやって庇うところを見ると、およねさんとはうまくやってるんだな」

「当たり前じゃないですか。江戸に来たときからお世話になりっぱなしなんです。およねさんがいなかったら、私たちはどうなっていたことか……。およねさんは本当にいい人です。そりゃあ、たまに言葉が荒くなることはありますけど……」

「うん、全部わかってる。あたしはあんたたちよりずっと長く、およねさんと付き合ってるんだからな。ただ、おきよちゃんの言うとおり、言葉が時々荒くなる。それがちょいとね……」

そのあと続いたのは、確かに孫兵衛がきよに頼みに来たのが頷ける話だった。

なんでも、これまで文吉夫婦は文吉の両親と一緒に暮らしていたそうだ。けれど、姑《しゅうとめ》にあたる文吉の母親がかなり気の強い人で、嫁いびりがあったらしい。普段からあれこれ嫌みを繰り返し、はな同様に悪阻《つわり》がひどくて動けなくなったみちをひどく責めたそうだ。

「子を産むのは女の仕事だ。よその嫁は産む直前までせっせと立ち働くのに、うちの嫁はまだろくに腹も膨らんでいないうちから寝込んでいる、とんでもないはずれ嫁だ、とまで言ったんだとよ」

「ひどい……」

「あたしも、聞いたときは腸《はらわた》が煮えくり返った。文吉が気づいて家を出なけりゃ、姑にいびりまくられて母子ともどもろくでもねえことになるとこだった」

「旦那さん、気づいてくれたんですね」

「ああ。なんでも、毎日文吉が勤めに出るとき、やけに浮かない様子だし、雨で家にいるとなったら地獄で仏みたいな顔をする。文吉は察しのいい男だから、自分が留守の間になにか起こってるんじゃねえか、って疑ったらしい」

文吉は父親に相談し、仕事を抜けさせてもらって家に戻った。しかも、家に入らず裏手に回って自分の母親とみちの様子を窺《うかが》ったそうだ。壁の薄い家だし、母親の声は高い。壁に耳をくっつければ、なんとかやりとりを聞き取れたという。

「文吉のおっかさん、そりゃあ、ひでえ言葉でおみちちゃんを罵《ののし》ってたそうだよ。文吉やおとっつぁんの前では優しい姑のふりをしてたのに、これが本性か、って情けないやら、腹が立つやら……。で、そのまま仕事場に戻っておとっつぁんに、家を出たいって頼んだ」

最初は父親も、腹に子がいる女を家移りさせるなんて、と反対した。お産には女手がいるから、子が生まれてからにしたらどうかとも……

だが、文吉から実情を聞かされた父親は驚愕し、仕事を切り上げて一緒に家を探してくれたそうだ。当然、文吉の母親は大反対だったが、男ふたりは聞く耳を持たず、さっさと引っ越しの手はずを整えたという。

「骨のある旦那さんと理解のあるお舅《しゅうと》さんでよかったですね」

「ああ。なんであの親方のかみさんが、そんな意地悪女なんだって呆れたが、とにかく文吉とおみちちゃんは引っ越すことになった。夫婦揃ってうちに挨拶にも来てくれたんだが、あとで文吉に気になることを聞かされてな」

「というと？」

「あたしもかみさんも、まったく気づかなかったんだが、うちのかみさんが話しかけるたびに、おみちちゃんが肩を震わせてたそうだ」

「え、おくめさんが怖かったってことですか？」

「らしい。おくめとおみちちゃんは、これまで話したことどころか顔を合わせたこともない。それなのに、話しかけられるたびに『びくっ』とする。文吉が言うには、おくめと文吉のおっかさんの年格好が似てるからじゃねえか、って。あと、声音も似てるって」

「おくめさんと姑《しゅうとめ》さんが重なって見えちまったってこと？　そいつはなんとも……」

それまで黙って話を聞いていた清五郎が、気の毒そうに首を横に振った。さらに考え考え続ける。

「そういや、おくめさんとおよねさんも声音が似てるよな……。しかも、およねさんはおくめさんよりずっとはっきりものを言うし」

「そうなんだよ。およねさんは間違ったことは絶対に言わねえが、はっきり言いすぎることがある。付き合いが長くなれば、悪気がねえことはわかってくるんだが……」

「引っ越してきたばっかり、しかも意地悪なお姑さんにさんざん虐《いじ》められたあとじゃ、きついですね」

「そのとおり。およねさんはものすごく頼りになる人だ。それはわかってても、今はちょっとな。無事にやや子が生まれて、おみちちゃんの気持ちが落ち着いたころに戻ってきてくれるのが一番だ」

　手前勝手な言い分だとわかっちゃいるが、みちが安心して子を産めるように手を尽くしてやりたい、と孫兵衛は言う。これには、きよも清五郎も頷くしかなかった。

「わかりました。私はおくめさんやおよねさんより年が近いはずだから、おみちさんも少しは気安いと思います」

「だよな。姉ちゃんだってきついことを言わないわけじゃねえけど、相手は俺に限るし、年下の女の子には滅法優しいよ」

　いつだったか川を流れてきた女にも、ずいぶん親身になってやっていた。弟じゃなく妹だったら、俺ももう少し優しくしてもらえたかも、と清五郎は嘆く。

　きよは、そんな弟にぴしゃりと言い返した。

「弟か妹かなんてかかわりありません。ろくでもないことさえ言わなけりゃ、ちゃんと優しくするわよ！」

「もっともだ。それに清五郎、やらかした弟の面倒を見るために、江戸まで来てくれる姉ちゃんなんてそうそういない。もうちょっとありがたがるんだな」

「へーい……」

　わかってます、と清五郎は首をすくめたあと、孫兵衛に訊ねた。

「で、その大工夫婦はいつ引っ越してくるんですか？」

「明日。勤めを終えてからって言ってたから、顔を合わすのは明後日《あさって》の朝になるかもしれねえ」

「飯の支度は大丈夫かな？　なんなら俺、その人たちの分まで飯を炊くよ？」

「簡単なものでいいなら、お菜も作っておけますけど？」

　口々に言う姉弟に、孫兵衛は目を細めた。

「気がつかなかった。確かに、引っ越し早々、飯の支度は大変だな。でも、それならうちのかみさんにやらせるよ」

「え、それはまずい！　俺たちの思い付きで、おくめさんの仕事を増やしちまうことになる」

「そうですよ。それに、大家さんたちの家からここまで運んでくるのも大変です。今は寒いから傷《いた》む心配もないし、朝まとめて作って文吉さんたちが入る部屋に置いておきます」

「うんうん。たっぷり飯を炊いて……あ、握り飯にしてもいいな」

「そうね。おにぎりなら食べるのも簡単だわ。なんなら、横になって休みながらでも口に入れられるし。あとは、お味噌汁と糠《ぬか》漬けでも添えましょう」

「決まり。おっといけねえ、米を研ぎ忘れてた」

大家さんが来てくれなかったら朝飯が大変だった、と笑いながら清五郎が米櫃《こめびつ》に手を伸ばす。すでに米を研ぎ終えていたら足すのは大変だが、これなら大丈夫。もっけの幸いだった。

「あんたらは根っから人に飯を食わせるのが好きなんだな。さすがは料理茶屋に奉公してるだけある。文吉夫婦も、引っ越ししてくるなり『千川』のおきよの飯が食えるなんて、思ってもみねえだろうな」

思ってもみないどころか、きよの名前すら知らないに決まっている。だが、時はどんどん過ぎていく。否定して話を長引かせるよりも、早く湯屋に行きたかった。

「じゃあ清五郎、あとは頼んだわよ。私、湯屋に行ってくるから」

「あいよ。気をつけてな」

「邪魔したな。じゃあ。おきよちゃん、そこまで一緒に行こう」

かくして清五郎は米を研ぎ、きよと孫兵衛は連れだって家を出る。

見上げた空は雲もなく、月が明るく輝いている。おそらく明日はいい天気、つつがなく引っ越しを終えられることだろう。

あとは、身重の妻がうっかり怪我をしたり、疲れて寝込んだりしないことを祈るばかりだった。

翌朝、いつもの倍の飯の支度を済ませた姉弟は、若い夫婦の家に握り飯と小鍋に移した味噌汁、糠《ぬか》を洗い落として切った漬物を置き、水瓶《みずがめ》をいっぱいにして『千川』に向かった。

本当は軽く掃除もしておくつもりだったが、家に入ってみたら畳に埃ひとつなく、土間も掃き清められていた。前に住んでいた八郎が引っ越してからしばらく経っているからてっきり埃だらけだと思っていたが、孫兵衛あるいはくめが掃除をしに来たようだ。

ふたりして、やることがなくなったね、と笑い合っているところに水売りが通りかかり、そういえば水だっているだろう、ということで水瓶をいっぱいにした。

小鍋は返してほしいから書き置きをしようかと思ったが、大家が様子を見に来るだろうし、孫兵衛なら飯を作ったのが誰かを伝えるはずだ。

小鍋も皿もちゃんと返ってくるだろうし、すぐに食べられる飯といっぱいになった水瓶を見れば、大家だけではなく長屋の住人、少なくともきよと清五郎が歓迎していることは伝わるに違いない。

「大工は朝が早い仕事だから、俺たちが帰るころには寝ちまってるかな」

「たぶんね。明日の朝、井戸端で会えればいいけど」

「嫁さんの具合によるなあ……。疲れて起きられないかもしれねえ。念のために、今夜も余分に米を研いどくか」

「そのほうがいいかも。このあたりはちょくちょく振売《ふりうり》が通るから、ご飯さえあればお菜はなんとかなるしね」

「だな」

そんな話をしているうちに『千川』に到着し、また忙《せわ》しない一日が始まった。


その夜、勤めを終えて孫兵衛長屋に戻ったきよは、井戸端に女がいるのに気づいた。見たことがない若い女だし、暗がりでもわかるほど腹が膨らんでいるから、これがみちに違いない。どうやら、水を汲んで桶に移したいようだが、膨らんだ腹のせいで難儀しているらしい。

「大丈夫ですか？」

「きゃっ！」

きよの声に、みちは悲鳴を上げた。暗がりからいきなり声がして、驚いたのだろう。

「ごめんなさい！　びっくりさせちゃいました？」

「いえ……あ、もしかしておきよさんですか？」

「はい。水がいるんですよね？　私が汲みますから、ちょっとよけてくださいな」

「え、でも……」

「いいから任せて。この井戸は深いし、釣瓶《つるべ》もわりと大きくて重いから、お腹に障るかも」

きよは女にしては力があるし、慣れてもいる。今夜は昨日に続いてよく晴れた夜だから、月も明るい。水を一杯汲むぐらい朝飯前だった。

ぐいぐいと縄を引っ張ると、間もなく釣瓶が上がってきた。井戸端に置いてあった桶に移してみたが、かなり小さかったので、釣瓶に半分以上水が残ってしまった。

「お水、これで足りますか？」

「はい。ちょっとだけあればいいんです」

「水瓶《みずがめ》はもう空になっちゃいました？」

「いいえ、たっぷり残ってます。あ！　あのお水、おきよさんが買ってくださったんですってね。とってもありがたかったです」

ご飯ばかりか水まで、とみちはしきりに恐縮している。

せめて水代だけでもお支払いしなければ、と言うみちに、きよはほっとする思いだった。

水代を払ってほしいわけではないが、それを気にかけられる人柄に安心したのだ。

「お代なんて気にしないでください。それよりこのお水、お宅まで運びましょうか？」

そういえば、文吉はどうしているのだろう。意地悪な姑《しゅうとめ》と離すために引っ越しするほど嫁思いのはずなのに、こんな夜更けにひとりで水を汲ませるのは意外だった。

だが、みちはその必要はないと言いながら、懐《ふところ》から手ぬぐいを取り出した。

「身体を拭きたかっただけなんです。床《とこ》に入ったもののなんだか眠れなくて。きっと、引っ越しで汗をかいて心地悪いせいだと思うんです。寒いから汗はかかないと思ってたんですけど……」

「引っ越しですからねぇ……でも、冬なのに汗をかくほど動いて、赤ちゃんは大丈夫ですか？」

「それは平気です。むしろ、産み月が近くなると少し動いたほうがいいって聞きました」

「そうなんですか……」

経験のないきよにはわからないが、本人が大丈夫だと言うなら信じるしかない。ただ、外で身体を拭くには寒すぎる。腹に子がいるかどうかを問わず、女の身体には冷えが大敵なことぐらい承知していた。

「身体を拭くにしても、家でやったほうがいいと思いますよ」

「でも……」

みちはそっと家のほうを窺《うかが》う。みちが引っ越してきたのは、よねの家の三軒先だが、さっき通ったときには明かりが消えていた。みちが床《とこ》についていたと言うぐらいだから、文吉ももう床に入っている。もしかしたら眠ってしまったのかもしれない。

「旦那さんを起こしたくなくて、そっと抜け出してきたのね？」

「そうなんです。井戸端でも、こんな遅くなら誰も通らないから平気だと思ったんです」

「ごめんなさいね。ほかの人たちはもっと早くに帰ってくるんだろうけど、私と弟は毎日これぐらいになっちゃうの。でも、通りかかったのが私でよかった」

身体を拭こうと諸肌を脱いだところに、清五郎が通りかかったら目も当てられない。いくら、井戸端でそんなことをするほうが悪いといっても、本人がほかにやりようがないと思ったのだから仕方がない。

「湯屋には行かないの？」

「湯屋の場所がわからなくて……」

「旦那さんはどうしたの？」

「お湯を沸かして、それで拭いてました」

「だったら、おみちさんもそうすればよかったのに」

「文吉さん、自分でお湯を沸かしたんです。私の分も一緒に沸かそうとしてくれたんですけど、申し訳なくて……」

なんでも、荷物を入れ終わったあと、文吉はみちにとりあえず横になるように言ったそうだ。もとの家は南大工町《みなみだいくちょう》にあり、ゆっくり歩いても半刻《はんとき》（一時間）かからずに着く。だが身重のみちにはやはりこたえる。嫁思いの文吉だからこそ、休むように言ったのだろう。

おまけに湯まで沸かしてくれるなんて素晴らしい。どうせ湯を沸かすなら、ときよなら頼んでしまったかもしれない。

けれどみちは、力なく首を横に振りながら言う。

「ひとり分とふたり分じゃ、運ぶ水の量も湯が沸くまでにかかる時も違います。文吉さんだって疲れてますし、明日も朝一番からお勤めです。せっかくすぐに食べられるご飯を用意してもらったんですから、さっと食べて休んでほしかったんです」

「そういうことだったんですね……」

夫婦揃って優しい。お互いを思う気持ちが、羨《うらや》ましいほどだった。

「旦那さんはもう寝ちゃったのかしら……」

「おそらく」

「夜中に起きることはある？」

「寝入りばなはたまに。でも、床に入ってからしばらく経ってますから大丈夫だと思います」

「じゃあ、少しぐらい抜け出しても大丈夫ね」

「え……？」

「湯屋の場所を教えるわ。一緒に行きましょう」

そろそろ清五郎が湯屋から戻ってくる。晩飯の支度はもう終わっている。みち夫婦の分と一緒に拵《こしら》えておいたから、きよがいなくても食べられるはずだ。

「南大工町から歩いてきて、火の気のない家の中で荷ほどき。ご飯だって冷たいまま食べたのでしょう？　身体が冷え切ってるに違いないわ」

もしかしたら、うまく寝付けなかったのは汗をかいて気持ちが悪いからではなく、身体が冷えてしまっているせいかもしれない。湯屋で温まればしっかり眠れるのでは、というきよの言葉に、みちは案外素直に頷いた。

「そうかもしれません。それに湯屋の場所を教えていただけるのは助かります」

「でしょう？　なら、ちょっと待っていてね。私、湯札を取ってくるから」

孫兵衛と話していて遅くなったせいで、昨日は大急ぎで湯屋を済ませなければならなかった。この分では、今日もゆっくりできないだろう。

——今日は、昨日の分までゆっくりしたかったんだけど、仕方ないよね。おみちさんは、湯屋に行けるのがとっても嬉しそうだからよしとしましょう！

これがいわゆる姐御肌というやつか、と苦笑しながら湯札を取りに行く。引き返して井戸に向かったところで、清五郎の姿が見えた。

「姉ちゃん？」

「清五郎、おかえり。悪いんだけど、これから湯屋に行ってくるわ。お腹が空いてるだろうから、ご飯は先に食べてていいわよ」

「え？」

怪訝《けげん》な顔になった弟に事の次第を説明する。井戸のところには誰もいなかったと言うから、おそらくみちは財布でも取りに行ったのだろう。

「わかった。じゃあ、飯は先に食っとくから、ゆっくりしてくるといい」

「ありがと。でも、あんまり長湯するとお腹の子に障るかもしれないから、さっと済ませてくるわ」

「冷えすぎても温まりすぎてもよくねえのかもな。赤ん坊を産むってのはつくづく大変だな」

気をつけてな、と清五郎は家に戻っていく。弟が家に入るのとほぼ同時に、文吉たちの家の引き戸が開いてみちが出てきた。ほとんど音を立てない様《さま》はまるで盗人《ぬすっと》みたいだが、文吉を起こしてはならない、という気配りからだろう。

「お待たせしました」

「じゃ、行きましょう」

今日引っ越してきたばかりの女と湯屋に行くというのは、かなり珍しい経験だ。だが、みちは貫禄があるのは腹だけで、腕も首回りもすんなりと細い。細いというよりも、弱々しいというほうがぴったりで、無事に赤ん坊が産めるかどうか心配になるほどだった。

清五郎の言い分ではないけれど、年下の女の子はやたらと気にかかる。兄や姉が自分の面倒を見てくれたように、世話を焼きたくて仕方がなくなる。

弟の世話はさんざんしたけれど、やはり妹も欲しかった。はなが孫四郎《まごしろう》に想いを寄せていると知ってお菓子作りを手伝ったり、代わりに文《ふみ》を書いたりしたのも、妹同様のはなに想いを遂げさせてやりたい一心だった。

はなが嫁いで寂しくなったけれど、代わりにみちが引っ越してきた。妹がもうひとりできたみたいで嬉しくてならない。

——この子、お姑《しゅうとめ》さんに虐《いじ》められて、ご飯も満足に食べられなかったんじゃないかしら。旦那さんとふたりになったから少しは食べられるようになればいいけど……

大きなお腹を抱えていてはご飯の支度も大変だ。大家からも頼まれていることだし、元気な赤ん坊の声を聞くためにも、できる限り手助けしてやりたい。

そんな思いを抱えつつ、きよはみちとともに湯屋に向かった。


文吉夫婦が越してきてから、きよの朝はさらに忙しくなった。

文吉は気配りのある夫らしいが、さすがに清五郎みたいに飯を炊いたりはしない、というか技量がないらしい。おまけに大工なので、仕事に出るのがきよや清五郎よりもずっと早く、朝ご飯の支度も急がなければならない。

四人分が二人分になったとしても、手間そのものは大差ない。文吉の実家にいたときは姑と一緒にしていたご飯の支度を、ひとりでしなければならないのは大変に違いない。かといって、引っ越してきた日のように、すべてをきよたちが引き受けるのは違う。そうしてやりたいのはやまやまだが、そこまできよにもゆとりはないし、なによりみちのためにならない。朝、井戸端で顔を合わせたときに、疲れていそうなら味噌汁かお菜を一品分ける。

それも何日も続けてではなく、せいぜい三、四日に一度に留める。みちの顔を見るために、今までより早起きしなければならないだけでも、骨の折れる仕事だった。

けれど、夜が明けるか明けないかのうちから井戸端でご飯の支度をしているみちは健気だし、きよの姿を見つけてぱっと顔を輝かせるのもかわいくてならない。

一方、清五郎は、きよよりもさらに年が近いせいか、みちのことを『おみちさん』ではなく『おみっちゃん』と呼んでいる。間もなくおっかさんになる人をそんなに気安く呼んでいいのか、と心配になるけれど、みち本人は気にしていないどころか、喜んでいる節も見られるのでそのままにしている。

清五郎は、みちが井戸で水を汲もうとしているのに気づくと、飛んでいって代わってやったり、まとめて青物を買い込んだときは、家の中に運んでやったりしている。きよと同じぐらいか、それ以上に甲斐甲斐しく面倒を見ているのだ。

清五郎は末っ子だから、きよよりももっと、妹ができたようで嬉しいのだろう。

みちはもともと口が重い質《たち》のようで、孫兵衛夫婦には訊かれたことに答えるのがやっとだったそうだ。だが、年が近いせいか、はたまた一緒に湯屋に行ったせいか、きよにはかなり打ち解けてくれて、半月もしないうちに、夫や自分、舅《しゅうと》、姑《しゅうとめ》の話も口にするようになった。

さらに、きよが『千川』の料理人だと知って、お菜の作り方を教えてほしいとも頼まれた。

ご飯の支度は嫁入り前に一通り覚えてきたし、姑からも教わったけれど、きよが分けてくれるお菜とはぜんぜん違う。自分もあんなに美味しいお菜を作れるようになりたい、と言うのだ。

わからないことを素直に訊けるところがまたいい、と親馬鹿みたいなことを思いつつ、味付けの手ほどきをする。酒や味醂《みりん》、味噌、醤油といった味付けのもととなるものも、入れる順番によって仕上がりが違う。とりわけ煮物は、味醂を先に入れると材料に甘みが入りやすくて優しい味に仕上がる、と聞いてみちは目を見張った。

「入れる順番があるなんて初耳です。そんなこと誰も教えてくれませんでした」

「私だって教わってないわよ。自分であれこれやってるうちに気がついただけ」

「それに気づけるからこそ、料理人になれたんですね。それに、お芋もすごく柔らかそうなのにちっとも煮崩れしてないし」

きよが芋を煮ている鍋を覗き込んで、みちはしきりに感心している。

みちは引っ越してくる際に七輪を持ってきていたので、並んで料理しているのだが、同じような鍋で同じような芋を煮ているのに、みちの鍋の芋は形が崩れてどろっとしていた。

「おみちさんは、火が強すぎるのよ。そんなに強火にしたら沸き切った出汁《だし》の中でお芋が躍って、角が潰れちゃうわ」

「火加減もかかわりあるんですね。早く煮えてほしいからついつい強くしちゃって……」

「それならお芋を半分に切ればいいわ。丸ごと煮るよりずっと早くできるから」

「あ……確かに。次からはそうします。そんなことにも気づかないなんて、私は逆立ちしても料理人にはなれませんね」

「ならなくていいわよ。それとも、おみちさんは料理人になりたいの？」

「いえ……私は家のことで手一杯です。しかももうすぐ赤ん坊も生まれます。料理人とおっかさんを同時にやるなんて無理ですね」

みちは、けらけらと笑っている。

一方、きよはみちの言葉が胸の奥深くに刺さった気がした。

——料理人とおっかさんを同時にやるのは無理……確かにそのとおりだ。私は器用な質《たち》じゃないから、おっかさんどころか奥さんだって難しい。今ですら、ご飯を清五郎に炊かせてるぐらいだもの……

このまま料理の道を歩むとしたら、奥さんにもおっかさんにもなれない。薄々わかっていたけれど、みちの言葉にとどめを刺された。いつか、想いを寄せる相手が現れたとしても、料理人を続けたければ諦めるしかない。

とっくに嫁き《い》遅れの上に、そんな気配は微塵《みじん》もないにしても、やはり辛《つら》い事実だった。いや、確かに嫁いで子を産もうとしているみちは、女としては自分より遥か先を行っているけれど、そんな彼女にも自分が教えられることがある。ずっと逢坂の実家に隠れ住んでいたら、嫁ぐことも料理の道に入ることもなかったと思えば上等だ。子を育てる代わりに、人が喜んでくれる料理を作って食べさせる。それもまたひとつの道だと信じて進むしかなかった。

「こんな具合でいいでしょうか？」

「いい感じに煮えたわね。熱々も美味しいけど、晩ご飯のときはもっと美味しくなってるわ」

「煮物は一度に作れて助かります。産気づく前にたくさん作っておこうかな……」

「いつ産気づくかなんてわからないでしょ」

「あ、そうか……」

産気づいてから実際に赤ん坊が生まれるまでが、どんなふうなのかはわからない。実家の母が清五郎を産んだときは、きよはまだ三歳だったから覚えていないし、それ以後、きよの周りで子を産んだ女はいない。それでも、お産というものは時を選んでくれないし、人の意思でどうこうできるものではないことぐらいわかっていた。

「産気づいたあとのことなんて考えなくていいわよ。そんなゆとりはないでしょうし」

「でも……それじゃあ文吉さんが……」

「ご飯なら私が作るし、それでも不自由なら、いっそご実家に戻ってもらってもいいいんじゃない？」

言い終わる前に、きよはしまったと思った。なぜなら『実家』という言葉を聞いたとたん、みちの顔つきが一気に暗くなったからだ。

実家からここに引っ越すにあたって、文吉の父親が尽力してくれたそうだが、文吉の母親は納得していなかったらしい。赤ん坊が生まれることがわかっていて勝手に出ていったくせに、いざお産となったら頼ってくるのか、と言われかねない。

ところが、続いてみちの口から出たのは、きよの予想とはまったく逆の話だった。

「お姑《しゅうとめ》さんからは、産気づいたら知らせるように言われてるんです。すぐに駆けつけるからって」

「駆けつける……文吉さんのお世話をしに来るってこと？」

「それもありますけど、赤ん坊と私の世話もしてくれるつもりだと……」

「それってあんまり……」

文吉の世話だけならまだしも、赤ん坊やみち自身の世話となると話が違う。ただでさえ、お産で疲れ果てているのに、相性の悪い姑に張り付かれた日には回復なんてままならない。どうかしたら、赤ん坊の命綱である乳まで止まってしまうだろう。

しかも、そんなことを言うぐらいだから、姑は文吉夫婦が引っ越した理由が自分にあることすらわかっていない。今までどおり、みちに言いたい放題するに違いない。

「ねえ、おみちさん。立ち入ったことを訊くけど、おみちさんは江戸の生まれなの？」

「江戸は江戸なんですけど、母はもう……」

みちには兄が三人いて、みちとはかなり年が離れている。母は、ようやく生まれた女の子のみちをとてもかわいがってくれたが、あまり丈夫な質《たち》ではなく、半年ほど前に亡くなってしまったという。

「兄さんばかりじゃなく、せめて姉さんがいれば助けてもらえたかもしれませんけど」

「兄嫁さんにでも、お願いすればなんとかならない？」

「さすがにそれは……」

兄は三人とも嫁をもらっているが、それぞれが次々子どもを授かっててんてこ舞いだ。すぐ上の兄のところなど、つい先月五人目の子を産んだばかりで義妹の世話どころではない、とみちはため息をついた。

命からがら逃げ出したのに、大事なお産でまた姑がやってくる。回復するまで夫や赤ん坊の世話を任せたいのは山々だが、姑《しゅうとめ》がいればいるだけ回復が遅れそうだ。みちにしてみれば、八方塞《ふさ》がりの気分だろう。

「そうだったの……それは気が重いわね」

「考えたって仕方がないし、お産までお姑さんと離れて暮らせただけでもありがたいって思うしかありません」

弱々しく笑うみちに、きよはただ頷くことしかできない。いっそ意地悪姑が、ひどい風邪を引くか癪《しゃく》でも起こして来られなくなればいいのに、と思うが、そういう姑に限って身体は丈夫だったりする。

きっと元気いっぱいにやってくるのだろうな、と思うと、こちらまで滅入りそうだった。

きよは気持ちを切り替えるように、鍋の蓋を取る。鍋の中では薄く切った大根が沸々と煮えている。冬大根は厚く切って煮ると、箸で割ったときに煮汁が染み出して堪《こた》えられないが、煮るのに時がかかりすぎる。薄く切った大根を胡麻《ごま》油で炒《い》りつけてから煮れば、そう長くかからないし、冷めても旨い。清五郎は、そうやって煮た大根をあえて残し、翌朝炊きたての飯にのせて掻き込むのを楽しみにしているぐらいだ。

せめてご飯だけでも楽しんでもらおうと、小鉢に移した大根をみちに渡す。みちはものすごく嬉しそうな顔をしつつも、受け取ろうとしなかった。

「この間も、青菜の煮浸しをいただいたばっかりじゃないですか。そんなにたびたびいただくわけには……」

「いいのよ。お産のあと、ゆっくり休めないかもしれないなら、なおさら今のうちにしっかり食べておかないと。それに、もともとおみちさんに分けるつもりでたっぷり煮たのよ」

昨日の朝、青物売りがとても大きな大根を持ってきた。値打ちだったし、大根は使い勝手がいいから二本も買ってしまったが、さすがに多すぎた。かなり大きな鍋にいっぱいあるから、いくら清五郎でも食べきれない。食べてもらえると助かる、というきよの話に、みちは今度こそ素直に受け取った。

「じゃあ、いただきます。次は、この大根煮の作り方を教えてくださいね。大根はお腹にいいからたくさん食べるように、ってお産婆さんにも言われてるんです」

「どこのお産婆さんにお世話になってるの？」

「おきくさんって方です」

「山本町《やまもとちょう》の？」

「はい。このあたりで一番だから、って大家さんが」

山本町のきくといえば、気を失ったまま黒江川《くろえがわ》を流れてきたお女中――ゆうを助けたときに世話になった。

「おきくさんなら間違いないわね」

「大家さんもそうおっしゃってました。おきくさん、私の母がもういないって知って、身体への気配りから、子を産む心構えまで教えてくださいました。ちょっと口調はおっかないですけど、しっかりしてるし、親身になってくださるいい方です」

「そのとおりよ。あ、もしかしたら、おきくさんなら助けてくれるかも。それが駄目なら、深庵《しんあん》先生とか……」

「深庵先生ってお医者様の？」

「深庵先生も知ってるの？」

「はい。おきくさんのところでお目にかかりました」

「それなら話は早いわ」

深庵は、深川一と名高い医師だ。ゆうの回復に力を尽くしてくれたし、逆恨みから命を狙われていたゆうを匿《かくま》ってもくれた。ほんの一日とはいえ、医者の家で身体を休められたのはなによりだったに違いない。

深庵ときくは日頃から連絡を取り合っている。きくが引き受けた身重の女の中で、もともと病《やまい》を持っていたり、身体の弱そうだったりする者がいると、深庵に相談して少しでも楽にお産ができるよう努めているのだ。

医師と産婆が手を取り合うことで、近隣の女たちは安心して子を産める。ふたりとも知恵者だし経験も豊富だ。みちについても、事情を話せばきっといい知恵を授けてくれるに違いない。

「いっそ、お姑《しゅうとめ》さんとそりが合わないことを、おきくさんに話してみたら？」

「……ご迷惑になりませんか？」

「大丈夫。おきくさんは、お産だけじゃなくて、生まれた子が元気に育つように力を尽くしてる。赤ん坊が元気に育つためには、なによりおっかさんが元気じゃなきゃいけない、っていつも言っているそうよ。おみちさんが元気でいられるように、できる限りのことをしてくれると思う」

まずは事情を話してみて、と言われて小さく頷くも、みちはなにも言わない。見るからに不安そうな様子に、実際に話すかどうかは半々だな、と思ってしまう。

たぶんみちはきよに、一緒に話しに行ってほしいのだろうな、とは思ったが、日中は勤めがあるからそうもいかない。さほど遠くないにしても、きくが住む山本町は『千川』の行き帰りに寄れる場所ではないし、行ったところでお産の最中で留守にしているなど無駄足になる恐れもある。

みちはこれから子どもを産む。産むにも育てるにも強さは必要なのだから、ここは頑張ってほしいところだった。

「おきよちゃんはいるかい⁉」

きくが『千川』にやってきたのは、翌日の宵五つ（午後八時）のことだった。

帰ろうとしていたきよは、久しぶりに見るきくの姿に驚く。

もしやおみちさんが……と思っている間に、同じく帰り支度をしていた清五郎が声をかけた。

「誰かと思ったら、おきくさんじゃねえか」

「ああ、あんたもいたのかい」

「いるに決まってる。それより、こんな遅くにどうした……あ、おみっちゃんが産気づいたのか⁉」

「産気づいたのは間違いないが、それで取り上げ婆が料理茶屋に来るわけがなかろう」

「じゃあなんだよ。それより、おみっちゃんはどうしたんだ？」

産気づいたみちを放り出してきたのか、と清五郎は気色《けしき》ばんだ。

世の中にはずいぶんいい加減な産婆がいて、酒を呑んで酔っ払いながら赤子を取り上げたなんて話も聞く。きくはそんないい加減な産婆ではないが、清五郎もみちをかわいがっているだけに気になったのだろう。

「おみちには、深庵先生がついてくださってる」

「深庵先生⁉　医者を呼ばなきゃならねえような成り行きなのか⁉」

「そうじゃないよ。ちょっと、おみちのところでごたごたがあってね。たまたま深庵先生が通りかかったんで助けてもらった」

「ごたごたって？」

「亭主のおふくろさんが押しかけてきてる」

「なんてこと……」

思わず声を上げると、きくがきよをじっと見た。

「そんな顔をするところを見ると、事情を知ってるんだね？　あたしにはなにがなんだかわからないが、あの子はちょくちょくおきよちゃんの話をするから、けっこう仲がいいんだろう？」

「それなりには……」

「じゃあ、教えてくれないか。なんであの子は、あんなに怯えてるんだい？」

おそらく、みちはきくに事情を話せなかったのだろう。昨日の今日だから仕方がないにしても、打ち明け話をする前に産気づくなんて運がないとしか言いようがなかった。

そこできよは、文吉夫婦が引っ越した原因、そして実母が亡くなっていることも含めて、きくに事情を説明した。きくは深いため息をついて言う。

「そういうことだったのかい……どうりで姑《しゅうとめ》が来たとたん、顔色を変えたはずだよ。いや、これはしくじったね……」

「しくじったってどういうことですか？」

「実は今日、昼過ぎにおみちの様子を見に行ったんだよ。もう、いつ産気づいてもおかしくないころだからね」

産婆の勘というのか、朝からなにやらみちのことが気になって、あれこれ用事を済ませて行ってみたら、案《あん》の定《じょう》、産気づいていた。幸い、まだお産は始まったばかりだったので、とりあえず大家に知らせた。大家は文吉の父親と懇意だし、文吉は父親と一緒に仕事をしていると聞いていたから、大家に知らせれば父親を通じて文吉に伝わると考えたそうだ。

「ここの大家はいい人だね。おみちが産気づいたって聞くなり、亭主の実家に知らせに行ってくれた。どこで仕事をしてるかわからないからって……。でも、それが徒《あだ》になっちまった」

孫兵衛は、とりあえず文吉の実家に行って、父子がどこで仕事をしているかだけを訊こうとしたそうだ。だが、応対した姑――つるはひどく察しのいい女で、みちが産気づいたことに気づくと、大家と一緒に孫兵衛長屋に来てしまったという。

つるは文吉夫婦の家に入るなり、みちを叱りつけた。

お産が進むにつれて痛みは強く、絶え間なくなっていく。きくに、痛みが遠のいている間はできるだけ身体を休めるように言われ、横になってうとうとしていたみちは、文字どおりつるの一声で飛び起きたそうだ。

「かわいそうに、『おみち！　なんてだらしない姿なの！』って言われてさ。慌てて座り直して、前合わせも整えて……。その間にまた痛みが来て、思わず声を出したら、今度は『お産ぐらいで声を出すなんて恥ずかしい！』って……」

みちは怯えきり、姑に言われるがままに布団の上に正座して、うなり声ひとつ漏らせず、襲ってくる腹や腰の痛みに耐えているらしい。

お産は、最後の最後に赤ん坊を生み出すのに一番大きな力がいる。このままではその力が残らない。なんとか姑を帰らせようとしても、これはうちの嫁だ、私が世話をするのは当たり前だ、と頑として動かないそうだ。

「話だけならできたお姑さんに聞こえるけど、おみちの怖がりようが尋常じゃない。どうしたものかと思ってたら、深庵先生が通りかかってさ」

「え、うちの長屋で病人でも出たんですか？」

「いやいや、佐賀町《さがちょう》は佐賀町でも孫兵衛長屋じゃなかった。ただ、あたしの声が通りまで聞こえたらしくて、様子を見に来てくれたんだよ」

あまりにも知ったかぶりで姑《しゅうとめ》が話すものだから、きくもつい気が立って、大きな声を出してしまっていたらしい。ただ、それが深庵を引き寄せたのであれば、結果としてはよかったときくは少し笑った。

「で、深庵先生はおみちの様子を見るなり、飯は食ったのか？　って訊いたんだ。おみちが首を横に振ったら、すぐにあたしに『千川』に行ってこいって……」

「どうしてそんなことを……？」

「『千川』は前にも、持ち帰りの飯を拵《こしら》えてくれたことがある。おきよちゃんはおみちと近所だし、産み月が近いことも知ってる。おみちが産気づいたって聞けば、また飯を作ってくれるかもしれないって」

「あの先生、おみっちゃんがあんまり血の気の失せた顔してるから、とにかくなにかを食わさなきゃ、って思ったのかな？」

清五郎の言葉に、きくは気の毒そのものの顔で答えた。

「そんなとこだろうね」

「でもさ、こう言っちゃあなんだが、それなら深庵先生がうちに来てくれればよかったんじゃねえの？」

　産気づいているみちを置いてくるのはいかがなものか。みちにしても、深庵がいかに頼りになる医師でも、産婆にそばにいてほしかっただろう、と言う清五郎に、きくは頷きつつ答えた。

「そんなことは百も承知さ。あたしだって、おみちのそばについていてやりたい。でも、あの姑が好き勝手しそうでさ」

「好き勝手って？」

「実はあの姑、来るなり家の中を見回して、飯があるのを見つけて早速……」

「食べちゃったんですか⁉」

　みちに限らず、大抵の女は朝と晩のご飯支度を一度にすませる。確かみちも、朝のうちに晩飯まで作っていた。その作り置きを食べてしまうなんてあまりにも酷すぎる。

「食っちまったよ。しかも、ご丁寧に息子の分だけ残してね」

　姑が孫兵衛長屋にやってきたのは、昼八つ（午後二時）過ぎだったそうだ。姑についてこられたくなかった孫兵衛は、知らせに行ったその足で引き返そうとしたらしいが、姑は支度もそこそこに家を出てきてしまった。

「急いで出たから昼飯も食べられなかった。腹が減って仕方がない。どうせおみちはろくに食べられないんだから、って。しかも、なんて酷い飯だ、こんなのを毎日食わされる息子が哀れだとまで……。だったら食うな！　って話さ。ああ、思い出してもむかっ腹が立つ！」

苦虫を噛み潰したような顔で語るきくに、きよと清五郎は言葉もなかった。

そんなこんなで、みちが食べるものがない。今から煮炊きするわけにもいかないし、とりあえず今夜の分は『千川』になんとかしてもらおう、というのが深庵の考えだそうだ。

さらに、これ以上みちに酷いことをしたり言ったりしないように自分が見張っている、男のほうが抑えがきくだろうから、ときくに耳打ちしたという。

「なるほど……そんな姑《しゅうとめ》じゃ、女ってだけで見下しそうだもんな」

「横になってたことをえらい剣幕で咎《とが》めるから、あたしがそうしろって言ったんだ、って庇ったら、あたしのことまで見下すような目で見てね。産婆がそんな甘っちょろいことでどうするんだってくってかかられた。たぶん、そのやりとりが外まで聞こえたんだろうね」

「とんでもねえ姑だな」

「まったく。これから女の一大事に臨もうとしてる嫁を虐げる。その上、飯まで食っちまうなんてあり得ない。あれじゃあ、おみちが家移りしたくなるのは当然だ」

あの鬼みたいな姑に産気づいたことを知られてしまったのは自分のせいだ、なんて気の毒なことをしてしまったのだ、ときくはしきりに悔いた。

「いやいや、おきくさんはおみっちゃんが姑と折り合いが悪いなんて知らなかったんだから、大家に知らせるのは当然だ。大家っていえば親みたいなものなんだから」

「そうですよ、それに大家さんだって、悪気なんてこれっぽっちもなかったんでしょうし」

姉弟に慰められ、きくはほっとした顔になった。そして、気を取り直したように言う。

「で、飯は頼めるかい？」

「えっと……」

それはきよの一存でどうにかなるものではない。今から主《あるじ》親子に頼むより、大急ぎで家に戻って、朝作っておいたものを届けたほうがいい。清五郎には食べさせないわけにいかないけれど、きよはこれから子を産むわけではないし、あとは寝るだけだから我慢できる。清五郎の分を残して、みちに譲ればいい。

「おきくさん、おみちさんの分ぐらいならうちにあります。急いで戻ってお届けします」

「それってあんたの分じゃないのかい？」

「そうですけど、私はもう寝るだけですし」

「いやいや……」

半ば押し問答になったところに、源太郎がやってきた。少し前に、帳簿をつけに裏の家に行っていたのだが、店を閉める刻限が近いので戻ってきたようだ。

「おや、おきくさんじゃねえか」

そこで、なにかあったのかい、と訊ねる源太郎にきくが事情を説明した。

聞くなり源太郎が呆れ果てた顔で言う。

「うちは料理茶屋なんだから、食い物は売るほどある。しかも、どうやら人助けらしいじゃねえか。いくらでも持っていけ」

「でも旦那さん……」

「いいってことよ。それより急がねえと」

「すまないね、ご主人。お代はあとで必ず……」

今はちょいと持ち合わせが、と申し訳なさそうにするきくに、源太郎は何食わぬ顔で返した。

「気にしねえでくだせえ。もう五つ半（午後九時）だ。これから先、十人も二十人も客が押しかけてくることもねえはず。今ある料理は残っちまうんですから、食ってもらったほうがいい」

そこに、弥一郎が戻ってきた。客足も途絶えていたから、休憩でもしに行ったのだろうと思っていたら、意外なことを言う。

「おきよ、できたぞ」

「え？」

「弁当を詰めておいた」

「いつの間に……」

きよたちは戸口近くで話していた。板場に背を向けていたせいで気がつかなかったが、どうやら弥一郎は何度か奥の小部屋と板場を行き来していたらしい。

「おきよか、そのおみちって女のどっちかが、食いっぱぐれるって話だろ？　おきよの性分じゃ、無理やりでも譲っちまうに決まってる。うちの大事な料理人を空きっ腹で寝かせられるか」

源太郎も頷く。

「そうそう。しっかり食って明日も気張ってもらわねえと」

「清五郎、そこに風呂敷もあるから包んでいけ」

「へーい」

弥一郎に言われ、清五郎は風呂敷を持って奥の部屋に行く。あの風呂敷も、おそらく料理を詰めてくれた破籠《わりご》も、彦之助が使っていたものだ。神田に移る際、持っていくのは面倒だから、とすべて置いていったが、あればなにかの役に立つとの気遣いに違いない。

源太郎と弥一郎だけではなく、彦之助にまで助けられた。なんとありがたいことだろう、と感謝が尽きない。

きくが感心して言う。

「おきよちゃんはいい店に奉公してる。こんなに奉公人を大事にする店はないよ」

「ありがたいと思ってます」

「ありがてえのはうちのほうだ。おきよが板場に入るようになってから、うちの商《あきな》いは上り調子。伊蔵もおきよに負けてらんねえってんで気張ってくれる。旨い料理を出せば客は喜ぶし、運んでる俺たちまで褒められて気分がいい。いいこと尽くしだよ」

「親父の言うとおりだ。さ、包み終わったらさっさと帰れ」

早く行ってやらねえと、本当に空きっ腹で子を産む羽目になる、と弥一郎に追い立てられ、三人は連れだって店を出た。

急ぎ足になりながら、きくが言う。

「よかった。これでおみちも元気な子が産める」

「そうだな。でも、いくらなんでも多すぎじゃねえのか？　板長さんが作ってくれたもんだから黙って包んだが、六つってのは……」

「六つもあるのかい⁉」

　きくが目を見張った。

　改めて清五郎が持っている風呂敷包みを見ると、確かに大きい。それに、ひとつやふたつの破籠なら、弥一郎自身が板場に持ってきたはずだ。わざわざ風呂敷を持って奥に行かせたのは、きちんと風呂敷を広げて包む必要があったからに違いない。

「いくら料理が残ってるからって、ちょいとやりすぎだよな。でも待てよ、今日って、そんなに料理が余ってたっけ？」

「そんなことはないわ。そりゃあ、作り置きが全部なくなったら困るから、時々作り足してはいたけど、たぶん、残ってた分はいつもと同じぐらいよ」

「だよな。煮物なんかは明日に回せるんだから、作り置きを使い切ったりしねえし」

「清五郎は破籠の中身を見た？」

「まさか。そのまま包んだよ」

「じゃあ、なにが入ってるのかまではわからないのね」

「うん……でもけっこう重いから、詰め込んであるんじゃねえかな」

　もしかしたらお菜とご飯が分けられているのかもしれないが、やっぱり六つは多い。

いったいどうして……と考えたとき、きよははっとした。

「これだけあったら、お姑《しゅうとめ》さんが横取りしようとしても食べきれない。それに、おきくさんと深庵先生の分もきっと入ってます」

「あたしらの分まで⁉」

「板長さんは地獄耳なんです。きっと私たちとおきくさんの話を聞いて、今おみちさんの家に何人いるか見当をつけたんだと……」

みちと姑、深庵、文吉だって勤めから戻っているだろうし、もしかしたら舅《しゅうと》だって一緒に来ているかもしれない。そこにきくを加えて六人。弁当の数とちょうど同じだった。

「いや、舅は来てないよ。ご亭主はひとりで戻ってきた」

「だったら朝ご飯にできます。文吉さんの晩ご飯はあるとしても、明日の朝ご飯がありません。お舅さんが来ていなければひとつ余るから」

「朝ご飯は姑が作るだろうに」

「お姑さんはおみちさんの分までご飯を作ってくれるでしょうか……やっぱり、おみちさんの分は取っておいたほうがいい気がします」

「あー……」

作り置きの晩ご飯を横取りするぐらいなら、きっと朝ご飯なんて作ってくれない。弥一郎がそこまで勘定したとは思えないが、とにかく足りないよりは多すぎるほうがいいと考えたに違いない。

「なんとか姑を家に帰せねえのかな。亭主が難儀するとかなんとか言ってさ」

みちには助けてくれる近隣がいる。自分の旦那をほっぽり出してまで、嫁のお産につきっきりになる必要はない、と言えば普通は帰る。だが、あくまでも『うちの嫁だから』と言い張る姑に通用するだろうか。それに、知らせを聞くなり大家と一緒に文吉夫婦の家に来られたのは、自分が留守をしている間の家事を引き受けてくれる人間がほかにいるからではないか……

きよがそんなことを考えている間に、三人は孫兵衛長屋に到着した。

着くなり聞こえてきたのは女と若い男の声、おそらく姑と文吉だろう。

「おっかさんの気持ちはありがてえが、こっちは大丈夫だ。俺もいるし、近所の人たちだってみんな親切にしてくれる」

「なにをお言いだい。おまえは大工仕事は一人前だけど、家のことなんてなにひとつできないだろう？　近所の人に迷惑をかけるなんてもってのほか。おっかさんに任せなさい」

「それじゃあ、おとっつぁんが困るじゃねえか。家のことができねえのはおとっつぁんも同じだ」

「心配ない。あの人の面倒はおたかに任せたから」

「え、姉ちゃんが？」

文吉に姉がいたなんて初耳だ。これほど母親が猫かわいがりするのだから、てっきり一粒種だと思っていたのだ。

きよと清五郎が顔を見合わせる中、きくが勢いよく引き戸を開けた。

「深庵先生、今戻ったよ」

「おお、おきくか。それにおきよと清五郎も、ご苦労だな」

「ご苦労もなにも、俺たちは家に帰ってきただけですぜ」

減らず口を叩く弟を、きよがきっと睨みつける。いつもの姉弟のやりとりに、深庵がにやりと笑った。

「相変わらずだな。それでおきく、飯は……」

「これ、このとおり」

そう言いながら、清五郎が抱えていた風呂敷包みを上がり框《かまち》に下ろし、破籠《わりご》を取り出した。

「これはこれは……。それにしても、ずいぶんたくさんあるな」

「先生とおきくさんの分もあります。おふたりとも飯はまだでしょう？」

「それはそうじゃが、おきくはともかく、わしは家に戻れば飯はあるぞ」

「わかってますけど、これは『千川』の弁当ですぜ？　家にある分は明日にでも回して、こいつを食ったほうがいいんじゃねえですか？」

しかもこれは、板長自ら詰めてくれた弁当だ、と清五郎は胸を張る。自分の手柄でもないくせに、と思っていると、きくも熱心にすすめ始めた。

「これから家に戻ったら夜中になっちまう。あたしとおみちは今のうちに弁当をいただくつもりだから、先生もここで済ませたらどうだい？」

みちが食べ終わるまでここにいてやってくれ、という思いを察したのか、深庵は破籠をひとつ手に取った。

「じゃあ、いただくとするか。ご亭主、あんたもどうだい？」

「え、ご亭主もまだ食べてなかったのかい？　仕事をしてきたんだから腹ぺこだろうにてっきりもう食べたと思っていた、と驚くきくに、文吉は照れくさそうに答えた。

「いや、見たらひとり分しかねえし、それならおみちに食わせなきゃって」

「そうかい。じゃあ、なおさらこの弁当を一緒に食べよう。ご亭主の分もあるんだから」

「いやいや、俺の分があるなら、それをおみちに。なんてったっておみちは、これから俺の子を産んでくれるんですから」

「世に名高い『千川』の弁当だよ？」

「それなら滋養もたっぷりあるはず。なおさら、おみちが食わなきゃ。俺はおみちが作ってくれたのを食います」

「うむ。見上げた心がけじゃ」

深庵も満足そうに頷く。

そこに口を挟んできたのは姑《しゅうとめ》だ。深庵の手にある破籠《わりご》に目をやり、意地悪そうな顔で言う。

「弁当はおまえが食べなさい。おみちが作ったのなんて食えたもんじゃないよ。どれもみっともなく切り刻んじまって、芋だか大根だかわかりゃしない。料理ってのは見てくれも大事なんだよ」

どれだけ小さく刻んだところで、芋と大根は全然違う。それすら見分けられないのに、料理がどうのこうのと言ってほしくない。

なにより、小さく切れば火が早く通るからとすすめたのは、きよだ。芋や大根の味が抜けきる前に火から下ろしたはずだから、味が悪いわけがない。しかもこれは金を取って人に出す料理でもない。身重のみちにとって、見てくれよりも早く煮えるほうがずっと大事なのだ。

だが、ここで姑に喧嘩を売ったら、よりいっそうみちが虐《いじ》められかねない。それよりも、みちに飯を食わせるほうが先だ。幸い今は痛みの合間らしく、不安そうながらも、身を屈めて痛みを逃している様子はなかった。

清五郎が文吉に声をかける。

「文吉さん、弁当は六つもあるんです。ぜひ深庵先生やおきくさんと一緒に食ってください。そのほうがおみっちゃんも気楽に食えるでしょう」

亭主の前で自分だけ料理茶屋の弁当を食べるのは気がひけるはず、と清五郎に言われ、文吉は破籠をふたつ手に取った。

「じゃあ、いただきます。ほら、おみち、食えるか？」

「ありがと、文吉さん」

ようやくみちの心からの笑顔が見られ、きよはほっとする。

「なんて嫁だ。文吉が優しいのをいいことに、すっかり尻に敷いちまって」

つるの吐き捨てた言葉に、みちの顔がまた歪む。産みの苦しみだけでも辛《つら》いだろうに、心にまで痛みを与えられてはたまったものではない。やはりこの姑は、みちにとって災いでしかない。なんとかせねば……と思ったとき、文吉の怒りが爆発した。

「なんだよ、尻に敷くって！　おみちはそんなことしちゃいねえ。それを言うなら、おっかさんのほうじゃねえか！」

「わ、私は別に……」

「別に、じゃねえよ！　俺が家移りしてえって言ったとき、おとっつぁんがなんて言ったかわかるか？」

「あの人がなにを……」

「『すまねえ』って言ったんだぞ！　親が息子に頭を下げるなんてどれほど情けなかったことか。しかもただの息子じゃねえ、俺はおとっつぁんについて修業中の弟子でもあるんだ。それなのに、深々と頭まで下げて、『俺が不甲斐ないばっかりに』って……。あんなおとっつぁん、見たことねえよ！」

親方の娘を嫁にもらったせいか、最初から頭が上がらなかった。腕は確かだが、とにかく怖い親方で、何度も何度も殴られた。そのせいか、今でも女房の後ろに親方の姿が浮かんで見える。親方はとっくにあの世に行ったというのに、いやあの世に行ったからこそ、女房のそばで自分に睨みをきかせている気がしてならない、と文吉の父親は言ったそうだ。

「亭主が優しいのをいいことに、尻に敷いてるのはどっちなんだ。おみちはいつだって俺を立ててくれる。おっかさんにいびられても、俺のことを思ってずっと耐えてくれてたんだ。おっかさんとは全然違う！」

「よく言った！」

深庵が両手を打ち鳴らした。さらに、きくがみちの背をさすりながら姑《しゅうとめ》に言う。

「悪いが、帰っておくれ。あんたはお産の妨げにしかならない」

「でも、文吉が！」

「飯の心配ならご無用。どうしてもって言うなら、弁当でも作って文吉さんのおとっつぁんを介して渡せばいい。文吉さんとおとっつぁんは毎日顔を合わせてるんだから」

「そのとおり。ただ、同じ弁当なら、わしならおきよ、いや『千川』に任せる。聞けば、文吉は大工だというではないか。外仕事ならこれぐらいしっかりした飯を食わないと」

そう言いつつ、深庵は蓋を取った破籠《わりご》を示す。きくも自分の分の蓋を開けて言う。

「本当だ。こんなに旨そうな弁当は見たことないよ。鰆《さわら》の付け焼き、青菜の和《あ》え物、芋の煮っ転がしに小鰭《こはだ》大根。おまけに飯は小さく握ってある。滋養たっぷりで食いやすいし、味だって保証付き。素人が敵《かな》うはずがない」

きよも口を開く。

「料理茶屋が素人に負けるようじゃ困ります。文吉さんはもしかしたらおっかさんが作ってくださったお料理のほうがいいかもしれませんから、そこはお任せします。ただ、どっちにしてもここにいる理由はありません」

きよが言い終えるやいなや、清五郎も続く。

「そうそう。よそで煮炊きするのは大変だ。味噌や醤油のありかもわからねえし、振売《ふりうり》とも馴染みがない。家に帰って慣れたへっついを使ったほうがいい」

そして、文吉がきっぱり言った。

「おっかさんの弁当なんぞ長らく食っちゃいねえ。俺だけじゃなくて、おとっつぁんもな」

「え、じゃあ、文吉さんとおとっつぁんは毎日外で昼飯を食ってたのかい？」

羨《うらや》ましい半面、金もかかるだろうな、と清五郎は難しい顔になる。だが、文吉はあっさり否定した。

「外で食ってたわけじゃなくて、おみちが作ってたんだ。俺のもおとっつぁんのも」

「まさか、引っ越してきてからもずっと？」

「おっかさんが、嫁なんだからそれぐらいして当然だって。産み月が近いってのに……」

そういえば、みちが作るお菜の量はかなり多かった。きよと清五郎なら朝と晩に分けても残りそうな量だったから、文吉はさぞや大食いなのだろうと感心していたが、舅《しゅうと》の弁当まで入っているとするとごく普通。むしろ、少し足りないぐらいの量に思えた。

「おみちさん、ご飯はしっかり食べていた？　もしかして、足りないのに我慢してなかった？」

「そんなことは……」

すっと逸《そ》らした視線が、すべてを物語っていた。

米だって青物だって魚だってただではない。十分な量を作れなかったのは、お金がなかったからかもしれない。文吉が父親からいくら給金をもらっているかはわからないが、舅の昼飯まで押しつけられたのでは、さぞやりくりが大変だったことだろう。

引っ越してもなお続く虐《いじ》めの酷さに、きよは目眩《めまい》がしそうだった。

「とにかく、こっちはこっちでなんとかするから、おっかさんは帰ってくれ。それに、姉ちゃんも家に帰してやってくれ。おみちが孕《はら》んでるって言ったら、お産のときには世話をしに行ってやらなきゃならないだろうから、おとっつぁんはあたしに任せてって。優しい子だよ」

「無理なんて言ってないよ。どうせ無理やり呼び寄せたんだろ？」

「どうだか。それに、姉ちゃんはよくても、姉ちゃんの旦那は了見してねえだろ」

「してないわけがない。むしろ、倅《せがれ》夫婦が引っ越してからおっかさんも寂しい思いをしてるだろうから、すぐにでも行ってやれと言ってくれたそうだよ」

「すぐに？　いったい姉ちゃんはいつからいるんだよ？」

「もう半月になるかね。おまえたちが引っ越して間もなくだったから」

「そんなに……。その間、義兄《にい》さんはなにも言ってきてないのか？」

「なにも。黙って親子水入らずにしてくれてる。心底できた婿だよ」

「それ、三行半《みくだりはん》ってやつじゃねえの？」

文吉の言葉に、姑《しゅうとめ》が目を見開いた。

「み、三行半⁉　まさか……。だって婿さんは私を思いやって……」

「義兄さんがそう言ってるのを聞いたのか？　全部姉ちゃんの作り話で、本当は暇を出されてこれ幸いと帰ってきちまったんじゃねえのか？　だって姉ちゃん、これまで里帰りなんてろくにしてなかったじゃないか」

「それはそうだけど、事情が事情だから……」

「たとえ弟の嫁が孕《はら》んでるとしても、産み月の半月も前から帰ってくる必要なんてない。ほかにわけがあったんじゃねえの？　言いたかねえけど、嫁に行って四年になるのに、子もできてねえし」

嫁入り三年で子どもができなければ暇を出されると聞いたことがある。四年も経っているなら、文吉の懸念は的外れではないだろう。

さらに文吉は言い募る。

「義兄さん、材木屋の跡取りじゃねえか。子がなかったら困る。姉ちゃんを家に戻して新しい嫁をもらおうって算段をしてもおかしくない」

「そんな……」

姑は、心配が一気に息子から娘に切り替わったようで、腰を浮かせてそわそわし始める。嫁いびりをしている場合ではない、とにかく帰って娘に確かめなければ、と思ったのだろう。かといって、こんな夜更けに帰るわけにもいかない。どうしたものか、と思案顔のつるを見かねたように深庵が言った。

「今すぐ帰るというわけにもいくまい。日が昇るまでここにいて、木戸が開いたら帰るがいい」

「それがいい。そうしなよ、おっかさん」

それでもつるの思案顔は消えない。かと思ったら、文吉に訊ねた。

「文吉、明日はどこで仕事をするんだい？　今日は南大工町の端のほうだったはずだけど、あそこは終わったのかい？」

「まだだ。あと三日ぐらいはかかる」

「そうかい！　じゃあ、明日は一緒に行けるね」

「はあ⁉」

「南大工町で仕事をするなら、うちは通り道のはず。おとっつぁんが仕事を始めるのは朝五つ（午前八時）過ぎだから、夜が明けてからここを発っても、十分間に合うだろう？」

平然と言い放つ母親に、文吉は返す言葉がない様子。しばらく黙っていたあと、大きなため息をついて言った。

「勘弁してくれ。俺は明日は仕事には行かねえ。おとっつぁんが来なくていいって言ってくれた」

「あの人が⁉　まさか、おみちが産気づいたからかい？」

「そうだよ」

「呆れた……そんなことぐらいで仕事を休ませるなんて！　これじゃあ、すぐにおまえに知らせなかった意味がない」

「どういうことだ？　まさか、わざと知らせなかったのか？」

一気に文吉の眼差しがきつくなった。おそらくこれまで、息子にこんな目で見られたことはなかったに違いない。つるはしどろもどろに話し始めた。

「いや……いやね、ここの大家さんが知らせに来てくれたときはまだまだ日が高くて……」

母親の言葉を遮って、文吉が吠えた。

「日が高い⁉　いったい大家さんはいつ知らせに来てくれたんだよ⁉」

「九つ半（午後一時）ごろだったはず」

「目と鼻の先にいたのに、俺には知らせず？」

「知らせたところで、男なんてお産の役に立たない。仕事が終われば家に帰るんだから、それでいい。私が行けば十分だと思ったんだよ」

自分だってお産のときに亭主についていてなんてもらわなかった。お産は女の仕事だから、男は男で己の仕事をすべきだ、と姑《しゅうとめ》は言い張る。

「なんてこった！　てっきり仕事場が遠くて知らせられなかったのかと思ったら、わざとだったのかい！」

きくの怒鳴り声が聞こえた。親子の間の話とわかっていても、口を挟まずにいられなかったようだ。

酷い姑だとは思っていたが、ここまでとは……と唖然とする周囲を気にも留めず、なおもつるは言い募る。

「おまえは子どものころから、おとっつぁんみたいになりたいって言ってたじゃないか。女房が産気づいたぐらいで休むようじゃ、立派な大工になれないよ」

「もういい、やめてくれ！」

言うなり文吉は懐《ふところ》から財布を取り出し、母親の前に投げつけた。

「文吉？」

「これで籠《かご》でもなんでも呼べ」

「籠なんて贅沢だよ。おまえが一緒に来てくれれば済む話だ。明日は仕事に行かないなら、なおさら……」

「頼むから、これ以上おっかさんを嫌いにさせねえでくれ」

押し殺したような声が、文吉の心情の表れだった。

深庵、きく、清五郎、きよ、さらにはみちにまで冷たい目を向けられ、さすがにまずいと思ったのか、つるは財布を拾って文吉に返した。

「籠はいいよ」

「迷子になりたくねえんだろ？」

「あっちこっちで訊ねながら帰るから」

「だったら、はなからそうしてくれ」

取り付く島もない息子に、つるは肩を落とす。

いつものきよなら、かわいそうに思ったかもしれないが、あまりにも自業自得すぎて庇う気にもならなかった。

「おみち、早く食べないとそろそろまた痛みが来るよ」

「しまった、そうだった！　おみち、いただこう」

もう姑との話は済んだとばかりに、きくも文吉もみちを気遣い始める。そのとき、みちの顔が微妙に歪んだ。どうやらきくの見当どおり、痛みが襲ってきたようだ。

「おっといけねえ、間に合わなかったか！」

いったん預かる、と文吉が破籠《わりご》を受け取り、きくが腰をさすり始めた。

「まだ赤ん坊が生まれるには間がある。もうしばらくは痛んだり痛まなかったりが続くから、次に痛みがやんだら、今度こそ飯を食うんだよ」

「は、はい……」

きくはお産など日常茶飯事だろうけれど、みちは初産だ。痛みが襲ってくる間合いなんてわかるわけがないから、こうやって教えてもらえるのはありがたいに違いない。

「気をしっかりお持ち！　大丈夫、あんた、身体は細いけど滅法いい尻をしてるから、無事に産めるさ」

まじまじとみちを見つめた清五郎を、文吉が軽く睨む。当たり前だ。女房の尻をそんなふうに見られて嬉しい亭主はいない。それでもなにも言わなかったのは、これまでもこれからも世話にならざるを得ないことがわかっているからだろう。

そうこうしているうちに、みちの痛みがやんだ。それっとばかりに文吉が破籠《わりご》を渡し、今度こそみちは弁当を食べ始める。

ずっとみちの背や腰をさすっていたきくも、ほっとしたように箸を取った。

「せっかくの『千川』の心づくしだ。あたしらも、今のうちにいただいちまおうよ。さ、深庵先生も」

「いや、もう夜も遅い。わしは帰ることにするよ」

「あ……」

そこできくは、大慌てで頭を下げた。深庵をずいぶん長く引き留めてしまったことを思い出したようだ。

「ごめんよ、先生！　こんなに引き留めちまって！　きっと、お弟子が心配してる。いや、それ以上に患者が……」

「いやいや、わしが言い出したことだ。それに、弟子はわしがここにいることを知っておるから、なにかあったら呼びに来るはずじゃ」

「いつの間に知らせたんだい？」

「いつの間もなにも、そもそも往診の帰りだったから弟子と一緒だったのじゃ。この長屋の前を通りかかったときに、おきくの声が聞こえてな。ちょっと様子を見てくるから先に戻っておれ、と弟子だけ帰した」

「そうだったんですか。それにしたって、こんなに長いこと留守にさせちまって……」

「いいのじゃ。留守を預かるのも大事な修業。わしがいなくてはなにもできないようでは、いつまで経ってもひとり立ちできぬからな。ただ、さすがに夜中まで任せきりなのはいかがなものかと……」

夜も昼もお構いなしのお産と異なり、病人はそう簡単に夜中の診療所にやってこない。それでも来るのは、朝を待てないほど重い症状の患者だから、弟子の手には負えないし、患者を放り出して呼びに来るのも難しかろう、と深庵は言う。

「何事もなければいいが、そんなときに限って駆け込んでくる患者もいる。そろそろ帰ってやりたい」

「ごもっとも。先生がいてくれて助かったよ。本当にありがとう」

「ありがとうございました」

礼を言うきくと文吉、そして無言で頭を下げたみちに笑いかけ、深庵は腰を上げた。

すかさず清五郎が破籠を手渡す。

「じゃあ、先生は持ち帰りってことで」

「それがいい。あ、これも持っていってくだせえ。お弟子さんに……」

文吉は自分が持っていた破籠《わりご》を深庵に渡して言った。

「それはおまえの分ではないか」

「俺はおみちが作ってくれたのを食いますよ」

「いやいや、それでは明日の朝飯がないではないか」

「文吉、おまえの朝ご飯は私が作って……」

「大丈夫だ。俺はなんとでもなる。おっかさんはさっさと帰って姉ちゃんと話せ」

母親ににべもない文吉を見かねたのか、深庵が宥《なだ》めるように言う。

「文吉、おっかさんだって朝飯抜きで帰るわけにはいくまい。どうせ煮炊きするなら、一緒に拵《こしら》えてもらえばよいではないか」

「誰がおっかさんに、味噌やら鍋のありかを教えるんです？」

「心配ありません。私が文吉さんの分もまとめて作りますから」

「おきよさん、気にしないでくだせえ」

朝ご飯を誰が作るかで言い合っている。

「心配いらない。数なら足りるさ」

結論づける言葉に、みんなが一斉にきくを見た。

「弁当は六つあるんだよね？　ひとつはおみち、ひとつは深庵先生、ひとつはあたしがいただいて残りは三つ。文吉が今晩、おみちが作り置いた飯を食っちまえば、深庵先生のお弟子にひとつ渡しても、明日の朝の文吉とおっかさんの分は残る」

「それじゃあ、おみちの分がねえ！」

不満極まりない文吉の声に、きくは平然と答えた。

「おみちは明日の朝はもう食べられないだろう」

「そりゃまたなんで？」

「あたしの見立てじゃ、朝までには生まれる。昔っから、赤ん坊を産んだあとはお粥とおかかって決まってるんだ。それと、赤ん坊が生まれたあとは、頭に血が上るから、横になっちゃいけないよ」

「え……」

信じられないという顔をしたのは清五郎だけだった。自分よりあとに生まれた子がいなければ、お産について知らないのは無理もない。

文吉も末っ子だったようだが、近所の誰かが子を産んだときに見たり聞いたりしたのだろう。

「俺、女じゃなくて本当によかった。ただでさえ子を産むのは大変なのに、頑張って産んでもろくに飯も食わせてもらえない、横にもなれないなんて……」

「ははは……それがわかっただけでもよい。おまえが所帯を持ったときは、せいぜい女房を大事にしてやることだな」

文吉みたいにな、と深庵は笑った。

「へーい……。まあ、それなら弁当は足りる。先生、お弟子さんの分も持ってってくだせえ」

「うぬ。では、ありがたくもらっていく。急な患者が来なければいいが……」

「これからまた診察じゃ、先生も大変ですもんね」

「患者を診るのはかまわぬ。だが、こんなに旨そうな弁当があるなら、少々……な」

そう言いつつ、深庵は右手の親指と人差し指で盃を持つ形を作り、くいっと傾けて見せた。

「なるほど、これから帰って一杯やろうってことか！　先生、いける口だったんですね」

「まあな。あまり量は呑めんが、酒は嫌いではない。『千川』の前を通るたびに、入ってみたいと思っているのじゃが、行ってみようと思った日に限って患者が来てな……」

なかなか機会に恵まれない。女に生まれるのも大変だが、医者もそれなりに大変だ、と深庵は微かに笑う。

こんなふうに嘆いていても、自分の楽しみよりも患者を優先することがわかっているだけになにも言えず、清五郎はただ相槌を打つ。

「それでも、今日は念願の『千川』の料理で一杯、が叶うかもしれぬ」

幸い、家には患者がくれた酒がある。上等の下り酒というわけではないが、自分好みの味だし、鰆《さわら》の付け焼きをつまみにすれば、ひと味もふた味も上がるに違いない、と深庵は目を細めた。

その様子を見ていた清五郎が、不意に向きを変えて柏手《かしわで》を打った。目を閉じて祈る姿に驚いた深庵が訊ねる。

「どうした？」

「俺、明日から八幡様に願掛けに通います。でも願掛けするなら早いほうがいいから、とりあえず今日はここで」

「はて、願掛けとは？」

「ここらの住人が軒並み元気でいられるようにって。そうすりゃ、先生は『千川』でゆっくり呑めるし、うちは商売繁盛」

「待て待て、重病は困るが、多少は患者もいてもらわないと、わしがあがったりじゃ！」

「あ、そうだった！」

頭の後ろを掻く清五郎を見て、みんなが大笑いしたのを最後に、深庵は帰っていった。

そのあと、きよと清五郎も戸口に立つ。

「じゃあ、私たちもこれで。おきくさん、あとをよろしくお願いします」

「ああ。おきよちゃん、それに清五郎もありがとよ。『千川』にもよく礼を言っておいておくれ」

「はい。旦那さんにも板長さんにも伝えます」

「無事に赤ん坊が生まれたら、俺も改めてお礼に行きます」

「大丈夫よ。ちゃんと伝えるから、文吉さんはおみちさんについていてあげて。あと、赤ん坊にも」

「もちろんです。おっかさんを帰しちまう以上、俺が気張るしかねえ。なんなら、おとっつぁんに頼んでしばらく休みをもらってもいい」

「いい心がけだが、女房も子どもも霞《かすみ》を食って生きていけるわけじゃない。しっかり稼ぐことも大事だよ」

「そりゃそうだな」

きくに諭され、文吉はあっさり頷く。この様子なら文吉は、きっといい父親になることだろう。

「おきよさんも清五郎さんもありがとう。気をつけて帰ってくれよ」

「気をつけてって言われても、俺たちの家、目と鼻の先だけどね」

「そうだった！」

深庵先生とはわけが違う、と文吉は額に手をやる。そのとき、みちがまた身を屈めた。きくが大急ぎで近づいて様子を見たあと、天井の梁《はり》に綱を引っかける。清五郎が生まれたときに見た覚えがある。これからみちは、この綱にすがって子を産むのだ。

これ以上いても、きよと清五郎にできることはない。今が潮時だった。


翌朝、みちが井戸端に来ることはないとわかっていたため、きよが朝飯の支度を始めたのはいつもより少しだけ遅かった。とはいえ、みちが引っ越してくる前よりは早いので勤めに遅れる心配はない。

そっと様子を窺《うかが》ってみたが、文吉夫婦の家からはなんの物音もせず、赤ん坊が生まれたかどうかもわからなかった。もしまだ生まれておらず、これだけ静かだということは、みちは黙って痛みに耐えているのだろう。いくら姑《しゅうとめ》に叱られたとはいえ、みちの辛抱強さに頭が下がる。

もしも自分が子を産む日が来ても、あんな辛抱はできそうにない……と思ったとき、文吉の家からきくの大声が聞こえてきた。

「気張りどころだよ！　もうひと踏ん張りで生まれる！」

「うーっ‼」

最後の最後で、みちの絞り出すような声がした。続いて、赤ん坊の泣き声が響き渡った。

「頑張ったね、おみち！　ほーら、男の子だよ！」

「おみち、でかした！」

そうか、男の子か……と少し胸を撫で下ろす。

もしも女の子だったら、あの姑《しゅうとめ》はまたろくでもないことを言いかねない。他人事《ひとごと》ながら、跡取りも産めない嫁なんて、と言われずに済んでよかったと思う。

文吉にしても、自分が父親の跡を継ぐのだから、同じように跡を取ってくれる男の子が欲しかったに違いない。

みちの家のほうを気にしながら、朝ご飯の支度をしていると、ほどなくきくが出てきた。たらいを抱えているから、産湯《うぶゆ》の後始末をしに来たのだろう。

「おきくさん、おはようございます。赤ちゃん、生まれたみたいですね」

「おはよう。一時はどうなることかと思ったが、なんとか生まれたよ」

「え、なにかまずいことでも？」

「なかなか赤ん坊が降りてこなくてね。最後は腹に乗って押し出したみたいなものだ。で、生まれた子を見たら、とんでもなく頭がでっかくてね」

「そんなに？」

「ああ。ここしばらくあたしが取り上げた中じゃ、一番だね。あれじゃあ、おみちも大変だっただろう。よく頑張ったよ」

「で、赤ちゃんは元気なんですよね？」

「元気、元気。産湯を使わせるのに被せた手ぬぐいを蹴り上げるぐらい元気だ。頭のでかさに負けず劣らず腕も足も太い。賢くて丈夫、いずれ立派な大工になるだろうよ」

「本当によかった。で、おみちさんは？」

「疲れ果ててる。でも、横になると身体に障るから、積み上げた布団にもたれて休んでるよ」

「ご飯は？」

「産湯を沸かしがてら、お粥を炊いておいた。もう少ししたら食べさせるさ」

「お粥……」

何度聞いても腑《ふ》に落ちない。

お産で気力も体力も尽き果てている身体が、お粥で回復するのだろうか。お菜を弟に譲って米ばかり食べていたきよのように、力がつかなくて寝込んでしまうのではないか。

そんなことでこの先、赤ん坊の世話ができるのか、と心配でならなかった。

「お菜をお届けしましょうか？」

「お菜？　誰の分だい？」

文吉には『千川』の弁当があるし、きくも昨夜は半分しか食べなかったという。口に合わなかったのかと思ったが、ただ量が多すぎて食べきれなかっただけだそうだ。

「あたしも文吉さんも飯はあるから心配ないよ」

「そうではなくて……おみちさんに食べてもらおうかなと……」

「とんでもない。昨日も言っただろ？　お産のあとはお粥とおかかと決まってるんだ。それ以外は身体に毒なんだよ」

「……そうですか」

昨夜のみちの姿が目に浮かんだ。文吉に蓋を取った破籠《わりご》を差し出されて目を輝かせ、産みの苦しみの合間を縫って、なんとか口に入れようとしていた。

あれは『千川』の弁当が旨そうだったからだけではなく、産むための力、そしてそのあとのあれこれに備える力を溜め込もうと躍起《やっき》になっていたのではないか。本人の自覚はないにしても、頭のどこかから響いてくる『食べろ』という声を聞いていたのではないか——きよには、そんなふうに思えてならなかったのだ。

赤ん坊を産み出すにはとんでもない力がいる。お粥とおかかは、疲れた身体には優しい食べ物に違いない。けれど、どう考えてもそれだけでは力が出ない。お産直後ならまだしも、少し時が過ぎたあとは、失われた力を取り戻せるような滋養に富むものを食べるべきではないのか……

きくは朝から大鍋でお粥を炊いたのだろう。おそらく朝も昼も、もしかしたら夜もお粥だろうし、なくなったらまた炊くに違いない。

産婆であるきくにここまで強く言われたら、言い返すことなんてできない。お腹が空いているだろうに、と思いつつも、とりあえず今は引き下がるしかなかった。

「おみちには世話を焼いてくれる人がいないから、しばらくあたしが引き受けるよ」

こんな年寄りでも、相性の悪い姑《しゅうとめ》よりはましだろう、と笑いつつ、きくはせっせとみちや赤ん坊の世話をする。それどころか、男は稼がなきゃ！　と文吉を仕事に送り出す。世話なら引き受ける、ときよが言っても聞いてくれないだろうし、実のところ、仕事があるからつきっきりにはなれない。やむなくきよは、後ろ髪を引かれる思いで『千川』に向かった。

ところが、お産当日の昼過ぎ、みちへの心配を断ち切るように働き続けていたきよのもとに、大慌てできくがやってきた。家に帰るついででいいから、みちの様子を見てやってくれないか、と言うのだ。

「神田の子が急に産気づいちまって……」

「神田⁉　おきくさん、そんな遠くの方の面倒も見ていらっしゃるんですか？」

「もともとは深川にいたんだけど、嫁入りで神田に移ったんだ。実はその子もあたしが取り上げた子でさ。おっかさんがお産が難しい質《たち》で、その子を産むときもかなりの難産だった。もうちょっとで親子ともどもいけなくなっちまうところだったのを、なんとか助けたんだよ」

「そうだったんですか……。じゃあ、おきくさんは命の恩人ってことですね」

「まあね。そのせいか、おっかさんも娘も、お産はあたしじゃなきゃ、って言ってくれて、あたしも前々からそのつもりでいたんだ。ただ、あんまり遠くじゃ難しいって心配してたら、嫁入り先は神田。ほっとしたよ」

「まあ、神田ならなんとか見に行けなくもないですからね」

「そうなんだけどさ……おみちがね」

そこできくは、心配そうな表情になる。

世話は引き受けると言った手前、みちを放り出して神田に行くのはためらわれるのだろう。

「おみちさんはどんな具合なんですか？」

「それが、あんまりよくないんだよ……。赤ん坊の世話そのものはなんとかやってるが、ちょいと動くと肩で息をする始末だ。だからもう少し面倒を見てやりたいんだけど、神田は神田で気になるし……」

「朝と夜は私が手伝いに行きます。昼間は、おくめさんにお願いすることにしたらどうです？」

「おくめ……あ、大家のおかみさんか！」

「そうです。気のいい方ですから、きっと引き受けてくれますよ。引っ越してきた当初は、おみちさんもちょっと怖がってたみたいですけど、悪い人じゃないのはわかってるでしょうし、なにより……」

「姑《しゅうとめ》に居座られるよりずっといい、か。よし、戻りがてら頼んでおくとしよう。じゃ、悪いが朝と夜は頼んだよ」

「はい」

これで安心、とばかりにきくは戻っていった。相変わらず大慌てではあったが、来たときよりもずっとほっとした顔になっていた。

そもそも、お産そのものならともかく、産んだあともこんなに親身に世話をしてくれる産婆は珍しい。だからこそ『深川でお産を任せるならおきく』と言われるのだし、神田に移ってなお頼りにする女がいるのだろう。


その夜、きよは破籠《わりご》をふたつ抱えて孫兵衛長屋に戻った。

中身は鰤《ぶり》の切り落としや根菜の端っこといった賄《まかな》いの残りではあったが、味は保証付きだ。しかも、二切れだけとはいえ卵羊羹《たまごようかん》まで入っている。

卵羊羹は溶き卵に片栗粉を入れ、黒砂糖を加えたものを寒天で固める菓子だが、賄い用なので甘葛《あまずら》を使っている。それでも十分甘く、疲れが癒やされる一品だ。

実は、きくが帰ったあと、破籠を眺めながら思案しているきよに気づいた弥一郎が、声をかけてくれた。

「どうした？　また、弁当を持っていきたいのか？」

「いえ、別に……」

お産のあとはお粥とおかかというのは有名な話だから、おそらく弥一郎も知っている。

きよは、てっきり叱られるだろうと思って誤魔化そうとしたが、弥一郎はにやりと笑って言った。

「お産は女の一大事、戦みたいなものだって聞いてる。その戦のあと、横になって休むことも、しっかり飯を食うこともできねえってのはおかしな話だ。ただ、産婆には産婆の理屈があるんだろう。だからな……」

そう言いながら、弥一郎は後ろの棚から破籠をふたつ取って、きよに渡した。

「あの産婆は神田に行ったんだろ？　しばらく戻ってこないはずだから心配ないとは思うが、万にひとつ気づかれたところで、旦那の飯なら文句は言われねえはずだ。外仕事をしてる男なら、到底ひとつじゃ足りねえ。渡した弁当をどうするかは、あっちの勝手、ってな」

「あっちの勝手……確かに……」

さらに弥一郎は、卵が入った籠《かご》を寄越しながら言った。

「おきよ、この卵を使っちまってくれ」

「使い切っていいんですか？」

受け取った籠には卵が四つ入っていた。卵は値が張るので、注文は一日に数回あるかないか……まったく頼まれない日もあるため、作り置きはしない。その卵を一度に四つも使えというのは珍しい話だった。

「このところ卵料理の注文が少なくて、古くなっちまったんだ。もうすぐ卵屋が新しいのを持ってくる。古いのとまざっても面倒だから、その前に使い切りたいんだ」

「そうなんですか……」

「古くても傷《いた》んでるわけじゃない。ただ、これで金を取るのはどうかと思うから、賄《まかな》いにでもしてくれ。みんなよく働いてくれるから、たまには贅沢な賄いもよかろう」

そういうことなら、と卵羊羹《たまごようかん》を作り、賄い用に大皿にのせた。それを見て、弁当に入れるように言ってくれたのも弥一郎だった。

「六人で十四切れじゃ喧嘩になる。この二切れを弁当に入れればちょうどいい。あ、そこに形が崩れちまった煮魚があるから、それも入れていけ」

そのあとも、欠けただの半端だの言いつつ次々に料理が足され、かなり豪華な弁当が出来上がったというわけである。

「こんばんは」

文吉夫婦の家の前で声をかけると、すぐに引き戸が開いて文吉が顔を出した。

「ああ、おきよさん。どうかしましたか？」

「行き帰りに覗いてやってくれって、おきくさんに頼まれて……」

「そいつはすみません。男じゃわからねえことも多いからですかね……」

「かもしれません。それで、おみちさんはどんな具合ですか？」

「それが……」

文吉は心配そうに振り向く。

どうやら休んではいるものの、めざましく回復しているとは言えない様子らしい。

「昼過ぎにおきくさんが帰ったあと、赤ん坊の世話をしなけりゃならない、飯の支度も洗濯もって、立ちっぱなしだったみたいで、俺が帰ったときにはぐったりしてました。慌てて横にならせたんですが……赤ん坊がひっきりなしに泣くし……」

やはり横にならせたのが悪かったのだろうか、と文吉は不安げにしている。

「ちょっとお邪魔しますね」

文吉の返事も待たずに上がり込み、みちの枕元に行く。

みちはうとうとしていたようだったが、きよに気づいて慌てて起き上がろうとした。

「ごめんなさい！　横になっちゃ駄目だって言われてたのに……」

「そのままでいいわよ」

「でも、文吉さんのご飯もまだだし……」

その声で隣に寝ていた赤ん坊が目を覚まし、ふにゃふにゃと頼りない声で泣き始めた。生まれたときはあんなに大きな声だったのに、同じ赤ん坊かと疑うほど力のない声だった。

「浩太《こうた》にお乳をあげないと……」

なんとか起き上がったみちが、赤ん坊を抱き上げた。きよに背を向けて乳をやり始めるも、ほどなくまた泣き声が聞こえ始める。

「ごめんね、浩太。おっかさん、ちゃんとお乳が出ないみたい」

赤ん坊とみちの泣き声が重なる。赤ん坊がこんな声でしか泣けないのは、乳が足りていないせいだ。やはり、みちにもっとしっかり食べさせなければ、親子ともども大変なことになってしまう。

「文吉さん、お弁当を持ってきたから食べてください。おみちさんもね」

「でも、おきくさんはもうしばらくお粥だって言ってましたぜ？」

「それじゃあ力が出ないわ。力だけならともかく、お乳が出ないんじゃお話にならないでしょ」

「そりゃそうですが……」

「いいから食べて。おきくさんには内緒にしておくことにしましょう。ほら、おみちさん、とりあえず卵羊羹《たまごようかん》はどう？」

だが、みちは赤ん坊を抱いたままだ。きよが預かろうにも、赤ん坊がみちの胸元に吸い付いたまま離れない。どうしようと思ったとき、箸を持った文吉が近づいてきて、卵羊羹をみちの口に入れてやった。

「どうだ？　旨いか？」

「甘い……身体中に染み渡る気がする」

「よかった！　じゃあこっちに入ってるのも食えよ」

「それは文吉さんの分よ」

「俺はいいから、おみちが食いな」

そう言いながら、文吉は料理を次々とみちの口に運ぶ。

仲睦まじい夫婦の姿をそれ以上見ていられず、きよは立ち上がった。

「じゃあ、私はこれで。明日の朝ご飯はまた届けに来るわね。あと、お昼用におにぎりでも」

「本当にごめんなさい。でも、今は力を貸してください」

「もちろん。でも、文吉さんの分まではちょっと無理かも」

一度に炊ける米の量を考えると、文吉の弁当までは作れない。かといって、さすがに二度も米を炊くのは大変すぎる。そんなきよの心配を察したのか、文吉が言った。

「俺の昼飯は心配ご無用です。蕎麦《そば》でもなんでも食いますから」

「そうしてください。おみちさんの足腰がしっかりするまでお手伝いしますから」

「本当にごめんなさい」

「そう思うならしっかり食べて、早く元気になって」

赤ん坊は未だにみちの胸に吸い付いたままだ。微かにしか出てこない乳をなんとか腹に入れようとしているのだろう。

今食べたものがすぐに乳に変わるわけはないけれど、明日、明後日《あさって》と経つうちに少しずつでも乳の出がよくなるといいな、と思いながら、きよは文吉夫婦の家をあとにした。

次の日から、朝夕はきよ、昼はくめの助けを得て、みちは目に見えて元気になっていった。『千川』の主《あるじ》親子は、きよが引き続きみちの世話をすると知って、弁当の持ち帰りをすすめてくれた。

さすがにきよも、そう何度も続けては申し訳ないと断ろうとしたのだが、親子揃って、どうせ賄《まかな》いの余りだ、残り物の残り物みたいなものなんだから気にせず持っていけと譲らない。卵こそあの日だけだったけれど、賄いには鯛《たい》や平目《ひらめ》、鰤《ぶり》のあらを使った料理が並び、気がつくと破籠《わりご》に詰め込まれている。

近所のきよが助けるのは当たり前だが、ここまで『千川』に迷惑をかけるのはいかがなものか……と思ったけれど、滋養に富んだ弁当のおかげか、みち本人ばかりか、赤ん坊もみるみる元気になった。

昼も夜もよく眠り、目覚めれば大きな泣き声を上げるものの、みちが乳を与えると一気に吸ってまたすぐ眠る。きっと、乳の出がよくなり、ぐっすり眠れるようになったに違いない。その証に、赤ん坊が満足そうに寝息を立て始めてもまだ乳が溢《あふ》れている。こんなに乳が出る質《たち》だったのか、とみち本人が呆れるほどだった。

やはり回復や乳の出に役立ったのは食べ物ではないか。

お粥とおかかが絶対に駄目というわけではない。お産当日は、お腹に優しくてこなれやすいそういった食べ物もいいだろう。けれど、二日、三日と続けるのは回復の妨げでしかないし、赤ん坊にもよくない。魚の煮付けや青物をほどよく食べるべきだ。

だが、こんなきよの考えをきくは認めてくれるだろうか。内緒にしておけばいい、とは言ったけれど、もしもきくに知られたら、みちが叱られるのではないか。自分のせいで叱られるのはあまりにも気の毒だ……と思っていたある日、きくが『千川』にやってきた。

髪は乱れ、目尻や眉間の皺がいつもよりずっと深く見える。きくの疲れ果てた様子に、きよはあっけにとられた。

「どうしたんですか、おきくさん！　神田は、そんなに大変なお産だったんですか？」

「いや、お産そのものはそうでもなかったんだよ。こないだのおみちよりずっと軽いぐらいだった。ただ、産んだあとが大変でね」

「というと?」

「とにかく身体の戻りが遅いんだ。いつまで経っても肩で息をしてるし、顔色も失せたまま。もちろん乳も出ない」

赤ん坊は腹を空かせるし、乳をくれそうな女がいないかと神田界隈《かいわい》を探し回ったが見つからない。今日は、深川でお産を控えている女の様子を見に来たついでに『千川』に寄ってくれたそうだ。

「今は重湯《おもゆ》で凌《しの》いでいるが、それだけじゃろくに育たない。どうしたものか……」

そこできよが思い出したのは、みちだ。みちも最初は乳が出なくて苦労したが、今は溢《あふ》れんばかり。深川界隈ならみちが分けてやれただろうが、神田では遠すぎた。

「せめてもう少し近ければ……」

思わず呟いた言葉に、きくが怪訝《けげん》な顔になった。

「どういうことだい?」

「いえね、その人が深川にいれば、おみちさんにもらい乳できたのにって」

「おみちは、ここしばらくあたしが見た中で、一番って言っていいぐらい乳の出の悪い女だよ」

　あり得ない、ときくは首を左右に振るが、それは赤ん坊を産んですぐの話だ。今では、赤ん坊が飲みきれず、搾って捨てなければ胸が痛いとまで言うほどだ。近場に乳の出の悪い女がいれば、赤ん坊もその子の母親も、みち自身もずいぶん助かるに違いない。

　そこできよは、このところのみちの様子をきくに話して聞かせた。

　きくは、そんなことがあるはずがないと言いながらも、とりあえず様子を見てくると孫兵衛長屋に向かった。しばらくして戻ってきたきくは半ば呆然としていた。なんでも、着いてみたらちょうどみちが乳をやっているところで、赤ん坊がむせかえる様《さま》を目の当たりにしたそうだ。

「乳の勢いがありすぎて、赤ん坊が難儀してた。乳が出なくて途方に暮れてたのが嘘みたいだ。それに血色もものすごくいいし、あたしが神田に行く前に見たときとは大違いだよ」

　よほどうまく養生したに違いない。秘訣があれば、神田で苦労している女に教えてやりたいものだ、ときくはため息をついた。

　神田でお産をした女は、まだお粥とおかかばかり食べているのだろうか……。みちのめざましい回復は、しっかり食事を取ったからに違いない。乳を分けてやれないなら、せめて乳が出るようになる秘訣だけでも教えてやりたい。同じようにうまくいくとは限らないが、試してみる価値はありそうだった。

「ごめんなさい。実は私、おきくさんの言いつけに背《そむ》いたんです」

叱られるのは覚悟の上で、きよは言葉を選ぶ。『私が』と言えば、少なくともみちが責められることはないはずだ。

「言いつけ？　しかもおきよちゃんが？」

「はい、私が。だから悪いのは私です。間違ってもおみちさんを責めないでくださいね」

「……なんだかわからないが、とにかく話を聞かせておくれ。あんたはいったいなにをしたんだい？」

「おきくさんが神田に行ってすぐ、おみちさんにたっぷりご飯を食べさせました。ご飯というより、お菜ですね。お魚、青物、煮豆に豆腐……文吉さんに負けないぐらい食べてもらったんです。お店からお弁当を持って帰ったり、私がお菜を分けたりして……。もちろん横にもならせました。しっかり寝て、しっかり食べて、赤ん坊も少しずつ長く寝るようになって、その分おみちさんも休めるようになって、もっとお乳が出るようになって、の繰り返しでした」

「お粥とおかかじゃなきゃ駄目だって、あれほど言ったのに……」

きくの口調は以前ほど強くない。

産後の身体に障るどころか、めざましい回復を見せたとあっては、是が非でもお粥とおかかでなければ、と言い切ることができなくなったのだろう。

「本当にごめんなさい。でも、そのおかげか、おみちさんも赤ん坊もとっても元気です」

「そのようだね。あの赤ん坊もどうなることかと思ってたが、ちょっとの間に丸々太ってなんとも愛らしい。しかも、おみちが言うには、文吉のおとっつぁんにそっくりだそうだ」

あれなら舅《しゅうと》はもちろん、姑《しゅうとめ》だってかわいがらずにいられないだろう、ときくはほっとしたように言う。そして、誰にともなく呟いた。

「今まで、お粥じゃなきゃ駄目だって信じ込んでたのは、間違いだったのかねえ……」

きくのあまりにも気落ちした様子を見て、きよは慌てて話しかけた。

「おみちさんに合っていただけで、ほかの人も同じとは限りません。それに、食べ物のおかげじゃなくて、たまたまおみちさんが良くなるときだっただけかも……」

「まあねえ……でも、これまでにもお粥よりもちゃんとした飯が食いたいって言った女はいたんだよ。少なくとも、そういう女にはしっかり食わせてやればよかったのかもしれない。案外、人ってやつは己の身体のことをわかってる。身体に必要なものを食いたがるようにできてるのかもしれない」

「それは……どうでしょう……」

肯定しても否定してもきくを傷つける気がして、きよは言葉を濁す。

だが、身体に必要なものを食べたがるというのは、本当のような気がしてならない。現に、以前きよが具合が悪くなったとき、ご馳走のはずの白米よりも麦をまぜたご飯や糠《ぬか》漬けがたまらなく美味しかった。普段から苦手で食べないのに、ふとした拍子に食べてみたら美味しいと思うこともある。少なくとも、身体に必要なものを美味しいと感じるのは間違いないだろう。

「神田の女はお産をしてから四日は経ってる。おみちはもっと早くから普通の飯に戻したんだろ？」

「そうですね」

「じゃあ、あの子にもしっかり食べさせてみようか……それで元気になるなら、習わしなんて気にしなくていいってことになる。それとも……」

そこできくはいったん言葉を切り、店の中を見回したあと続けた。

「『千川』の弁当が特別なのかもしれない」

「え……だってほとんどは賄《まかな》いですよ？」

「いやいや、賄いだって同じ料理人が作ってることに変わりはない。味付けは同じだし、材料だって同じだ」

「賄いに使う分は、日が経ってるときもあるんですけど……」

「もともと魚も青物も上等なんだから、多少日が経ったところでどうってことないだろ。たとえ賄いでも、あの板長さんはちゃんと吟味して味が落ちきらないうちに使っているに違いない」

「確かに」

「旨い料理は箸が進む。おみちが子を産んだ日、あたしも弁当をいただいたが、食べきれないのが悔しいほどだったよ。もっと若ければ全部食べられただろうにってさ。『千川』の料理はもっともっと食べたいと思わせてくれる。たくさん食べれば、力もつくってもんだ」

　ただ食べるだけではなく、旨い料理を喜んで食べる。それが産後の回復に繋がったのかもしれない、ときくは言う。

「賄いを詰めた弁当も、おきよちゃんが作る飯も、『千川』の味だ。そりゃあ旨いし、力もつくだろう。ただ神田となると……」

　こんなことなら深川に戻って産ませればよかった、ときくは嘆く。実家はそれなりに金のある家だから、『千川』に無理を言って料理を持ち帰ることぐらいできただろうに、と言うのだ。

「おきくさんはこれからまた神田に戻るんですか？」

「ああ。乳をくれる人が見つからなかったことだけは知らせないと」

「じゃあ、とりあえずお弁当を持っていってあげたら……」

「うちは弁当屋じゃねえ」

そこで口を開いたのは弥一郎だった。

きよはもちろん、きくもあっけにとられている。これまでみちに何度も弁当を届けておきながらその言い草はない。だが、きよの隣人ならともかく、見ず知らずの女のためにそこまでする義理はないと言われれば、そのとおりだった。

けれど、神田に乳が足りなくて泣いている赤ん坊がいると思うと胸が締め付けられる思いだ。一度だけでも……と頼もうとしたとき、弥一郎がふっと笑った。

「そこをなんとか、って言いたいんだろ？　わかってる。けどな、よく考えてみろ。その親子はどこにいる？」

「どこって、神田……あ！」

「そう、神田だ。神田には立派な弁当屋があるじゃねえか」

そうだ、神田には『ひこべん』がある。わざわざ深川から運ばなくても、彦之助に任せればいいのだ。彦之助ならきっと、食べやすくて滋養たっぷりの弁当を作ってくれるだろう。

「神田に弁当屋なんてあるのかい？」

きょとんとしているきくに、すぐさま事情を説明する。続いて弥一郎が、『ひこべん』の場所を教えると、きくの表情が一気に明るくなった。

「二丁ほどしか離れてないよ。そこに行けば弁当が買えるのかい？」

「ああ。『千川』からの紹介だって言えばいい。何日分かまとめて頼むこともできるし、届けにも来てくれる。おきくさんの苦労も少しは減るんじゃねえか？」

「大助かりだよ。なんでもっと早く言ってくれなかったんだ！」

「いや、訊かれてねえし……」

「……もっともだ！」

きくが大声で笑った。釣られたように弥一郎や伊蔵まで……

そのあと、きくは礼を言って店を出ていった。

これで神田の女も回復が早まるなら、やはりお産のあとといえどもしっかり食べたほうがいい。赤ん坊が泣き叫ばずに済むなら、習わしなんて放り投げてしまえばいい。

きよの胸に、切なさとやるせなさが押し寄せる。みちや神田の女だけでなく、ほかの女たちの力にもなりたい――そんな気持ちでいっぱいになりながら、きよは帰っていくきくの背を見つめていた。

攫《さら》われっ子騒動

明日から水無月《みなづき》という日の早朝、よねは重い身体を引きずるように井戸端に行った。七輪の前にしゃがみ込んでいたきよが、よねの姿を見つけて歓声を上げる。

「およねさん！　いつ戻っていらっしゃったんですか⁉」

よねは、琴三味線師《ことしゃみせんし》、右馬三郎《うまさぶろう》の弟子である孫四郎に嫁いだ娘の初産を手伝うために、長らく須崎《すさき》に行っていた。昨夜、きよが戻ってきたのは、よねが部屋の明かりを消したあとだったはずだから、まだ帰っていないものと思っていたのだろう。

よねはけだるい首を回しながら答える。

「おはよう、おきよちゃん。実は昨日の夕方には戻ってたんだけど、なんだか疲れちゃってね。六つ半（午後七時）ごろには寝ちまったんだよ」

「そうですか……でも、戻ってこられたということは、おはなちゃんはすっかり落ち着かれたんですね？」

「すっかりかどうかは怪しいが、ちょっとはおっかさんらしくなったかね。いつまでもそばで面倒を見るわけにもいかないし、そろそろ潮時だと思って帰ってきたんだよ」

「きっとおはなちゃんは寂しいでしょうね。およねさんにしても、後ろ髪を引かれる思いだったんじゃないですか？」

「まあね。赤ん坊は日に日に愛らしくなるし、あたしを見るとよく笑う。それだけに、これ以上は……って踏ん切ったんだよ」

情が移りすぎて本当に帰ってこられなくなりそうだった、と言って、よねはため息をつく。ただでさえ赤ん坊はかわいいのに、娘が産んだ初孫となったら文字どおり目に入れても痛くない。いっそこのままはなのところに住み続けたいとどれほど思ったことか……

「赤ん坊はかわいいですものね。それでも、ちゃんと帰ってくるところが、およねさんのすごいところです」

「きりがないからさ。でも、いざ帰ってきてみると、やっぱり自分の家はいい。赤ん坊に起こされずにしっかり眠れるし、なにより気楽だ」

なんのかんので三人分、ときには右馬三郎を入れて四人分の飯の支度や洗濯をしていた。その上、稽古を休みたくない弟子たちが須崎までやってくることもあったから、かなり忙しい思いをしていた。はなのところにいたときは気を張っていたが、いざ帰ってきたら精も根も尽き果てていて、湯屋すら行けずに寝てしまったのである。

きよがいたわりのこもった目で言う。

「当面はゆっくり休まれてください。なんならご飯は私が引き受けますから」

「いやいや、そんなわけにはいかない。おきよちゃんだって勤めがあるんだから。これ以上仕事を増やしたら気の毒ってものさ」

「大丈夫ですよ。今までに比べたら、およねさんひとり分ぐらいどうってことありません」

「これまで？」

怪訝《けげん》に思いながら訊くと、きよは新しい住人のお産についての経緯を説明してくれた。それを聞いたよねは、ぴしゃりと己の額に手を打ち付けた。

「なんて間が悪いんだ！　あたしがこっちにいれば、おきよちゃんをそんな目にあわせずに済んだのに！」

「気にしないでください。およねさんはおよねさんで、おはなちゃんの面倒を見てたんですから」

「まあねえ……とどのつまり、ふたりして赤ん坊とほやほやのおっかさんの面倒を見てたってわけだね」

「そうなりますね。そんなわけですから、しばらくの間、ご飯は私に任せてゆっくり休んでください」

「それじゃあ、おきよちゃんが休む間がないよ」

「大丈夫。私はおよねさんに比べたらまだまだ若いですから！」

いつものきよなら、こんな年を比べる言い方はしない。だが、こうでも言わないとよねが納得してくれないと思ったのだろう。きよの気持ちが嬉しくて、よねは素直に頷く。

長年、母ひとり子ひとりでなんでも自分でやってきたよねにしては珍しいことだが、自分で思っているよりも疲れている証かもしれない。

「孫はかわいい。かわいいから躍起《やっき》になって世話をする。で、疲れ果てて戻ってきて近所の世話になる。いいんだか悪いんだか……って悪いね」

よねの言葉に、きよはとんでもないと言わんばかりだった。

「疲れ果てていようが寝込んでいようが、およねさんがいてくださること自体が嬉しいんです。こんなことを言ったら迷惑かもしれませんが、私にとっておよねさんは『江戸のおっかさん』。おっかさんに久しぶりに会えて喜ばないわけがないでしょ？」

きよの満面の笑みに、よねもにっこり笑って返す。

「あたしだって、おきよちゃんの笑顔を見ると気が休まるよ。きっと、店に来る客も同じだ。そういうところも、料理人に向いてるんだろうね」

「お客さんはいちいち料理人の顔なんて見ませんって」

「『千川』の客の大半は男だ。男ってのはいつだって女を見るものさ」

「それなら、おとらさんを見ればいいだけです。わざわざ料理人の顔なんて……」

「そうかねえ。あたしは、おきよちゃんの顔を見たくて、首を伸ばしてる客だっていると思うよ。馴染みに与力様《よりき》がいるって聞いたけど、その与力様もおきよちゃんをお気に入りだそうじゃないか」

「確かに与力様は私の料理を気に入ってくださってますけど、私自身じゃありませんよ」

「料理だっておきよちゃんの一部だろ？　それに、どれほど旨くても、気に入らない人間が作ったものを銭を払ってまで食いたいとは思えないよ」

「そうでしょうか……」

料理人は三人もいる上に、みんなへっついの陰に入るから顔なんて見えない。誰が作ったのかもわからない。もしかしたら、料理人が女だと知ったら、勘弁してくれ、と言い出す客だっていそうだ、ときよは言う。

肩を落とすきよに、よねは呆れてしまった。

「身の程知らずって言葉があるけど、あんたは逆の意味で身の程知らずだね。深川で『千川』を知らない人はいない。そこに『きよ』って女料理人がいることも、きよが作る料理が旨いことも、みんな知ってるよ。だからこそ毎日毎日『千川』は大忙し。もうちょっと自惚《うぬぼ》れても罰《ばち》は当たらないよ」

「たぶん私は自惚れない質《たち》なんだと……」

「違いない。まあ、あんまり自惚れが強くても鼻につく。主《あるじ》になるなら問題だが、奉公人は謙遜する質のほうがいいのかもしれない。どっちにしても、おきよちゃんを気に入って通ってくる客がいるのは間違いないね」

あえて言い切り、よねは井戸から水を汲む。

井戸端に来たのは、飯の支度ではなく、顔を洗うためだ。飯の支度をするにしても、きよが七輪を使い終わってからだが、もとより今日のよねには煮炊きする気力なんてない。きよの申し出に甘えて、もうしばらく七輪は預けておくことにした。

「おきよちゃん、七輪はもうしばらく持っていておくれ」

「かまいませんか？」

「もちろん。でも、おきよちゃんに預けっぱなしにしておくと、ずっとあたしの分まで飯の支度をしなきゃならなくなるね……」

「それはかまいませんって……」

「そうはいかないよ。そうだね、あと三日、いや二日ってことにしよう」

「二日でいいんですか？」

「それ以上世話になると、それが当たり前になっちまう。今日、明日はゆっくりさせてもらって、明後日《あさって》から元の暮らしに戻ることにする。楽に暮らした挙げ句、ぼけちまっても困るから」

「わかりました。じゃあ、明日の朝の支度が終わったら、七輪をお返ししますね」

「あいよ。長らく預けっぱなしですまなかったね。道具ってのは毎日使ってやらないと機嫌が悪くなるけど、おきよちゃんが使ってくれてたから支障ないだろう」

「そういうものかもしれませんね」

そのあとよねは顔を洗い終え、自分の家に戻った。

だが、家に入ったとたん、余計なことを言ったかもしれないと思い始める。

——奉公人は謙遜する質《たち》のほうがいい、って言ってしまったけど、あの子はもしかしたら、いずれ自分の店を持ちたいと思っているかもしれない。主《あるじ》になったら、いつもいつも謙遜ばかりってわけにはいかない。奉公人にも示しがつかないし、多少ははったりもかませなきゃ、店なんてやっていけないよねえ……

そしてよねは、自分が知っている主たちを次々に思い浮かべる。

どの主も総じて腰が低く、自惚《うぬぼ》れを表に出すことはない。『千川』の次の主である弥一郎は自信満々の顔でいることも多いが、客の前ではやっぱり腰が低い。

唯一の例外は弥一郎の弟の彦之助で、きよの話を聞く限り、彼はいつも自信たっぷりのようだ。けれど、きよが知っているのは『ひこべん』を開く前の彼だ。開店後も顔を合わせることはあったにしても、じっくり話す暇はないに違いない。今の彦之助は、実家の父や兄同様、腰の低い人間になっているかもしれない。

きよには『主になるなら問題』と言ってしまったが、主であろうがなかろうが、自惚れが過ぎるより謙虚なほうがいい。客だって、主が仏頂面《ぶっちょうづら》で威張り散らす店なんて行きたくないだろう。

自信を持つことは大事だけど、ほかの人に示す必要はない。それに『私なんてまだまだ』と思うほうが、伸びていける気がする。これまできよはそうやって伸びてきたのだから、これからもそれでいい。これまでどおりに地道に頑張っていけば……

そこまで考え、よねは遠い目になる。

きよが自分の店を持てるのはもうしばらく、もしかしたらずっとずっと先かもしれない。それまで自分は元気でいられるだろうか……

――元気でいられるだろうか、じゃなくて元気でいなきゃ！　おはなだって子を産んだばかり。まだまだあたしの手を借りたい日があるに決まってる。それに『江戸のおっかさん』って慕ってくれるんだから、おきよちゃんの行く末もしっかり見守らないと！

そのためにも今はしっかり休むことが肝要だ。しばらくきよに甘えることに決め、よねはまたごろりと横になった。


「おはな？　おはなかい？」

湯屋からの帰り、よねは井戸端にしゃがんでいる姿を見つけて声をかけた。

そろそろ木戸も閉まろうかという時刻である。こんな遅くに、しかも井戸端にしゃがんでいるはずがない、と思いつつも娘の名を出したのは、よねと喧嘩をしたあと、はなもよくこんなふうに井戸端にしゃがんでいたからだ。

ただ、近づいてよく見ると、こちらに向けている背中は、はなよりも明らかに小さいし、腰や尻にも膨らみはない。どう見ても子どもだった。

それなら、なおさらこんなところにいるのはおかしい。親とはぐれたのだろうか、と心配しつつ見回してみたが、周りには人っ子ひとりいなかった。

「あんた、いったいどこから来たんだい？」

はなではないとわかっていても、捨てておくわけにはいかない。

面倒なことになったと思いながらも、よねは娘に話しかけた。ところが、一瞬こちらを振り向いた娘は、よねを見てぎょっとしたように目を大きく見開き、井戸を回り込んで隠れようとする。何度声をかけてもその繰り返しで、よねは途方に暮れてしまった。

「困ったね。冬じゃないから冷え切ることはないだろうが、朝までこのままにはしておけないし……」

いっそ自身番にでも相談しようか、と思い始めたとき、通りのほうから足音が聞こえてきた。おそらく親が捜しに来たのだろう、とほっとして振り返ったよねの目に入ったのは、濡れ手ぬぐいを手にしたきよだった。

「おや、あんたも湯屋にいたのかい？　ちっとも気づかなかった」

「ごめんなさい。およねさんの声は聞こえてたんですけど、どなたかとお話しされていたようなので……」

「ずいぶん長く留守にしていたから、久しぶりに会った湯屋友だちとつい話し込んでしまったんだよ。あっちも初孫が生まれたばかりらしくて、お互いの孫自慢に花が咲いちまった」

「そんな感じでしたね。おふたりともとても楽しそうでした。でも、およねさんは私よりずっと早く出ていかれましたよね？」

とっくに家に入っているはずのよねがなぜ井戸端にいるのか、きよは疑問だったのだろう。

「いや、井戸端に誰かいてさ……」

「まさか、おはなちゃん？」

「あたしもそう思ったんだけど、違う子だよ。おはなよりずっと小さい。何度も声をかけたんだけど、返事はしないし、近づくと隠れようとするんだ。いっそ自身番に知らせようかと……」

「それが一番なんでしょうけど、もう夜も遅いし……」

自身番には、昼間は書役《かきやく》と呼ばれる自身番親方が詰めているが、夜中は無人のことも多い。知らせに行ったところで無駄足になるかもしれない。

「そうだねえ……それに、この子を引っ張り出すだけでも大変だ」

「引っ張り出すって、別に井戸端は穴蔵じゃありませんよ」

そう言いながら、きよは井戸に近づき、娘に声をかけた。

「ねえ、もう夜も遅いわ。いくら夏でも、朝までそこにいたら具合が悪くなっちゃうわよ？」

てっきりよねのとき同様、反対側に回り込むかと思いきや、娘は動こうとしない。かといって振り返るわけでも立ち上がるわけでもなく、ただ蹲《うずくま》っていた。

さらにきよが続ける。

「お腹も空いてるでしょ？　うちに来れば、湯漬けぐらいなら食べさせてあげられるわよ」

娘はやはり空腹だったようで、湯漬けと聞いてきよを振り返った。頭から足の先まできよの姿を確かめたあと、ようやく立ち上がった。

「お腹、空いてるのね？」

「……うん」

「そう、じゃあうちにおいでよ」

ふたりのやりとりを、よねはただ黙って見ていた。

はなばかりではなく、何十人もの弟子を育てた自分より、きよのほうが子どもの扱いがうまい。きよは子どもに好かれやすい人柄のようだし、弟の清五郎も見るからに子どもも好きだ。いっそ姉弟に任せてしまおうかと思ったものの、さすがに少し気がひける。

やはり、娘を見つけた自分が面倒を見るべきだろう。

「おきよちゃん、あんたは明日も勤めがある。ここはあたしが……」

よねの声を聞いたとたん、娘の肩にまた力が入る。どうやらよねは、この娘に嫌われているらしい。見たこともない娘にいきなり嫌われるなんて考えられないけれど、事実は事実だ。これでは自分が預かることはできない。きよに任せるしかなかった。

「およねさん、今夜はうちで預かります。うちには男手もあるから、万が一、変な人たちが押し入ってきてもなんとかなりますし」

「変な人たち……？」

「この子、ものすごく怯えてます。もしかしたら、誰かから逃げてるのかもしれません」

「だとしても、清ちゃんが太刀打ちできるかね？」

清五郎は男前だが腕っ節はそれほど強そうに見えない。武術の鍛錬だってしたことがないだろうし、押し入られたらひとたまりもないのではないか、と心配になる。

けれどきよは、心張《しんば》り棒を外さなければなんとかなると言う。

「あの子、口だけは達者ですから、家の中から適当に追い返しちゃうんじゃないかと。男がいるってわかるだけでも違うでしょうし」

声だけでは腕っ節はわからない。自信たっぷりに言い返せば、筋骨隆々の男だと思って逃げていくかもしれない、ときよは笑う。

清五郎にはずいぶん失礼な言い草だが、そんなこともあるような気がする。とりあえず今夜は、きよたちに娘を任せることにした。

翌朝、よねが目を覚ましたのはほぼ夜明けと同時、いつもより遥かに早い時刻だった。やはり、心のどこかで昨日の娘が気になっているのだろう。

壁越しに隣の様子を窺《うかが》ってみたが、清五郎が飯を炊いている気配を感じるものの、娘の声は聞こえない。おそらくきよはもう井戸端に出ている。様子を聞きに行ってみよう、とよねは立ち上がった。

外に出て井戸のほうに目をやると、きよと、その隣にしゃがみ込んでいる娘が見えた。

「おきよちゃん、おはよう」

「おはようございます、およねさん」

よねの声を聞くなり、娘がきよの背に隠れようとした。

そこまで嫌わなくても、と落胆しつつも、平静を装って訊ねる。

「みんなよく眠れたかい？」

みんなというよりも娘なのだが、面と向かって訊ねたところで答えてくれるとは思えず、よねは大ざっぱな訊ね方をする。きよなら、よねの心中を察してくれるに違いない。

「おかげさまで。清五郎なんて大鼾《おおいびき》でした。うるさくてこの子が眠れないんじゃないかと心配したんですが、案外平気だったみたいです」

「それはよかった。で、ふたりで朝ご飯の支度かい?」

「家にいていいって言ったんですけど、一緒に行くって聞かないんです」

「なるほど。清ちゃんよりもおきよちゃんにくっついていたいのか。はたまた、腹が空きすぎて待ちきれないのか……」

娘がにわかにぎょっとした様子になる。子どもが朝ご飯前に腹を空かせているのは当たり前なのに、と首を傾げるよねに、娘が慌てたように言う。

「平気だよ!」

「平気なわけないでしょう? ぐうぐう鳴ってるもの」

きよが笑いながら言う。

「湯漬けを食べさせるって言ってなかったかい?」

「食べさせましたよ。でも、食べてる途中で清五郎が戻ってきて、一緒に食べ始めちゃったんです」

昨日は日が暮れてからやけに忙しくなって、『千川』で夜の賄《まかな》いまで食べてきた。にもかかわらず、清五郎は湯漬けを二杯も食べたらしい。そのせいで、娘が十分に食べられなかったのかもしれない、ときよは心配した。

ところが、娘は何度も首を左右に振る。

「大丈夫、お腹なんて空いてないってば！　ご飯なんてほんのちょっとで……」

よその家でご飯をご馳走になるのは悪いと思っているのかもしれないが、ここまで必死になるのは不自然だ。少なくとも子どものすることではないだろう。

なにかわけがあるのかもしれない、と思いつつも、ここで自分が訊ねたらなおさら嫌われかねない。相手が見ず知らずの子どもであっても、嫌われるのはやはり辛《つら》い。もう少しなんとかならないかと思ったとき、よねはあることを思い出した。

ちょいとごめんよ、と自分の家に戻り、水屋箪笥《みずやだんす》を開ける。そこには、飴細工が二本入っている。何の気なしに買ったものだが、これをあげればあの子の気持ちも少しは緩むかもしれない。

よねは二本の飴を掴んで井戸端に戻り、早速きよに差し出した。

「こんなものがあるんだけど、その子は食べるかね？」

きよの背に隠れていた娘がひょっこり顔を出す。一本は真っ赤な金魚、もう一本は白い猫に形づくられた飴細工を見て、娘の目が見開かれた。きよも興味津々で訊ねる。

「なんてかわいらしい……でも、どうしてこんなものを？」

「二、三日前、ちょいと用足しに出た帰りに、おまんが飴がいてね」

「おまんが飴っていうと、女の格好をした男の飴売りですね」

「そうそう。男とは思えないほど身なりも声もきれいで、ついつい見入っちまった。なかなか芸達者で、笑わせてくれたお礼代わりに買ってやったのさ」

「え、おまんが飴は飴細工も売ってるんですか？」

飴細工は温めた飴で花や犬、猫、鳥、魚……などを模して作る。面白い口上を唱えながら客の前で作って売るのが常なので、縁日で屋台を構えることが多い。おまんが飴は行商だから、一口の大きさに切った固飴を袋に入れて売るものではないか、ときよは言う。

「それがちょいとわけありでね」

「わけとは？」

「そのおまんが飴は、もともと飴細工をやってたらしい。飴細工は行商には向かないってわかってても作るのがやめられなくて、固飴と一緒に家で作った飴細工も売ってたんだ。飴細工はもろいから、いくら丁寧に持ち歩いても欠けちまうってのにさ……」

欠けた飴細工を喜んで買う客はいないが、細工することが好きだからやめられない。だから固飴を買ってくれた客におまけにつけているのだ、とそのおまんが飴はよねに説明したそうだ。

「前の屋台は火事で焼けちまったそうだ。それでも飴売りしかできなくて、外で売ってるって言ってた。よく見りゃ、けっこうな出来でね。だから、おまけじゃなくて飴細工そのものを買ってやったんだよ」

　気を落とさずに励んでいたら、きっといいこともある、と言うおよねに、おまんが飴の男はなんとかまた屋台を構えられるように頑張る、と涙ぐんでいた。

　よねは、いいことをした、と満足しつつ飴細工を持ち帰ったものの、飴はそれほど好きではない。いずれ弟子にでもやればいいと水屋箪笥《みずやだんす》にしまったまま忘れていたのだ。

　きよが娘に訊ねる。

「おれんちゃん、飴は好き？」

　れんというのがこの娘の名前らしい。

　相手がよねだからか、そもそもよその人からもらってはいけないと考えているせいか、れんはしばらくためらっていたものの、とうとうこっくりと頷いた。

　すかさず、きよが言う。

「じゃあ、いただきなさいな」

　そうは言っても、きよは自分が渡してやったりはしない。やむなくれんは、きよの後ろからそっと手を伸ばし、飴細工を受け取った。

「およねさん、ありがとう」

「おや、あたしの名を覚えてくれてたのかい。それにちゃんと礼が言えるんだね」

「お礼ぐらい言えるよ。あたし、もう九つだし」

それで、れんの年齢もわかった。九つといえば、奉公に出ている子どももいる。もしや奉公先から逃げ出したのだろうか。この怯えっぷりはそのせいかもしれない。だとしたら、逃げ出した本人はさておき、奉公先はさぞや困っているに違いない。

いずれにしても、自身番に知らせなければ……と思っていると、きよの声がした。

「おれんちゃん、そろそろご飯が炊けるころだから、家に戻ってお茶碗やお椀の支度をしておいて。お味噌汁ができたら持っていくから」

「はーい」

飴細工を手に、れんは飛び跳ねるようにきよの家に戻っていく。れんの姿が家の中に消えたのを確かめて、きよが言った。

「それにしても困りました。私も清五郎も勤めに出なきゃならないし、あの子をどうしたらいいんでしょう……」

「あの子はなんて？」

「昨夜は、朝になったら出ていくって言ってました」

「あてでもあるんだろうか？」

「あるとは思えません」

帰る家、あるいは行くあてがあるのなら、孫兵衛長屋の井戸端にしゃがんでいたりしないはずだ。もしかしたら、家に帰りたいのに木戸が閉まってしまったから、朝を待って向かうつもりだったのかもしれないが、よねが見る限り、その可能性は低そうだった。

「相手は子どもだ。そんな状態で出ていくと言われても、さあどうぞなんて言えるわけがないね」

「そうなんです。で、相談なんですけど、およねさん、日中あの子を預かっていただくわけにはいきませんか？　勤めから戻り次第、引き取りますから」

「あたしはかまわないけど、本人はどうだろう？」

昨夜も今朝も、れんはよねを嫌っているようにしか見えなかった。日中だけとはいえ、よねの家に来るだろうか……

けれどきよは、おそらく大丈夫だと言う。

「あの子は、およねさんが嫌いなんじゃなくて、およねさんに似た誰かが苦手なんじゃないかと思うんです。いくら子どもでも、会ったこともない人をいきなり嫌うなんてあり得ませんから。それに、飴細工をもらったことで、およねさんが優しい人だってわかったはずです」

「そういうものかねえ……」

「とにかく、今日のところはおよねさんのところにいるように言い聞かせます」

「聞くだろうか？」

「ここにいればちゃんとご飯が食べられる。それだけでも留まる理由になります」

「え？」

それではまるで、今までろくに食べていなかったと言っているようなものではないか。

首を傾げるよねに、きよは痛ましそうに言った。

「あの子、がりがりなんです。九歳とはいってもまだ子ども。もうちょっと身体全体に丸みがあってもよさそうなものでしょう？　それなのに、手も足もがりがりで、まるで枯れ枝みたい。あれはかなり長い間、まともにご飯を食べてないからじゃないかと……」

「奉公先で虐《いじ》められてたとか？」

「奉公していたにしては、言葉遣いができていない気がします」

「じゃあ、親元で酷い目にあって逃げ出したってのかい？」

「どうなんでしょう……なにか別の事情があるのかも」

「やっぱり矢七《やしち》親分に相談したほうがいいかねえ……」

「そう思います。私が『千川』に行く前に知らせていきますから、およねさんはあの子をお願いします」

「わかった。もともとあたしが見つけた子なんだから、あたしが預かるのが道理だ。むしろ、おきよちゃんたちに迷惑をかけて申し訳なかったよ」

「とんでもない。夜遅くにあんな子どもがひとりでいたら、誰だって心配になります。たまたま先に通りかかったのが、およねさんだっただけのことですから」

「そう言ってくれると気が楽になるよ。ま、あの子だって取って食われるわけじゃないことぐらいわかってくれるだろう」

日中は弟子たちが出入りするから少々喧《やかま》しいかもしれないが、れんにしてみれば、よねとふたりきりでいるより気詰まりではないはずだ。

よねの了承を得て、きよはほっとしたように自分の家に戻っていった。


しばらくして、朝ご飯を終えたらしきれんが、きよと一緒によねの家にやってきた。

「じゃ、おれんちゃん。私たちはお勤めに行くから、およねさんのおうちで待っててね」

きよに言われて、れんは案外素直に頷いた。手には昨日の飴を持っている。

なんでも、朝ご飯のあとなら食べていいと言ったのに手をつけなかったらしい。もしや飴は嫌いだったのか、ときよは疑ったそうだが、単に大事すぎて食べられなかっただけのようだ。

深いため息とともに、きよは言う。

「食べたらなくなっちゃう、って言うんですよ。本当に嬉しそうにずっと眺めてました。きっと飴細工なんて買ってもらったことがなかったんでしょうね」

れんがあれほどがりがりなのは、あまり豊かではない家に育ったからかもしれない。飴細工は普通の水飴よりも値が張るから、そう簡単には買えないはずだ、ときよは痛ましそうにれんに目をやる。

よく見ると、宝物のように飴細工を握りしめる娘の手には、あちこちに切り傷ができている。遊んでいただけの手には見えないから、日常的に家の手伝いをさせられていたのだろう。

「そうかい。でもさ、その飴細工はそろそろ食べちまったほうがいい。気に入ったならまた買ってやるからさ」

「ほんと⁉」

れんの顔がぱっと明るくなった。

やはり、飴細工を買ってもらったことがないというきよの推量は当たっているようだ。孫兵衛長屋に飴売りが来ることは稀《まれ》だが、来なければこっちから行けばいい。富岡八幡宮の参道なら、飴売りのひとりやふたりいるだろう。

「八幡さまあたりなら飴売りがいるはずだ。今日の稽古は昼前には終わるから、そのあと散歩がてら行ってみようか？」

「稽古……？」

「およねさんは、三味線《しゃみせん》のお師匠さんなのよ」

「三味線が弾けるの？」

「弾けなきゃ教えられないだろ。こう見えて、深川ではけっこう名が通った三味線弾きだよ」

「へえ……」

れんは立てかけてあった三味線をまじまじと見ている。おや、と思いながらよねが手に取って軽く鳴らすと、わあ……と歓声を上げた。

「三味線は好きかい？」

「よくわからないけど、音色が気持ちいい」

「そりゃよかった」

れんが三味線の音が苦手な子じゃなくてよかった。れんはやせっぽちだが、子どものわりに手が大きくて腕も長そうだから、三味線を弾くのに向いているかもしれない。

その気があるようなら少し手ほどきをしてみてもいいかな、と思いながら、よねは出かけていくきよを見送った。

四人の弟子に稽古をつけたあと、よねはようやく三味線《しゃみせん》を三味線立てに戻した。

昼前に終わるはずだったのに、今日に限ってうまく弾けない弟子が続き、何度もやり直させているうちに昼九つ（正午）を過ぎ、九つ半になろうとしていた。

「ごめんよ。さぞや腹が減ったことだろう。お昼ご飯にしようね」

「え……？」

れんはきょとんとしている。続いてれんの口から出たのは、まさかの一言だった。

「お昼もご飯を食べるの？」

「当たり前じゃないか。おまんまは朝、昼、晩と食べるもんだ」

「そうなんだ……」

心底意外そうな様子に、こちらが驚いてしまう。

飴細工どころか、三度の飯も満足に食べられない家の子だったらしい。これでは手や足ががりがりなのも頷ける。たくさん食べて育たなければならない時期なのに、と涙が出そうになった。

「朝ご飯はしっかり食べたのかい？」

「うん。炊きたてのご飯とお味噌汁。小さいお魚の佃煮《つくだに》とお漬物もあったよ。とっても美味しいお漬物で、ご飯のおかわりももらった。だから、あの……そんなにお腹は空いて……」

そこまで言ったとき、れんの腹からぐう……という音が聞こえた。

「違うの！　これは違うの！」

必死に否定するれんがいじらしくて、よねはれんの頭に手を伸ばしてそっと撫でた。

「どれだけ朝ご飯をしっかり食べても、時が経てば腹は減る。子どもならなおのことだよ。さ、昼ご飯にしよう。飯はたっぷりあるし、漬物もある」

「お漬物も⁉」

「ああ。おきよちゃんのところの糠床《ぬかどこ》は、あたしが分けてやったものなんだ。だから同じぐらい美味しいはずだよ。それに魚じゃないが、昆布の佃煮ならある」

「昆布の佃煮⁉　嬉しい！」

どうやられんは、魚よりも昆布の佃煮のほうが好きらしい。たかが漬物と佃煮にここまで喜ぶなんて……と驚きながらも、部屋の隅に置いていた箱膳を持ち出す。

はなが嫁いでから片方だけしか使っていなかったけれど、今日はふたつとも出す。小ぶりな茶碗は、はなが子どものころからずっと使ってきたものだ。盛られた飯に目を輝かせるれんの姿が、子どものころのはなに重なる。

父《てて》なし子と虐《いじ》められたこともあったのかもしれないが、はなにひもじい思いだけはさせなかった。飯があるのが当たり前、飴細工だって買ってもらうのが当たり前で、はなはありがたいと思う気持ちが薄かったような気がする。

それだけに、一杯の飯をこんなに喜ぶれんに愛しさが湧き上がる。空になるまでお食べ、とお櫃《ひつ》ごと渡してやりたくなった。

「たんとお上がり。全部食べてもいいんだよ」

「でも、全部食べちゃったら夜の分がなくなっちゃうよ」

「なくなったらなくなったで、なんとでもなる。気にしないで、あんたは食べられるだけ食べな」

そう言われてもなお、れんは少しずつ少しずつ飯を口に運ぶ。腹の虫が鳴くほど空腹なはずなのに……と思いかけてはっとする。

――そうか……。確かに、ゆっくり食べれば少ない飯でも腹がいっぱいになったような気になる。この子はそれを知ってるんだ……。ああもう、この子の親にだけは会いたくない！

面と向かったら殴りかかりかねない。それぐらい、れんの親に抱く怒りが大きくなっていた。

「一休みしたら、八幡さまに行こう。今日は縁日だから、きっと飴売りもいるよ」

ところが、大喜びするかと思ったれんは首を左右に振った。

「いいよ。ご飯でお腹はいっぱいだし、飴はまだあるから」

よねが稽古をつけている間に、猫の形の飴は食べたけれど、金魚のほうは残っているから大丈夫だ、とれんは言う。

「だから、その飴はもう食べちゃわないと駄目だって。新しいのを買おう」

「でも、縁日ってすごくたくさん人がいるんでしょ？」

この子は人見知りする質《たち》なのだろうか……と首を傾げたとき、勢いよく引き戸が開いた。

「およね、ちょいと邪魔するぜ」

「ああ、矢七親分。寄ってくれたんだね」

「朝一番でおきよが知らせに来てくれたんだが、ちょいと取り込んでて遅くなっちまった。おっと、昼飯時だったか。すまねえ」

「いいんだよ。もう食べ終わるところだから」

「そうか。で……」

そこで矢七は、よねの向かいに座っているれんを見た。

「昨夜、迷い込んできたってのはこの子だな?」

この町の顔役である矢七の鋭い目つきに怯えたのか、れんは立ち上がってよねの背に隠れた。昨夜はよねを怖がってきよの背に隠れていたのに、今は自分を頼ってくれるのか、と嬉しくなったが、そんなことを考えている場合ではない。

「親分、相手は子どもだ。そんな怖い顔しないでやっておくれよ」

「お? 悪い、悪い。習い性でな」

よねの指摘に、矢七の鋭い視線がわずかに緩んだ。そして精一杯優しい声で、れんに話しかける。

「どっから来た?」

もちろん、れんは答えない。事情が話せるならとっくに話しているはずだ、と思いながら見ていると、矢七はよねに話しかけた。

「岡っ引き仲間の間で、行方知れずの子どもがいるって話を聞いたんだが、まさかこの子じゃなかろうな?」

「それはどんな噂なんだい?」

「女衒《ぜげん》が女子《おなご》を吉原《よしわら》に引き渡そうとして逃げられたらしい」

「逃げられた……その話はどこから?」

　年貢や生活が苦しくて身売りされる娘は後を絶たない。それでも、お上が人身売買を禁止している以上、娘を遊郭に売る女衒は褒められた商売ではない。逃げられたからといって奉行所に届け出られるわけもないのに、岡っ引きの耳に入ったのは不思議すぎる。根拠のないただの噂ではないのか、と疑うよねに、矢七も頷きながら答えた。

「俺も、そんな話が聞こえてくるのはおかしいと思ったんだが、騒いでるのは女衒じゃなくて遊郭らしい。金を渡して子どもを引き取ったすぐあとに、逃げられたそうだ」

　遊郭は子どもがいなくなったんだから金を返せと騒ぐし、女衒はいったん渡したんだからそっちの責任だとつっぱねる。しまいに大喧嘩になって岡っ引きが呼ばれた、というのが事の顛末《てんまつ》だった。

「人様の子を買い取って遊郭に売るなんて、ろくなもんじゃない。その子は逃げられてよかったよ」

「その子にとってはな。ただ、問題は女衒がその子をどこから連れてきたか、だ」

「なにが問題なんだい?」

「親が売ったのなら、親に金を返せと言いに行きかねない。子を売るなんてよっぽどの事情があってのことだろう。金を返せと言われたら困り果て……」

「違うよ！」

そこで大きな声を上げたのは、れんだった。

「あたしは攫《さら》われたんだ！　だから逃げ出したって、おとっつぁんやおっかさんに、金を返せなんて言えっこない！」

「やっぱり、逃げ出した子どもってのはおめえだったんだな」

親の話が出て思わず言い返したのだろうが、これでは自分がその子どもであると認めたようなものだった。

「……うん」

れんは諦めたように大きなため息をついた。

「でも、あたしは売られてなんかない。草取りをしてるときに、知らない男に抱きかかえられてそのまま……」

「草取り？」

「うん、田んぼの畦《あぜ》で」

「田んぼの畦の草取り……これは近場じゃないねえ」

そもそも深川界隈《かいわい》に田仕事ができるような場所はないから、よほど離れたところから連れてこられたのだろう。逃げ出してすぐに親元に帰れなかったのも道理だ。

「なんてことだ。かわいそうに、そうならそうと早くお言いよ！」

なんとか親を捜し出して返してやらないと、とよねは奮起する。一方、矢七は眉根を寄せて言う。

「妙だな……」

「なにがだい？」

よねの問いには答えず、矢七はれんに訊ねた。

「まあいい。おれん、それはいつの話だ？」

「昨日の朝だよ。朝ご飯を食べてすぐ、おとっつぁんたちはほかに済ませなきゃならない仕事があるからって」

「そうか……わかった。まずはおまえの家を捜すところからだな。おとっつぁんの名前はわかるよな？」

「うん、伍助《ごすけ》。おっかさんはいいと」

「在所は……」

「やなく村」

「やなく……？　聞いたことねえな……」

まあ調べればわかるだろう、と矢七は懐《ふところ》から出した帳面に『やなく村　伍助、いと』

と書き付けた。

よねだって『やなく村』なんて聞いたことがない。いくら岡っ引きでも、そう簡単にわからないのではないか。一刻も早く親元に返してやりたいのに……と、よねはもどかしい思いでいっぱいになる。

よねの困惑など我関せずと、矢七の問いが続き、れんもすらすら答えている。もう身元は半分ばれたようなものだし、岡っ引きなら悪いようにはしないと信じているのだろう。

「おめえ、ひとりきりで田んぼにいたのかい？」

「そうだよ。あの日は、田んぼに行って草取りをしていろって言われた。すぐにおとっつぁんたちも行くからって……。で、ひとりでしゃがみ込んで草を抜いてるときに、後ろから口を塞《ふさ》がれて抱きかかえられたんだ。声を出そうにも出せなかった」

「知らない男か？」

「もちろん。すごい大男で、あたしは筵《むしろ》で巻かれて荷車に乗せられた。上からござを被せられて、家の前を通り越してそのまんま……」

「でも、おとっつぁんたちはあとから行くって言ったんだよね？　どうして来なかったんだろ……」

呟くようなよねの言葉に、れんも首を傾げた。

「わかんない。あのときに限って先に行けって言われたの。でも、待っても待ってもおとっつぁんもおっかさんも、兄ちゃんたちも来なかった」

「おれんちゃんにはお兄さんがいるの？」

「うん。兄ちゃんが五人、姉ちゃんが三人。あたしは九人兄弟の末っ子」

「子どもが九人……」

それだけの子をもうけられるからには、れんの親は土地持ち農家なのだろう。それでも九人を養うのは大変だ。ひどい不作が来れば、簡単に立ち行かなくなってしまう。

矢七が身を屈めてれんに訊ねる。

「田んぼに出かけるとき、おめえの親はなにか言ってなかったか？」

「別になにも……ただ、達者でやれよって……」

「達者でやれ？　ただ草を抜くだけなのに？」

「うーん……よくわかんないけど、怪我をするなってことじゃないかな。あたしは年のわりに身体が小さくて力もなかったし、怪我をすることも多かったから」

「怪我ってどんな？」

農作業で手や足を傷つけることは珍しくない。ちょっとした切り傷など日常茶飯事だろう。現に、れんの手には無数の傷がある。ところが、れんの言う怪我は小さな切り傷ではなかった。

「石を踏んで足を捻《ひね》ったり、転んで肩を外したり……何日か動けないことも多かった」

「そう……で、おれんちゃん、あんたの姉さんたちはいくつぐらいなんだい？」

「一番上のお姉ちゃんは十六、次が十五、その次が十四」

「え……年子なのかい⁉」

「そうだよ。姉ちゃんだけじゃなくて兄ちゃんたちも」

「お兄さんも⁉」

「うん。一番上の兄ちゃんが十九歳。二番目が十八。で、姉ちゃんが三人いて、そのあとが十三、十二、十一。あたしが生まれる前にふたつ空いたけど、その間にひとり流れちまった。あたしのあともひとり……で、そのあとはもう授からなくなったんだって」

そりゃそうだろう、とよねは天を仰ぎたくなった。

どれほど丈夫な女でも、毎年のように子どもを産めば身体は傷《いた》む。いくら農家にとって子どもは労働力だといってもさすがに産みすぎだ。しかも、腹に子がいるとしても家事や農作業をせずに済むわけもない。れんの母親の暮らしを思うと、気の毒すぎて言葉が出なくなる。

　だが、れんは、やけに嬉しそうに家族を語り続ける。

「おっかさんは、それはそれは丈夫なんだよ。風邪なんて引いたことないし、力だって強い。お腹に子どもがいるときでも、当たり前みたいに田畑の仕事をしてたんだって。兄ちゃんも姉ちゃんも毎日外で働いていて腕も足も太いし、日焼けで真っ黒」

「お姉さんたちまでそんなに黒いのかい？」

「あたしも焼けてるけど、姉ちゃんたちに比べたらぜんぜん。だからおよねさんやおきよ姉さんを見たときに、江戸の人ってこんなに肌が白いんだってびっくりした……」

　家族揃って日焼けで真っ黒、腕も足も太い。その中で、れんだけが細くてそれほど日焼けもしていない――よねの中で、次第に違和感が膨らんでいった。

　ふと矢七を見ると、彼も何事か悟ったような顔をしている。

「わかった。とりあえずおまえの家がある村を探ってみる。戻るとしても少し先だな」

「どうして⁉　あたし、すぐにでも帰りたいよ！」

「そうはいかねえ。さすがにひとりで村に帰らせるわけにはいかない。俺がついていってやるつもりだが、こう見えて俺もいろいろあってな」

　しばらくここで待っててくれ、と言ったあと、矢七はよねを見て続けた。

「悪いが、俺の手が空くまでこの子を預かってくれ」

「でも親分、この子……」

そこで矢七は微かに首を左右に振った。なにか思うところがあるにしても、れんの前では言えない、といったところか……

あとで聞くしかない、と諦め、よねは大きく頷いた。

「わかった。親分も忙しいものね。この子はあたしが責任持って預かるよ」

「頼む」

そして矢七は、れんの頭を軽く撫で、急ぎ足で帰っていった。


次に矢七がやってきたのは翌々日の夜、宵五つ半（午後九時）になるころだった。

「およね、起きてるか？」

聞こえるか聞こえないかの微かな声は、れんを気にしてのことのように思えた。その証に矢七は、心張《しんば》り棒をそっと外したよねの頭越しに家の中を見て訊ねる。

「おれんは寝たんだな？」

「ああ。暮れ六つ（午後六時）過ぎから目を擦《こす》ってたから、布団を敷いて放り込んだら、あっという間に夢の中」

「寝付きが悪いよりずっといい。じゃ、ちょいと外で話そうか」

そう言うと矢七は井戸端に向かう。この間から井戸端ばっかりだな、と思いながらついていくと、矢七は困り果てた顔で話を切り出した。

「おれんの言う『やなく村』ってのがどうにも見つからねえ」

「親分のお仲間も知らないのかい？」

「ああ。ここらじゃ聞かねえ名前だから岡っ引きだけじゃなくて、めぼしい知り合い全部に声をかけたが、みんな知らなかったんだ」

「そりゃ困ったね……」

岡っ引きの矢七に頼めばすぐ見つかると思っていたのに、とよねは落胆を隠せなかった。よねの顔を見た矢七が申し訳なさそうに言う。

「すまねえ……俺もこんなにわからねえとは思ってなかった」

「やなく村……いったいどこにあるんだろ」

そのとき、後ろから声がした。どうやら湯屋に寄った清五郎が戻ったらしい。

「あ、およねさん、それに矢七親分も！」

「おお、清五郎、今帰りか？」

「はい。勤めを終えて湯屋に寄ってきました。それはそうと、どうしたんです？」

もう遅いのに井戸端で立ち話しているのは妙に違いない。そこでよねは清五郎に、矢七に頼んで、れんの家を捜してもらっていることを伝えた。

清五郎は逢坂から江戸に来たから、途中で『やなく村』を通ったかもしれない。五年も前のことでも、頭のいい清五郎なら覚えている気がする。

けれど、清五郎はしばらく考えたあと首を横に振った。

「『やなく村』……俺は聞いたことねえな。でも、姉ちゃんは物知りだから、もしかしたら知ってるかも」

「おきよが？」

「うん。姉ちゃんは俺が知らねえことをたくさん知ってるんです。逢坂にいたころから絵双紙《えぞうし》や狂言絵本にかじり付いてたし、人の話を聞くのも好きだった。読んだこと、聞いたことを、片っ端から頭に入れちまうんです」

「草双紙に『やなく村』が出てくるかねえ……まあ、一応訊いてみるか」

「あ、じゃあ俺、姉ちゃんを呼んできます」

言うなり、清五郎は自分の家に駆けていき、すぐにきよを連れて戻ってきた。

「こんばんは、親分さん。遅くまでお疲れ様です。私に訊きたいことがあるって話でしたけど……」

「ああ。清五郎が、おきよは物知りだって言うからさ」

　矢七の言葉に、きよが清五郎に向ける眼差しが一気にきつくなる。余計なことを……とでも言いたいのだろう。それでも、ここで姉弟喧嘩を始めるのはみっともないと思ったのか、清五郎を放置して矢七に問いかけた。

「それでいったいなにを？」

「『やなく村』って聞いたことねえか？」

「『やなく村』ですか……あ、それってもしかしておれんちゃんの？」

「そうなんだ。本人が、家は『やなく村』だって言うんだが、あっちこっち聞き回っても誰も知らなかった。おきよは知ってるか？」

　期待たっぷりの矢七の眼差しに、きよはぺこりと頭を下げた。

「ごめんなさい。私も聞いたことありません」

「そうか……まあそうだろうな。いや、遅くに悪かった」

「とんでもないことです。およねさんも気がかりですよね……」

　早く家に帰してあげたいでしょうに、ときよが言う。ただ、預かり続けることの大変さを気遣う様子はない。それがよねには嬉しい。

　この三日、ずっと一緒にいるけれど、大変だと思ったことはない。むしろ、家に自分以外の誰かがいることが楽しかった。話しかければ返事をするし、家のこともいろいろ手伝ってくれる。

弟子たちの稽古の合間を縫って、少しずつれんに三味線《しゃみせん》を教え始めたが、思った以上に勘がいい。農家の生まれで、これまで三味線と無縁だったとは思えないほど、腕が上がるのが早いのだ。このまま気長に仕込めば、五年ぐらいでいっぱしの師匠になれるのではないかと思うほどだ。その気持ちはきよにも伝わっていたらしい。

「そうだね……家には帰してやりたい。でも、ずっとここにいてくれてもちっともかまわない。そんな気持ちだよ」

「やっぱり……」

「やっぱり？」

「だって、すごく楽しそうな声が聞こえてくるんですもの。およねさんもおれんちゃんもずっと笑ってるし」

「あはは……確かに毎日楽しいよ。あの子は本当にまっすぐで、まだまだものを知らない。ときどきとんでもない勘違いをして笑わせてくれる。それでも、本人にしてみればやっぱり親元に帰りたいだろう」

「そうですよね……そのためには『やなく村』を見つけないと」

「そのとおり。やなくだか、やなぎくだか知らないけど……」

「やなぎく？」

そこできよが小首を傾げて考え込んだ。

口の中で、やなく、やなく、やなぎく……と何度も呟き、はっとしたようによねを見た。

「田んぼの畦《あぜ》で草取りをしてたって言ってましたよね？」

「ああ、そうだよ。それがなにか？」

「武蔵《むさし》に『柳窪《やなぎくぼ》』って、お米を作っている村があるって聞いたことがあります」

きよは、『千川』の近くにある米問屋に米を運び込んでいるところを通りかかることがあるらしく、少し前に米問屋の奉公人たちが話しているのを聞いたそうだ。

「これは『柳窪村』から来た米だ、って言ってました。おれんちゃんは『やなぎくぼ』を『やなく』と聞いたのかも……」

子どもが自分の住んでいる村の名を聞く機会はそう多くない。たまたま大人たちが口にした名前を中途半端に聞きかじったのではないか、ときよは推測した。

「やなぎ・くぼ、なら『ぎ』と『ぼ』が尻すぼみで聞こえなくて、『やなく』になった？　そんなことがあるかねえ……」

「わかりません。でも柳窪村に田んぼがあることは間違いないですから、調べてみるのも一手です」

「そうだな……ほかに手がかりがないんだから、空振りを承知で行ってみるか」

そこで矢七は空を見上げた。

どこにも雲はなく、月が輝いている。この分なら明日は晴れるに違いない。

ふっと笑って矢七が言う。

「武蔵の国までは三《み》、四刻《よつどき》（六〜八時間）かかるが、無理な距離じゃねえ。それに、そこなら、朝攫《さら》われて江戸に着いたのが日が暮れた前ってのも辻褄が合う。天気も良さそうだし、明日にでも行ってくる」

「男だねえ、親分さん！」

「よろしく頼むよ」

「どうかお気をつけて」

清五郎、よね、きよに次々に声をかけられた矢七は、任せろとばかりに胸を叩く。あとは、柳窪村に子だくさんの伍助、いと夫婦がいてくれるのを祈るばかりだった。

孫兵衛長屋に再び矢七が現れたのは、それから七日後のことだった。

「およね、ずいぶん遅くなってすまなかった」

またしても日がとっぷり暮れたあとにやってきた矢七は、ずいぶん草臥《くたび》れた様子で、足も泥で汚れている。もしや、と思ったら、やはり柳窪村から戻ってきたところだそうだ。

「もっと早く行くつもりだったんだが、あの翌日大きな騒動があって江戸を離れられなくなっちまったんだ」

「それは大変だったね。それで、なにかわかったかい？」

「ああ。おきよの言うとおり、『やなく村』は柳窪村のことだった。米を作ってる伍助もいたし、女房はいとって名前だったよ」

「やっぱり、おれんちゃんは柳窪村の出だったんだね。親分、あの子の親には会えたのかい？」

「それが……」

　そこで矢七は困り果てたようによねを見た。

「なんだい、親分。そのしょぼくれた顔は？　もしや、あの子の家に女衒《ぜげん》が押しかけて張り付いてるとか？」

「……そうとも言えるし、そうじゃねえとも言える」

「どういうことだい？」

「親分さん!?」

　そのとき、家の奥かられんの声がした。いつもどおり夕ご飯を食べ、湯屋に行ったあとさっさと寝てしまったのだが、眠りが浅くなったところに話し声が聞こえて目が覚めてしまったようだ。

れんが部屋の奥からすっ飛んできて訊ねる。

「あたしの家、見つかった⁉」

「ああ。おれんの家があるのは『やなく村』じゃなくて柳窪村だった」

「やなぎくぼ……あっ、そうだ、柳窪村だ！　あたし、間違えちゃった！」

でも見つかったのならいいよね、とれんは嬉しそうに笑った。そしてすぐに、よねを見て言う。

「およねさん、長いこと置いてくれてありがとう！　あたし、とっても楽しかった」

「そりゃよかった。でも……」

れんとは対照的に、矢七は相変わらず浮かない顔をしている。なにがそんなにまずいのだろう、と思っていると、れんが訊ねた。

「どうしたの、親分さん？　あたし、うちに帰れるんだよね？」

「え……いや、それは……」

「ずいぶん長く荷車に乗せられてたから、あたしの家が遠いことはわかってるけど、おとっつぁんならきっと迎えに来てくれる。親分さん、おとっつぁんに知らせてくれたんだよね？」

　矢七がとっさに目を逸《そ》らした。答えないところを見ると、れんがここにいることを知らせずに戻ってきたのだろう。いったいどうして……とよねですら疑問に思うのだから、れんが納得するわけがない。さっきまでの嬉しそうな顔つきはどこへやら、泣きそうな顔で矢七の袖を掴んだ。

「知らせてくれなかったの⁉　じゃあ、おとっつぁんもおっかさんも、兄ちゃんたちもずっと心配したまま⁉　ひどいよ、親分さん……」

「い、いや……万が一にも人違いだったら大変だと思って……」

　よねが怒ったように言う。

「人違い？　そんなわけないだろ。柳窪村に伍助といとって夫婦が何組もいるのかい？」

「それはないよ。うちの村には伍助もいともひとりきりだもん！」

「だろうね。親分さん、いったいなにがあったんだい？」

　矢七は腕利きの岡っ引きだ。大きな事件から喧嘩の仲裁までてきぱきと捌《さば》き、町人たちからの信頼も厚い。その矢七の煮え切らない態度が、よねは不思議でならなかった。

　正面から女ふたりに見つめられ、逃げきれないと思ったのか、矢七は大きく息を吐いて話し始めた。

「柳窪村に入るなり、田んぼで働いてた女に、伍助って男はいるかと訊ねた。そしたらうちの亭主だって言ってな」

「初《しょ》っぱなからおれんちゃんのおっかさんに出くわしたのかい。そりゃあ幸先がいいね」

「俺もそう思った。で、おっかさんならおっかさんでいいと思って、子どもが行方知れずになってねえか、って訊いてみた。そしたら……」

「おっかさん、なんて⁉　心配してたでしょ？　どこにいるかってすがりついてこなかった⁉　もしかして、一緒に来ちゃったとか⁉」

れんは伸び上がるように矢七の後ろを見るが、そこには誰もいない。外にいるのかも、と戸まで開けて確かめたが、猫の子一匹いなかった。

矢七はますます痛ましそうな顔つきになって答えた。

「おっかさんもおとっつぁんも来てねえよ。おっかさんは、うちに行方知れずの子どもなんていないって……」

「おっかさんが、そんなことを⁉」

「何度も訊き直した。九つの女の子で、名前はれん。こんな色柄の着物を着ていて、身体つきはこんなで……って。でもおいとは、そんな子、知らねえって言い張った」

「どういうこと……」

落胆のあまりか、れんはその場にへたり込んだ。

「改めて訊くが、攫《さら》われたってのに間違いはねえよな？」

「間違いないよ。あたしが勝手に江戸まで歩いてきたっていうの？」

「だよな。おまえを攫った男ってのはどんなやつだったか、覚えてるか？」

「どんなって……大男だよ。あたしを抱えられるぐらいの」

「人相は？」

「わかんない。筵《むしろ》で巻かれて荷車に乗せられて、荷車が止まったと思ったらそのまま降ろされて、すぐに男はいなくなった」

きっと顔を見られたくなかったのだろう。

「降ろされたってのは？」

「どっかの家の裏口。筵から出されて連れていかれた部屋に、あたしと同じぐらいの子が何人かいた」

「連れてったってのは？」

「女の人。かなり年寄りだった」

「物音はなにか聞こえなかったか？」

「音っていうか、三味線《しゃみせん》の音《ね》が聞こえてた。あのときは三味線なんて知らなかったけど」

「なるほど、およねのとこに来て三味線《しゃみせん》の音《ね》だったとわかったのか……」

「そう。ただ、きれいな音だなーって聞いてた」

子どもが集められた部屋、年寄りの女、三味線の音……

やはり吉原だ、とよねは思う。矢七も同じことを思ったらしく、よねに軽く頷いて見せたあと、またれんに話しかけた。

「それにしても、よく逃げられたな」

「先に逃げた子がいたんだよ。それで大騒動になってる間にこっそり……」

ほかにも子どもがいる部屋があったらしく、れんが着いたのとほぼ同時にそちらの部屋から大声が聞こえてきたという。

「逃げたぞ！　って叫んでた。あたしをその部屋に連れてったお婆さんも大慌てでそっちに走ってったから、その部屋にいた子がみんな一斉に走り出した」

きっと蜘蛛《くも》の子を散らすようだったに違いない。そして大半の子は捕まり、今ごろ酷い仕置きを受けているのだろう。そんな中、れんが逃げきれたのは幸運としか言いようがなかった。

「何人も怖い顔の男の人が走り回ってたよ。でも、あたしは連れてこられたばかりだったから、あのお婆さんしかあたしの風体を知らなかったんだ。捕まえようにも捕まえられなかったんだと思う」

「そのあとどうした？」

「日暮れ間近だったから、用水桶の陰に隠れて暗くなるのを待ってた。で、ちょうど目の前に荷車が来たから潜り込んで筵《むしろ》を被った」

「また荷車かい！」

荷車で運ばれてきてやっと降ろされたかと思ったら、今度は自ら乗り込んだとは……とよねも呆れてしまった。だが、考えてみたらそれ以外に吉原の外に出る方法などない。大門《おおもん》を抜けられるはずはないし、周りはお歯黒どぶが巡らされている。もとより遊女が逃げ出せないようにするためのどぶだから、深くて幅が広い。飛び込んで泳いだとしても向こう岸に上がることができないのだ。

れんはやせっぽちだから荷物の間に潜り込むことができた。その上で筵を被って積み荷のふりをしたのだろう。

「その日の大門番は、とんだとんちきだったんだな」

逃げ出した子どもが積み荷に潜り込むなんて、よくありそうな話だ。暗くなったあとはいっても見過ごすなんてあり得ない。さぞや役立たずの門番だったのだろう、と矢七は呆れ顔で言った。

「とんちきだかなんだか知らないけど、荷台をぱっと見てすぐに通してくれた。戯《ざ》れ言《ごと》を言ってたから、もともと仲良しだったのかも」

「運がよかったんだね、おれんちゃんは……」

「痩せっぽちが役に立つとは思わなかったけど。たぶん、おとっつぁんとおっかさんが守ってくれたんだ」

早く、おとっつぁんたちのところに帰りたい、とれんはしきりに言う。けれど、それが叶ったとしても、そのまま家にいられるとは思えなかった。

「おとっつぁんとおっかさんは、なにか事情があっておまえのことを隠してるのかもしれない。とにかく、もうしばらく村には帰らないほうがいい」

「しばらくって……？」

「事情がわかるまで。そうだな、一月《ひとつき》か二月《ふたつき》……」

「そんなに⁉」

れんが悲痛な声を上げた。よねの家に来てからすでに十日が過ぎている。さらに一月とか二月とか言われたら、泣きたくなるのも道理だ。

矢七は根気よくれんに言い聞かせる。

「おれんを攫《さら》った男は、おまえをその店に売ったんだ。買ったほうにしてみれば、金を払ったのに逃げられたってんで女衒《ぜげん》に文句を言うかもしれない。売った男は十中八九、逃げられるのが悪いって言うだろうが、買ったやつがおまえを捜しにあの村に行くかもしれない。おとっつぁんとおっかさんがおまえのことを隠すのはそのせいじゃねえかと思うんだ」

「そっか……それならわかる」

「だろ？　いくら払ったかは知らねえが、丸損するわけにはいかねえ。売った男にどこから攫ったか訊いて、捜しに来る。見つかったら無理やり連れていかれかねない」

「おとっつぁんたちが守ってくれるよ！　兄ちゃんたちだって腕っ節は強いし！」

「そんな簡単な相手じゃねえよ」

吉原には遊女が逃げないように見張ったり、借金の取り立てをしたりする男たちがいる。妓夫《ぎゆう》あるいは牛太郎《ぎゆうたろう》と呼ばれているが、中には懐《ふところ》に短刀を忍ばせているものもいるかもしれない。たとえ刃物を持っていなくても、争い事に慣れているため、そこらの男では歯が立たないだろう。

「また捕まったらどうする？　あんな幸運は二度とねえぞ。一度逃げた子ということでいきなり折檻《せっかん》されることだってある。おとっつぁんたちもそんなことになったら大変だと思ってるに違いねえ。そう思わねえか、およね？」

いきなり話を振られて驚いたが、矢七の話は理が通っている。心のどこかに、もうしばらくれんと暮らしたいという気持ちもあって、よねはこっくりと頷いた。

「そのとおりだよ。せっかくおとっつぁんたちが嘘までついてくれてるんだ。その気持ちを無駄にしちゃいけない。もうしばらくここにいなよ」

「ほら、およねだってこう言ってる」

「あたしはうちに帰りたいのに……」

せっかく明るくなった表情が、すっかり暗くなっている。子どもにとって、一月《ひとつき》とか二月《ふたつき》というのは途方もない長さなのかもしれない。

そしてれんは、俯《うつむ》いて言う。

「いくらなんでも一月も二月もいられない。およねさんにだって迷惑だよ」

「そうか……そうだな……じゃあ……」

「あたしならかまわないよ！」

こんなに肩を落とした子どもを前に、ほかにどんなことが言えるだろう。一月でも二月でもここにいればいい。なんならもうずっと……と思ったところで気がついた。

たった十日預かっただけなのに、ずいぶん情が移っている。それはやはり、れんがはなに重なって見えるからだろう。はなが攫《さら》われるなんて想像もしたくないけれど、万が一にも攫われて、運良く逃げ出せたとしたら、やっぱり誰かに匿《かくま》ってほしい。面倒を見きれないからと追い出されて、また捕まるなんて考えたくもなかった。

「いくらでもここにいればいい。あたしも、しばらくは家に戻らないほうがいいと思うし」

「じゃあ、せめてあたしがここにいることを、おとっつぁんたちに知らせて……」

「それもよくないだろうな」

「なんで⁉　おとっつぁんたちは夜も寝られないほど心配してるに違いないのに！」

「よく考えてくれ。居所を知っていたら、破落戸《ならずもの》が押し込んできたときにしゃべっちまうかもしれねえ。ほかの娘を人質に取られたら言わずにいられない。だが、もとから知らなきゃどうしようもねえ。そう思って、俺もおまえの居所は言わずに帰ってきた」

そもそも、そんな子は知らない、と言われては伝えようもなかった、と矢七は苦笑いをする。それを見て、れんが渋々と頷いた。

家族とれんの両方を守るためにはもうしばらくここにいるしかない、と言われたら、了見するしかないだろう。

「じゃあ、俺はこれで。ときどきおとっつぁんたちの様子を見に行って、もう大丈夫だってことになったら知らせに来る。悪いがおよね、もうしばらく面倒見てやってくれ」

「あいよ」

よねの返事を聞いたあと、矢七は家から出ていく。続いてよねも外に出た。

「見送りなんざ、いらねえぞ？」

「じゃなくて、ちょいと……」

口ごもるよねに怪訝《けげん》な顔をしつつも、矢七はそのまま歩いていく。井戸端まで来たとき、くるりと振り向いて訊ねた。

「気にかかることでもあるのかい？」

「なんか、あの子の親はいろいろわけを知ってる気がしてならないんだよ」

実は、井戸端にいるれんを見つけた日から、よねは違和感を拭えずにいた。その違和感はれんの話を聞けば聞くほど育ち、今日の矢七の話で頂点に達した。どうしてもこのままにしておけない、と矢七に訊ねることにしたのだ。

「わけとは？」

「わけっていうか……あの子が攫《さら》われることを知ってたんじゃないかって……」

「およね……」

矢七はしばらく黙ってよねの顔を見ていた。そして、諦めたように口を開いた。

「さすが、およね師匠。察しがいい」

「師匠かどうかはかかわりないって。ただ、あんな子どもをひとりで田んぼに行かせたことからしておかしいじゃないか。攫わせるためにわざわざひとりにしたんじゃないか、って思えてさ」

「実は俺もそんな気がしてる。攫われたと見せかけただけで、本当は親が売ったんじゃないかって」

「やっぱり……でも、なんであの子だけ？　ほかにも子はいるのに……」

農家であっても、子を奉公に行かせることは少なくない。特に跡取りである長男以外は七、八歳から、どうかしたら五歳ぐらいから働かされることもある。吉原に売るのは酷すぎるにしても、れんの兄や姉たちは家にいるのに、末っ子だけが売られるのは理不尽だ。

憤《いきどお》るよねに、矢七は考え考え答える。

「急に暮らし向きが変わったんじゃねえかな……」

「暮らし向きが？」

「ああ。農家は暑さ寒さに左右されやすいし、稲が虫にやられることもあるだろう。去年までうまくいっていたのに今年は急に取れ高が減った、ってのもよくあることさ」

いったん躓《つまず》いたら坂道を転がるように悪くなっていく。農家に限らず、どんな商《あきな》いにも起こりうることだ、と矢七は語った。

「上の子らが子どものころは不自由がなかったが、今になって暮らし向きが悪くなった。そんなとき金になるのは男より女だ。姉ちゃんたちは色黒で華奢《きゃしゃ》じゃねえってのが本当なら、おれんを売ったとしてもおかしいことじゃねえ」

「おかしいとかおかしくないとかじゃないよ！　親としてどうなんだ！」

「親だって必死だったんだよ。おれんを売ってほかの子どもらが助かるなら……って、断腸の思いだったに違いねえ」

「どうだか！」

「そう言ってやるな。俺があの村に行ったとき、親は本当に辛《つら》そうだった。そりゃあ、必死に知らねえふりを貫いてたが、俺が『おれん』って名を口にしたとき伍助は明らかに顔色が変わったし、逃げたと知って、後ろにいたおいとは涙ぐんでた。どうかそのまま逃げおおせてくれ、って思ったんだろうよ」

「じゃあ親は、知らねえ、戻ってねえって言い張って、金はもらいっぱなしかい！　それはそれで酷い、っていうより、あたしにはそれが通るとは思えないよ」

「そのとおり。吉原はそんなに甘くねえ。だからこそ心配なんだ」

「心配……」

「ああ。伍助の家は見張られ続けるだろうし、帰ったところを見つかったら連れ戻される。面子《メンツ》を潰されたってんで、おとっつぁんもおっかさんも袋だたき。おれんだって親をそんな目にあわせたくねえだろう」

「だよねえ……」

「とにかく、親元に戻るのはまずい。いろいろ調べて手立てを考えるから、それまであの子を頼む。それから、縁日だのなんだのって人が大勢いそうなところには行くなよ。どこで人攫《ひとさら》いに見つかるかわからねえ」

「そうか……それもそうだね」

うっかり飴屋を探しに行かなくてよかった、とよねは胸を撫で下ろす。人攫いや女衒《ぜげん》、吉原の遣《や》り手婆《てばば》たちが深川まで足を延ばしてくるとは思えないが、念には念を入れるに越したことはなかった。

そして矢七は、孫兵衛長屋のあたりにいる分には心配ないだろうし、大家にも伝えておくと言って帰っていった。

悲しいことに、地方から江戸に攫われてくる子どもは珍しくない。岡っ引きだって、そのひとりひとりに対応するのは大変だし、普段ならろくに相手にしないかもしれない。どんな気まぐれかは知らないが、矢七が親身になってくれているのは幸運だ。やはりれんはかなり強い運を持って生まれてきたに違いない。

——でも、どんなに強運に生まれたところで、親に売られるようじゃ幸せとは言えない。それ以上に不幸なのは、子を売らなきゃならない親のほうだけど……

九人の子を食べさせていくのは大変だ。どうしてそんなにたくさん産んだのだと言われそうだが、授かったら産むしかない。きっと子どもが好きな夫婦でもあったのだろう。毎年のように産み続けて九人の子持ちとなった挙げ句、暮らしが傾いたのだとしたら不運すぎる。もうほかに手はない、せめて自分たちの見えないところで、と断腸の思いで末娘を田んぼにひとりにしたのかもしれない。

すべては想像に過ぎないが、なんとなく的を射ている気がする。いずれにしても哀れなのは、れんだ。あの子はこれからどうなるのだろう。

矢七と話している間に、れんは眠ってしまったらしい。家に戻ると、くうくう……という小さな寝息が聞こえた。それを聞きながら、よねはただ途方に暮れる。

こうしていても仕方がない、と床《とこ》に入ってみたが、やはり眠れない。諦めて、いっそ酒でも呑んでやろう、と起き上がったとき、表から声が聞こえた。

「およねさん、遅くにすみません」

間もなく夜四つ（午後十時）、木戸も閉まろうかという時刻である。

きよは寝る前に七輪を借りに来るのが常だが、今日はまだ来ていなかった。『千川』

からの帰りがけに声をかけてくることはなかったが、今日はさすがに遅すぎるので、家に入るより先に七輪を借りに来たのだろう。

「おかえり、おきよちゃん。遅かったね」

「今日は特に忙しくて、明日の仕込みもろくにできなかったから、全部済ませてからと思ったらこんなに遅くなっちゃいました。店で賄《まかな》いを食べましたからあとは湯屋に行って寝るだけ、ある意味、楽は楽なんですけどね」

「そういやそうだ。でも、そうやって遅くまで残るようになったのは、いっぱしの料理人になった証だよ。頼りにされてるんだね」

「だといいんですけど……」

嬉しそうに笑いながら、きよはよねの家の奥に目をやった。

「おれんちゃん、すっかりここの暮らしに慣れたみたいですね。まだ家は見つからないんですか？」

「家は見つかったよ」

「よかった！」

「それがあんまりよくなくてね。さっきも矢七親分が来てくれたんだけど、ああだこうだと話したあと、もうしばらくうちにいろってことになってさ」

「しばらくってどれぐらいですか？」

「そうさな、一月《ひとつき》か二月《ふたつき》って親分は言ってた」

「ずいぶん長いですね……」

どうしてそんなことに、と驚くきよを、よねは家の外に押し出した。

今のところ、れんはかなり深く眠っているようだが、なにかの拍子で目を覚まして話が耳に入ってはかわいそうだと思ったからだ。

よねの心中を察してくれたのか、きよも素直に従い、ふたりして井戸端に行った。

「それじゃあ、なかなか家に帰れそうにないですね……」

話を聞いたきよがため息をついた。単に攫《さら》われたのではなく、親に売られたのではないかという疑いについても、薄々察していたようだ。

切ない話ですね……とひとり言のように呟いたあと、きよは、よねを心配そうに見た。

「およねさんは大丈夫ですか？」

「なにがだい？」

「一月も二月も預かるのは、さすがに大変すぎるんじゃないかと……」

「まあね。でも、よそに行けなんて酷なことは言えないし、預かってくれる先もないだろう。乗りかかった船だ。あたしが面倒見るよ」

「じゃあせめて、夜だけでもうちで……」

「隣同士とはいっても、夜遅くに行ったり来たりさせるのはかわいそうだろう。ご覧のとおり、おきよちゃんが帰ってくるころにはあの子は白河夜船《しらかわよふね》だよ」

きよは、かなり早く帰れる日でもせいぜい六つ半（午後七時）だが、それでもどうかするとれんはもう眠っている。農家の子だから、夜明けとともに起きて日の入りとともに寝るような暮らしが身についているのだろう。ここに来た夜、よくあんなに遅くまで起きていられたものだ。きっと逃げ出すことに必死だったに違いないと呟く。

きよも頷きながら言う。

「あの日はさすがに気が立ってたんでしょう。でも、湯漬けを食べたあと、寝床に潜り込むなり寝ちゃいました。着物を何枚か重ねただけの急ごしらえの寝床だったのに、そのまま朝までぐっすり……。よっぽど疲れていたんですね」

「そうだろうね。それでも朝には元気に起きてきたってわけか」

「はい。私が起きて身支度をしていたら、ぱっと起き上がって……しばらくきょとんとしてましたっけ」

たぶん、自分がどこにいるかわからなかったのだろう、ときよは笑った。

それでもきよや清五郎の顔を見て前夜のことを思い出したのか、ぺこりと頭を下げ、なにを手伝えばいいか訊ねたそうだ。

「きっと家でも決められた仕事があったんでしょうね」

「うちに来てからも同じだよ。たぶん、働かざる者食うべからず、ってやつさ……まだ九つだってのに」

「逢坂の実家にも八つや九つで奉公に来る子はいました。私は家の中で甘やかされて育ちましたけど、世間では当たり前なのかもしれません」

「甘やかされたっていったら、うちのおはなも同じだよ」

「なに言ってるんですか。おはなちゃんは、ちゃんとお嫁に行っておっかさんになって、立派なものじゃないですか」

「それを言うなら『千川のおきよ』も大したもんだよ。普通の女の道とは違うかもしれないけど、それはそれで立派なんだから胸をお張り」

よねの言葉に、きよは心底嬉しそうに笑った。心のどこかに、女と生まれながらこの年でもまだ嫁に行っていないことを恥じる気持ちがあるのだろう。

「おきよちゃんは、料理人としてちゃんと給金をもらってる。自分の食い扶持《ぶち》を自分で稼げる。その上で、嫁に行くも行かないもあんたの勝手さ。あたしみたいに、嫁に行って子を授かったと思ったら、あっけなく旦那に先立たれるものもいる。あのときは、慌てて食ってく手立てを探すことになって、本当に大変だった」

それぐらいなら最初から手に職があったほうがいい、と笑うよねに、きよは素直に頷いた。

「そうですね……。それはそうと、おれんちゃんですけど……」

「おっと、そうだったね。とにかく、あの子はあたしが面倒見るよ。うちにはおはなが使ってたものが丸々残ってるからさ」

隣同士とはいえ、ふたつの家の間を行ったり来たりでは落ち着かない。いっそもうひとり娘ができたと思うことにしよう。孫が生まれたあとに新しい娘ができるなんておかしな話だけど、それはそれで面白いではないか。この先、れんがどうなるかはわからない。それでもここにいる間だけでも幸せに暮らさせてやろう――れんの身の上を知ったあと、よねはそんな覚悟を決めたのだ。

「大丈夫。十日ばかり一緒にいたけど、稽古にも支障はなかった。むしろ、あの子はあたしが弟子に稽古をつける様子をじっと見てる。あんまり熱心に見てるから、面白いかい？　って訊いたら、音色が気持ちいいってさ」

れんはこれまで三味線《しゃみせん》を見たこともなかったらしい。それでも、初めて耳にした三味線の音《ね》が好きだという。弟子たちの稽古が終わったあと、近くに呼んで渡してみたら、すんなり構えた。流れるような仕草で、稽古を始めて半年になる弟子よりも迷いがない。本人は見よう見まねだと言ったけれど、三味線《しゃみせん》がれんに擦り寄ったように見えた。

「あたしが思うに、あの子は三味線弾きに向いてる気がする。ただの勘だけどね。少なくとも、おはなよりはものになりそうだよ」

はなは三味線よりも琴に興味を示した。娘に三味線を仕込みたかったよねはがっかりしたけれど、金にもならないのに嫌がる子に稽古をつけるのも馬鹿馬鹿しいと諦めたのだ。

「娘を仕込みきれなかったあたしのところにおれんちゃんが来たのは、神様の粋なはからいかもしれない。なんだか楽しくなりそうだよ」

「およねさんがそうおっしゃるならいいんですけど、なにか困ったことがあったら、いつでも声をかけてくださいね」

「あいよ。三味線の稽古に夢中になっておまんまの支度ができなくなったら、そのときはよろしく頼むよ」

「ご飯のことなら任せてください。まとめて作るようにします」

「いやいや、頼んだときだけでいいよ。甘えっぱなしはよくないし、あの子と飯の支度をするのも楽しそうだ」

娘にならば飯の支度だって手伝わせるはずだ。ただ、本当の親子のように暮らしたあとでれんが帰っていったら、さぞや寂しい思いをするだろう。

だが、それはそれだ。今は、あの子に精一杯幸せな思いをさせてやりたい。よねは、そんな気持ちでいっぱいになっていた。


「いいよ、おれん。その調子だ」

神妙な面持《おもも》ちで子ども用の三味線を抱えるれんに、よねは目を細める。

思ったとおり、れんはとても三味線の筋がよかった。三味線だけではなく琴も触らせてみたが、こちらも下手な弟子よりずっと勘がいい。しっかり仕込めば、三味線と琴で食っていける気がするのだ。

おれんが家に戻れるかどうかはわからない。だが、芸事や学問は邪魔にならない。親元にいたときは寺子屋にも行かせてもらえてなかったようだから、ここにいる間だけでもあれこれ教えてやろう――そんな気持ちから、よねは毎日少しずつ三味線や琴の稽古をつけ、読み書きも教えることにした。

そんなこんなで一月《ひとつき》が過ぎ、いつの間にか呼び名は『おれんちゃん』から『おれん』に変わった。本人も別に嫌そうではないし、弟子と考えれば呼びつけでもおかしくない。

ますます本当の娘みたいだ、とよねは密かに喜んでいる。

それでも、時折、井戸端から通りを眺めてため息をつくれんを見ると、なんとも言えない気持ちになる。我慢するしかないとわかっていても、恋しさが抑えられるわけじゃない。さぞや家族に会いたいのだろうな、と切なくなるのだ。

そんなある日の夕暮れどき、弟子たちの稽古のあと、れんの稽古も終えたよねは、やれやれと井戸端に出た。いつもは稽古が済んだら湯屋に行くのだが、今日はいつもより少し遅くなったから先に夕ご飯にすることにして、手と顔だけでも洗おうと思ったのだ。

もちろんれんも一緒についてきて、「およねさんから先に」と水を汲んでくれた。ありがとよ、と笑って手に水をかけてもらっていると、いきなりれんが釣瓶《つるべ》を置いて走り出した。走っていく先には男がひとり……旅姿のまだ若い男、おそらく清五郎より三つ四つ年下だろう。

「おれん！　おれん！」

男は走ってきたれんを力一杯抱きしめる。れんも歓声を上げる。歓声というよりも、半ば悲鳴だった。

「大兄ちゃん！」

いきなり始まった兄妹の再会に、よねは感動するより心配になる。

どうやら、この男はれんの兄らしい。なぜれんがここにいることを知っているのか。誰かから聞いたのなら、吉原の連中の耳にも入っているのではないか。だとしたら、すぐにでもれんをどこかに移さなければ捕まってしまう……

いてもたってもいられない気持ちのよねとは裏腹に、兄妹は抱き合って再会を喜んでいる。よく見ると男の面立《おもだ》ちはれんにそっくり……兄妹なのは疑いようもなかった。

しばらく抱き合っていたあと、男がれんを下ろした。

れんもようやく落ち着いたのか、兄の手を引っ張って、井戸端に立ったままのよねのところに連れてくる。

「およねさん、あたしの兄ちゃんだよ」

「およねさんですか？」

「あ、ああ……」

「おれんがお世話になってます。俺はこいつの兄貴で、長助《ちょうすけ》っていいます」

「伍助さんの息子の長助……ってことは、一番上の兄さんかい？」

「はい。俺が一番上です」

「そうかい。まあ、井戸端じゃなんだから家に入ろう。見たところ、ずっと歩いてきたようだから疲れてるだろ。狭い家だが、座るところぐらいあるし」

男の疲れ云々《うんぬん》よりも、誰かに見られるほうがよくない。とにかく家の中に入ったほうがいい、とよねは男を家に促した。

「それがいい。兄ちゃん、こっちだよ」

れんは男の手を引いて家に案内する。そして、家に入るなり井戸端にとって返し、水を汲んで運んできた。

「兄ちゃん、まずは足を濯《すす》ぎなよ」

「お？　ありがとよ、おれん。しばらく見ない間にずいぶん気が利くようになったな」

「なにを言ってるんだい。もともと足を濯ぐ水を用意するのはあたしの仕事だったじゃないか」

「そういやそうだ。おまえがいなくなってしばらく、家に戻っても誰も水を持ってきてくれなくて難儀した」

「今は？」

「今？　ああ、おきいが代わりに汲んでくれてる。れんが生まれるまではおきいの仕事だったからな」

「小姉ちゃんがやってたんだ……」

なんとも複雑な顔で、それでもれんは男の足を丁寧に洗う。泥だらけの足を丁寧に撫で洗っているから、かなり仲のいい兄妹だったようだ。

『おきい』というのは、れんの姉のひとりなのだろう。『小姉ちゃん』と言うからには、すぐ上の姉に違いない。

「ああ、気持ちがいい。おれんは足を洗うのが上手だな」

「こんなの上手も下手もないよ。ただ洗ってるだけ」

「いやいや。うちの中じゃ、おれんの手が一等気持ちいい。柔らかくて温かくてたまらねえ。おきいの手はなんだか固くてさ」

「そんなこと言っちゃ駄目だよ。小姉ちゃんは畑仕事してるから仕方ないじゃないか」

「まあな……」

田のほかに畑もあるらしい。ほぼすべて年貢として納めなければならない米と異なり、畑で作るものはその必要がない。食べるなり売るなりできて生活の足しになるはずだが、あまり大きな畑ではないのかもしれない。さもなければ、子どもを売る羽目には陥《おちい》らなかっただろう。

「それにしても兄ちゃん、よくあたしがここにいるのがわかったね」

「それさ！」

思わず上げた声に、れんと長助が揃ってよねのほうを向いた。

長助は慌てて、開きっぱなしになっていた引き戸を閉めて、声を潜める。

「実は……五日ほど前にうちを訪ねてきた人がいまして……」

「訪ねてきた？」

「はい。道中でちょいと立ち寄った、ってふうに見せてましたが、うちを目指してきたんだと思います」

「なんでそんなふうに思うんだい？」

「親父の名を知ってたみたいなんです。もちろん、表だって訊ねたりしませんでしたが、俺はなんか怪しい気がして」

「ああもう、じれったいね！　どういうことなんだい？」

まとめて話しておくれ、とよねがせっつくと、長助は詳細を話し始めた。

「うちに来たのは馬を連れた男でした。日暮れ間近、仕事が終わってみんなで家に戻ったときのことです。手入れが行き届いたいい馬でしたから、さぞや日頃から大事にしているのでしょう。江戸から乗ってきたから馬を少し休ませたい、水を飲ませてかまわないかって……」

家の周りは田んぼだらけで、水を入れるための用水路も整っている。だが、その男は勝手に水を飲ませるのはよくないから一声かけた、と言ったそうだ。

「水なんざ適当に飲ませればいいし、ちょいと先に行けば川に出られる。わざわざ声をかけてくるなんておかしいじゃないですか」

「そう言われりゃそうだね。で？」

「でもまあ、断るような話じゃねえし、相手はお侍だ。親父がどうぞどうぞって言ったら、そこに置いてあった提灯《ちょうちん》をまじまじと見てるじゃありませんか」

提灯なんて珍しくもないが、みんなが同じようなものを使っているから、取り違えないように名前が書いてある。馬を連れた男は提灯に書かれた『伍助』という名を認め、微かに頷いたそうだ。

「親父は気づいちゃいませんでした。でも俺は間近にいたから、よく見えたんです。あれは目当てのものを見つけたときの頷き方です。だから、こいつはうちを目指してきたんだな、って」

「それで？」

「男はそのまま用水路のところへ行って、馬に水を飲ませました。親父は家に入りましたが、俺は気になって鍬《くわ》を洗うふりをしてついていきました。そしたらその男は、馬に水を飲ませながら言うんです。まるでひとり言みたいに……」

「ひとり言ってどんな？」

「『他人のそら似っていうけど、世の中には似たやつがいるもんだなあ……』って。どういう意味だろうって首を傾げたら、今度は俺に話しかけてきました。つい最近、江戸でおまえそっくりの顔を見た。まだ子どもだし、女だったけどな、って」

それを聞いた長助は、思わず男に詰め寄ったそうだ。

「どんな女だ、どこで見た、って、胸ぐらを掴む勢いで訊く俺を、男は窘《たしな》めました。大声を出すな、って」

まるで誰かが聞いていたらどうする、と言わんばかり。長助は我に返り、声を潜めてまた訊ねたという。

「実は妹が行方知れずになっている。お侍さんが見たのはその妹じゃないか、って訊いたら、わざとらしく首を傾げて答えたんだ。おまえの妹かどうかはわからんが、とにかくそっくりだったたって。一月《ひとつき》ほど前に迷い込んできたのを俺の知り合いがいる長屋で預かっている。名前は確か、らん……いや、れんだったかもしれぬ……って」

「おかしいね……あたしにはそんな知り合いは……あっ！」

そこでよねが思い出したのは、『千川』の客のひとりだった。

「あたしじゃなくて、おきよちゃんの知り合いかもしれない。そういえば、馴染みに厩《うまや》方《かた》のお侍がいるって聞いたことがある」

きよは、よねと同じぐらいれんのことを気にかけているから、店で誰かに相談しているかもしれない。きよによると、その厩方はかなり知恵者で頼りになるし、本人が人より馬のほうが付き合いやすいと言うわりには、周りから慕われているらしい。きよの心配事を耳にして、力になろうとしてくれた――そんな気がしてならなかった。

「それで、そのお侍はそのあとどうしたんだい？」

「あたりを見回して誰もいないのを確かめたあと、俺に『妹か？』って訊きました。俺が頷いたら、深川は佐賀町の孫兵衛長屋だって呟いたあと、会いに行くなら日をおけって……。俺にはわけがわからなかった。ずっと捜してたんです。毎日、辛《つら》い目にあってねえか、ひもじい思いをしてねえかって気にかけてました。手がかりが見つかったんならすぐにでも駆けつけたいって思うじゃないですか。でもその男は何度も何度も言うんです。すぐに行きたい気持ちはわかるが、ここはぐっと堪《こら》えろって……」

――こいつは大した知恵者だ……

よねはそう思わずにいられなかった。

その侍は、十中八九、『千川』の馴染みの厩方だろう。きよから事情をすべて聞いたあと、柳窪村に出向いた。わざわざ馬を連れていったのは、伍助の家を訪ねる理由付けに違いない。馬は農家にとっても大事な生き物だ。水を飲ませたいと言われて無下にできるはずがなかった。

だが、厩方の男の心中など知るよしもない長助は、不満そのものの顔で続けた。

「俺はわけがわからないまま家に戻って、親父にその話をしました。そしたら……」

それまでじっと話を聞いていたれんが、長助の袖を掴んで訊く。

「おとっつぁんはなんて？　すぐに行けって言ってくれたんだよね？」

「それが……人違いだって……おれんのことはもう諦めろって……」

「ええっ⁉」

「おれんが攫《さら》われてから一月《ひとつき》になる。無事でいられるわけがないって……」

「おとっつぁん……あたしは無事にここにいるのに……」

れんが泣きそうな声を上げる。

だが、よねはれんよりもっと泣きたい気持ちだった。なぜなら、長助の話を聞いて、やはりれんは親に売られたのだと確信してしまったからだ。おまけに、兄姉はそのことを知らない。

親の気持ちはわからないでもない。なにせ、おまえたちの妹を売った、なんて言えるわけがないのだから……。ただ、兄姉たちは攫われただけだと思っているから、なんとか捜そうと躍起《やっき》になっている。そこにどんな危険があるか、想像もせず……

こんなに切ない話はなかった。

よねはしばらく無言でいたあと、気を取り直して長助に訊ねた。

「村はどんな様子だい？」

「どんなって……？」

「怪しいやつらがうろついていないかい？」

「そういや、おれんが攫われたあとしばらく、目つきの悪い男を見かけたな。半月ぐらい、入れ替わり立ち替わりやってきて、村を見張ってるみたいな……。でも近頃はずいぶん減った」

「減ったってことは、なくなったわけじゃないんだね？」

「思い出したように現れる。もしかしたら、また子を攫う気なのかもしれないって、みんなが気にしてる」

村の子どもは、田畑での手伝いのときはもちろん、遊ぶときも大人の目が届かないところに行かないように言い聞かされているらしい。気儘《きまま》に遊べなくて不平を言う子もいるが、実際に攫われた子がいるとあっては聞かざるを得ない。とりわけ奉公に出られそうな年ごろの子は、おとなしく大人の尻にくっついているそうだ。

その男は新たに子を攫うつもりなのではなく、れんを捜しているに違いない――そんな確信に、よねの思いは乱れた。

胡乱《うろん》な男がうろついている限り、れんは村には戻れない。すなわちそれは、この暮らしが続くということだ。ひとり娘を嫁がせて寂しい思いをしていたよねにとっては嬉しい限りだが、れんは不本意だろう。

もうすでによねは、れんを我が子のように思い始めている。その我が子に辛《つら》い思いをさせたくない。寂しいからといって、いつまでもれんをここに留めるのは酷だが、子を売るような親元に戻すのもどうかと思う。

──ああもう、どうしたらいいんだろうね！　誰かあたしに知恵を貸しておくれよ！

きよと厩方《うまやかた》の侍のおかげで、れんの兄がここに来てくれた。けれど、さあ連れてお行き、なんて言えるはずもない。そして、なぜ帰れないのか説明するためには、親に売られたことを告げなければならない。八方塞《ふさ》がりとはこのことだった。

よねの思いをよそに、れんは無邪気に長助に訊ねる。

「大兄ちゃんはあたしを迎えに来てくれたんだよね？」

「もちろん。おとっつぁんやおっかさんに言っても埒《らち》があかないから、勝手に出てきた」

「勝手に!?　よくそんなことができたね。なんて言って出てきたの？」

「連れの祝言があるから、って」

「祝言に行くのにそんな旅姿はおかしいでしょ」

「ちょいと離れた村に婿入りする男がいる、大農家の跡取り娘と一緒になるんで祝言も盛大、朝までかかるかもしれねえって言ってきた」

「大兄ちゃん、おとっつぁんたちに嘘をついたの⁉」

「嘘じゃねえ。祝言があるのは本当だし、連れには泊まっていけとも言われてた。ただ、いくら仲がいいといっても連れの祝言に朝から晩まで付き合う義理はねえ。昼過ぎに抜けてそのまま江戸を目指した」

「ふうん……じゃあ、今日は帰らなくてもおとっつぁんたちは心配しないんだね」

「そういうこと。で、明日、おれんを連れて帰る。かなり歩くが、頑張れるよな？」

「うん！　嬉しい！　あたし、やっと家に帰れるんだ！　明日は朝一番で……って、大兄ちゃん、今夜はどうするの？」

どうやられんは、兄の今夜の寝床が気になったらしい。恐る恐るといった感じで、よねに話しかけた。

「あの、およねさん……」

「わかってるよ。もう日が暮れた。今から帰るわけにはいかないんだから、今夜はうちにお泊まり」

「やった！　よかったね、大兄ちゃん」

「いいんですか？　なんなら俺、どこか宿を探しに……」

「余計な銭を使わなくていい。その代わり、布団はないよ？」

「屋根があるだけで十分です」

「あたしの布団を使っていいよ」

「いや……それなら一緒に寝ようか。おれんは痩せっぽちだからふたりでも……おや？」

そこで長助は、改めてれんに目をやった。そして、れんの着物の袖をぐいっとまくり上げ、腕の太さを確かめる。

「おまえ、ちょいと肉付きがよくなったんじゃねえか？」

「そう？　だとしたら、昼にもご飯を食べてるせいかも」

「え、昼飯も食わしてもらってるのか？」

「そうだよ。朝も昼も夜も、お腹いっぱい食べさせてくれる。おかげでなんだか力も強くなったみたいな気がするよ」

ほらね、とれんは足下にあった桶を持ち上げる。長助が足を濯《すす》いだ桶なので水がたっぷり入っていてかなり重い。それを軽々と持ち上げたれんに、長助は驚きを隠せない様子だった。

「こいつは驚いた。これなら田畑の仕事もかなりこなせる。もう草取りだけなんてことはないな」

「でしょ？」

得意げに鼻を鳴らしたあと、れんは桶を抱えて水を捨てに行った。

「長いこと、おれんがお世話になりました。その上、俺まで世話になって……」

「いいんですよ。ただ……」

本当に村に帰って大丈夫なのか訊ねかけたとき、勢いよく引き戸が開いて、きよが顔を出した。後ろにはれんもいるから、井戸端で会って話を聞いたのだろう。

「おれんちゃんのお兄さんが来てるんですって⁉」

「ああ、おきよちゃん。そうなんだよ」

厩方《うまやかた》のお侍がれんの居所を伝えてくれたおかげで、迎えに来ることができたらしい、骨を折ってくれてありがとう、とよねに頭を下げられ、きよはちょっと困った顔をした。

「私じゃありません」

「おや？　じゃあ清ちゃんかい？」

「たぶん。でも、清五郎だってまさかこんなことになるとは思ってなかったはず。だって下手に知らせたら……」

そこできよは言葉を切り、長助の様子を窺《うかが》った。じっと見つめられた長助は、助けを求めるようによねを見る。いきなり現れた女が誰だかわからなくて困っているのだろう。

「長助さん、この子は隣のおきよちゃん。あたしの手が回らないときに、ご飯の支度を手伝ってくれてたんだ」

「そうなんですか。じゃあ、おれんの飯も？」

「もちろん。おきよちゃんは深川で指折りの料理茶屋の料理人でね。あたしよりずっと旨い飯を作れる。おれんもおきよちゃんの料理をすごく気に入ってるんだよ」

「おきよ姉さんのご飯は美味しいけど、およねさんのご飯も美味しいよ。それにおよねさんは、ご飯の炊き方やお菜の作り方も教えてくれたんだ」

一月《ひとつき》の間にいろいろ教わった。もうご飯もひとりで炊ける、とれんは胸を張った。

「そうだったんですか……それは妹がお世話になりました」

長助は、改めてよねときよに深々と頭を下げる。会釈《えしゃく》で答えたあと、きよが心配そうによねに訊ねた。

「それでおよねさん。おれんちゃんは家に帰るんですか？」

どうやらきよも、れんには追っ手がかかっていると思っているらしい。そして、れんの親は受け取った金を返すことができず、れんが戻ってきたら引き渡すしかない、という事情も薄々察している。さらに、れんの手放しの喜び具合と兄の様子を見て、ふたりとも親がれんを売ったなんて考えてもいないことを見抜いたようだ。

　きよは、れんと長助の顔を交互に見て言う。

「帰るのはもう少し待ってからにしたらどうですか？」

「どうして⁉　あたしはすぐにでも帰りたいよ！」

「そうですよ。ずいぶん長くお世話になったんですから、もうこれ以上は、およねさんにだってご迷惑でしょう」

「あたしはぜんぜん。でも、おきよちゃん、なんでその厩方《うまやかた》のお侍が柳窪村に行くことになったんだい？」

「あ……それはたぶん、うちに来てくださってる与力《よりき》様に頼まれたんだと……」

「与力が料理茶屋に⁉」

　長助が裏返った声を出した。江戸に住む者でも与力と近しくなる機会などない。江戸から離れた農村ならなおさら、店に与力が来ると聞いて仰天するのも無理はなかった。

　きよが苦笑いしながら答えた。

「ちょっと変わったお方で、どういうわけか私の料理を気に入ってくださって……」

「侍だろうが町人だろうが、旨いものは旨いさ。で、『千川』の連中もあれこれ世話になってるんだってさ」

「で、でも……おれんはその料理茶屋とはかかわりありませんよね。それなのに……」

「確かにね。いったいどんな成り行きだったんだい？」

「実は……」

七日ほど前、与力《よりき》と厩方《うまやかた》の侍が揃って『千川』を訪れた。その際、たまたま店に来ていた矢七と料理を運んでいった清五郎がれんについて話していたら、与力に声をかけられたという。

「拐《かどわ》かしか？　って訊かれたそうです。やっぱり与力様ですから、聞き捨てならなかったんでしょう」

「拐かしねえ……それで？」

「清五郎はおしゃべりだし、矢七親分は矢七親分で困ってたんでしょうね。これ幸いと話のあらかたを伝えちゃったんです。与力様たちはその場では、なるほど……なんて言ってたそうですけど、そのあとひそひそと……」

与力と厩方の間でどんな相談があったのかはわからないが、馬を引いてまで柳窪村を訪れたのが偶然とは思えない。なにか考えがあってのことだろう、ときよは言った。

「じゃあ、家族におれんの居所を知らせるってのは与力様の判断だってことか……」

「そうなりますね。どんな思惑かはわかりませんが……」

「お役目にかかわりがあるんだろうか？」

「それなら神崎様には頼まないような気がします。だって、神崎様は与力様と仲良しですけど、手下ってわけじゃありませんから」

「神崎？　ああ、厩方のお侍の名か。そう言われれば確かにそうだ……お役目に畑違いの厩方を引っ張り込むのは妙だよ。むしろ矢七親分のほうがいい」

どうせその場にいたんだろうし、と言うよねに、きよは考え考え答えた。

「そうですよね……あ、でも、矢七親分は顔が知られてるから駄目だったとか？」

「顔……？」

矢七は時を置きながら何度も柳窪村を訪れている。破落戸《ならずもの》だって矢七の顔を覚えているかもしれない。もしも矢七が来たあと長助が江戸に向かったとしたら、れんのところに行くのだと悟られかねない。見たこともない、ただ馬に水を飲ませたくて立ち寄っただけの厩方なら怪しまれることはないだろう、ときよは言うのだ。

「なるほど……あて推量にしても見事だね。でも、そもそも与力はなんで……」

「子どもを攫《さら》って売り飛ばす破落戸が増えてるみたいです。与力様は攫われた子をなんとか助けたいと思ってるだろうし、破落戸だって捕まえたいとお考えなんじゃないか、って矢七親分が言ってました」

攫《さら》われた子を見つけて家に返す一方で、逃げた子を捜し回る破落戸《ならずもの》を捕まえる。破落戸は何人もつるんでいる可能性があるから、芋蔓式《いもづるしき》に全員を捕らえたいと思っているのかもしれない、というきよの話を聞いて、長助が悲痛な声を上げた。

「おれんみたいな子がたくさんいるんですか⁉」

「大兄ちゃん、あたしなんてましなほうなんだよ。運良く逃げ出せたし、こうやっておよねさんに優しくしてもらってる。でも逃げられなかった子は……」

「そうだな……きっと辛《つら》い目にあってるだろうよ」

「そんなの駄目だよね。よし、こうなったら一刻も早く村に戻ろう。戻って、外を走り回ってやる！」

「なんでだよ⁉」

長助が仰天する。無理もない。せっかく厩方《うまやかた》まで使って、破落戸に知られないように家に戻そうとしてくれているのに、外を出歩いては台無しだ。せめて、れんを攫った破落戸がお縄になるまで家に隠れているべきだ。それは長助だけでなく、よねもきよも同じ考えに違いない。

きよが、れんの前にしゃがみ込んで話しかけた。

「短気を起こしちゃ駄目よ。せっかくの与力《よりき》様の策が崩れてしまうわ」

「でも、あたしが家に戻ったと知ったら、きっと破落戸が捕まえに来る。何人かまとまってやってくるかもしれない。まとめて捕まえるいい機会じゃないか」

「そりゃそうだけど、万が一にも捕まえ損ねたら大変なことになるわ。また攫《さら》われたらどうするの？　今度こそ逃げられないかもしれないわよ」

「大丈夫だよ。おとっつぁんも兄ちゃんたちもきっと守ってくれる。ね、大兄ちゃん？」

れんの問いかけに、長助は力強く頷いた。

「もちろんだ。前は俺たちが知らないところで攫われたからどうしようもなかったが、次は大丈夫。絶対に攫わせたりしない」

頼もしい兄の言葉に、れんはとびきり嬉しそうに笑った。一方、きよは難しい顔をしている。よねは、おそらく自分も同じような顔つきになっているという自覚がある。なにせ親には、破落戸がれんを捕まえに来たら、渡さずにいられない事情がある。れんを渡すか金を返すか、と言われたら、れんを渡すしかないのだ。

「おれん、たぶん与力様は、同じようなことをあっちこっちでやってる。ひとりでも多くの攫われた子を助けたいなら、ここは我慢のしどころだ」

「……わかったよ、およねさん。うちに帰っても出歩いたりせずにじっとしてる」

「そのことだけど、もうしばらくここにいたほうがいいと思う。おれんが家に戻ったら、おとっつぁんが酷い目にあうかもしれない」

「おとっつぁんが⁉　なんで……」

「もしかしたらって話だけど、おとっつぁんは金を借りてる気がする」

「お金？」

「ああ。長助さん、去年、あんたんちは米がたくさん穫れたかい？」

「え……？　いや……去年は……」

「穫れなかったんだね？」

「稲が病《やまい》に罹《かか》っちまって、ほとんど穫れなかった。うちで食う米すら、買わなきゃならないかもしれないって……」

「買うには金がいるだろ？　蓄えはあるのかい？」

「蓄えなんてない。たぶん村長《むらおさ》にでも頼み込んで、なんとかしてもらうんじゃねえか……」

「あたしは稲のことはよくわからないが、稲の病ってのはひとつところに限って起きるものかい？　近くの田んぼなら一緒に罹ったりしないのかい？」

「ああ……去年は村の田んぼの半分以上がやられた」

「みんなして金を借りに行ったら、村長の手には負えないいんじゃないか？」

「それは……」

黙り込んだ長助に、よねは言葉を重ねた。

もうこうなっては、れんに本当のことを告げるしかない。さもなければ、勢いに任せて村に帰った挙げ句、れんの家族が酷い目にあいかねない。与力《よりき》の思惑もあるだろうし、なんとかここに留まらせる必要があった。

「どうにもならなくて、おとっつぁんはよそから金を借りた。その形《かた》におれんを差し出した。あたしはそんなふうに思えてならないんだよ」

「おとっつぁんはそんなことしないよ！」

れんの声が悲鳴に変わった。

「おとっつぁんを信じたい気持ちはわかる。でも、どう考えても子どものあんたをひとりで田んぼにやるのはおかしい。攫《さら》われたにしても、そのまま誰にも見られずに村を出ていくなんてできないだろ？」

「だってあたし、いきなり簀《す》巻《ま》きにされて荷車に放り込まれたんだよ？　誰も気がつかなくても無理はないじゃん！」

「長助さん、柳窪村はよそ者が入り込んでも気づかないほど大きいのかい？」

「いや……それほどじゃないし、住人はみんな顔見知りだ。よそ者が来たらすぐにわかる」

「だろ？　おまけにそいつは荷車を引いてる。誰も気がつかないわけがない。知ってて攫《さら》わせた。みんなが見て見ぬふりをしたんだよ」

「あたし……売られたってこと？」

よねがあえて使わなかった言葉を、れんは自ら口にした。

さっきまでの兄と会えた喜びも、破落戸《ならずもの》を捕まえてやろうという意気込みも、すべて消え失せ、ただ肩を落とす。立っているのも辛《つら》くなったのか、れんは座敷にぺたりと尻をついた。

「それじゃあ、おれんを連れ帰っても……」

長助が望みが失せた顔で言う。

「破落戸──いや、金を払ってるなら破落戸でもないね。とにかく、追っ手にはおれんを引き渡せって言うだけのまっとうな理由がある。おとっつぁんは渡さざるを得ないし、どうかしたら一月《ひとつき》以上隠してたって責められて酷い目にあいかねない」

「そんな……」

「きついことを言うようだけど、よく考えてみな。おれんが最初に連れていかれたのは、吉原だよ」

「吉原⁉」

てただろ？」

「うん……」

「ああ。三味線《しゃみせん》の音《ね》が聞こえてた、ほかにも何人か娘がいて年寄りの女もいた、って言ってただろ？」


「うん……」

「間違いない。禿《かむろ》にする娘たちと遣《や》り手婆《てばば》だよ。なにせ、娘を金に換えようと思ったら吉原が一番。おれんは農家の子にしては色も白いし華奢《きゃしゃ》、目鼻立ちもそこそこだから、うまく磨けば高く売れると踏んだんだろう。おとっつぁんの借金をまとめて返せるだけの金を払ったかもしれない。だったら……」

「あたしは家に帰れない……」

「そういうことだ。いくら逃げられたのは遊郭の手落ちっていったって、それで収まるような連中じゃない。金か娘か、っておとっつぁんに詰め寄るさ」

「なんてこったい……親父がそんなことをしてたなんて！」

よねは、嘆く長助を窘《たしな》めるように言った。

「おとっつぁんを責めるんじゃない。おとっつぁんだって、ほかに道があったらそっちを選んでる。でも、どうにもならなかったんだよ。村の田んぼの半分がやられちまうような稲の病《やまい》なんて、防ぎようがない。九人の子を食わせていくのは大変すぎる。口減らしと金の工面を一度にできる術《すべ》があったら、それにすがるしかない」

「大兄ちゃん、おとっつぁんは酷い目にあわされてないよね？」

自分が逃げたことで、遊郭の男が乱暴したりしなかったか、とれんは訊ねる。売られてなお、親を気遣うれんが、哀れでならなかった。

無言で頷いた長助を見て、れんは意を決したように言った。

「あたしはやっぱり村に……ううん、このまま吉原に行くよ」

「馬鹿なことを言うんじゃねえ！　せっかく兄ちゃんが迎えに来たんじゃねえか！」

「だって、あたしが帰ったらみんなが酷い目にあわされるかもしれない。あたしを攫《さら》った男だって、ちゃんとお金を払ったのにお縄になるなんて気の毒だ」

「おれん、子どもを攫《さら》うのはもってのほかだけど、売り買いするのも悪いことなんだよ？」

「どうして？　おとっつぁんとの間で話をつけて、奉公先に連れていっただけのことじゃないか。ろくに家の仕事ができないあたしに、働き口を見つけてくれたんだ。おとっつぁんだって、あたしは田畑の仕事より江戸に出て働いたほうがいいって思ったに違いない。それでみんなが助かるなら……」

「おれんちゃん、もうやめて！」

きよが力一杯、れんを抱きしめた。

れんが吉原がどういうところか知っているかどうかは定かではない。ただ、一月《ひとつき》一緒に暮らしてわかったが、れんはとても察しがいい子だ。一度言われたことは忘れないし、なにを教えるにしても半分ぐらいの説明で見当をつけられる。その察しのよさは、三味《しゃみ》線《せん》の腕を上げるのに役立ってもいて、半年も前から稽古を始めた弟子を追い抜いてしまった。よねは今では、ほかのどの弟子よりも、れんに稽古をつけるのが楽しみになっている。

だが、その察しのよさが徒《あだ》になった。れんは、よねやきよの表情を見て、望ましくない奉公先であることを悟ったに違いない。それでもなお『吉原に行く』と言うれんが、よねは痛ましくてならなかった。

きよが、れんを抱きかかえたまま訊ねた。

「およねさん、おれんちゃんのおとっつぁんはいったいいくら受け取ったんでしょう？」

「さてね……あたしもさほど詳しいわけじゃないし……」

遊女になったことも、子どもを遊女にしようとしたこともない。そんなよねに、吉原の相場なんてわかるわけがないし、売られる子の年齢や見てくれによっても多かったり少なかったりするのだろう。

ところがそこで、きっぱりと答えたのが長助だった。

「なんでそう思うんだい？」

「親父がおふくろと話してました。三月《みつき》ほど前の夜中、たぶんみんなもう寝たと思ったんでしょうが、どっこい俺は聞いてた」

一家揃って床《とこ》についていた。長助も弟や妹たちもみんな寝付きはよく、横になったとたんに寝付く者ばかりだったが、その日に限ってふと目が覚めた。もしかしたら両親が話し合う声が聞こえたからかもしれない、と長助は言う。

「どうにもならねえ……借金は増える一方だ」

「……払うあては？」

「ねえ。ただでさえ、年に一両、二両と借金が増えてく。それでもなんとか食うことだけはできてたが、今年は俺たちが食う米はねえ、来年の種籾《たねもみ》も買わなきゃならねえ……」

「じゃあ、やっぱりあの子を……？」

「ほかに手立てがない。この前うちに来た男は、あの子なら七両払うって話だった」

「七両も!?　三月ほど前に村から呉服屋に丁稚《でっち》に行った子は四両だったのに……」

「米問屋に丁稚に行った子もそれぐらいだったらしい。あの子には気の毒だが、七両あればなんとかなる……畜生！　俺はなんて不甲斐ねえ親父なんだ！」

「七両」

「そんなに己を責めるんじゃないよ。あの子のおかげでみんなが助かる。あの子だって、つぎはぎだらけの着物で薄い粥を啜るような暮らしから抜けられるんだ」

「そうだよな……」

長助は、そんな会話を床の中で聞いたそうだ。

「誰かを奉公に出す話だと思ってました。まさか長男の俺のわけがない。だとしたら誰だってしばらく様子を窺《うかが》ってましたが、そんな話はまったく出なかった。それで、あれは夢だったんだと思うようになって、それきり忘れていました。だから、おれんがいなくなったときも、大変だ、攫《さら》われた！　とは思ったけど、売られたなんて考えもしなかった。でも、親父が金を受け取ったとしたら七両に違いありません」

「七両……」

話を聞く限り、れんたちの親は小作ではなく土地持ち農家なのだろう。年に一両、二両と借金せねばならないにしても、これまではなんとか暮らしてこられた。だが、今年は稲の病《やまい》でどうにもならなくなった。きっと麦や野菜もあまり穫れなかったのだろう。

小さいうちならいいが、子どもだって育てば食べる量も増える。金を借りるにも限りがある。いったん返さなければ、土地を取られる恐れもあったのかもしれない。

とりあえず借金を返して一息つくのに四両では足りず、やむなく吉原に売ることにした――よねには、そんな事情が透けて見える気がした。

「七両……」

きよが大きなため息をついた。できればなんとかしてやりたかったのだろう。料理人になったばかりのころに給金が上がったと喜んでいたが、七両なんて二年や三年で蓄えられる金額じゃない。

よねにしても、芸事の師匠は元手がいらないように思われがちだが、三味線《しゃみせん》の手入れにはそれなりに金がかかるし、はなの嫁入り支度にけっこう使ってしまった。とてもじゃないが、七両を用立てることはできなかった。

言葉をなくしたよねの手を、れんがぽんぽんと叩いた。

「およねさん、そんな顔しないで。あたしなら大丈夫。あたしは田畑の仕事じゃあんまり役に立たない。それよりも外で奉公したほうがいい。三味線だって教えてもらったし」

「そんなことのために教えたんじゃないよ！」

「それでも、一から習うよりずっといいと思うよ。なにせ、深川きってのお師匠さんの手ほどきだもん」

「おれん……」

「大兄ちゃん、あたしはここに残る。だから大兄ちゃんは村に戻って、またあの男が来たら、ここにあたしがいることを伝えて」

「そんなこと……俺にはできねえよ！」

れんは、九つとは思えないほど落ち着いた話しぶりだ。逆に長助は、幼子のように首を左右に振る。まるで兄妹が入れ替わったようだった。なおも、れんは続ける。

「大兄ちゃん、あたし、思い出したんだ」

「なにをだ？」

「おっかさん、ずいぶん痩せたよね？　そりゃそうだよ。おとっつぁんやあたしたちにちゃんと食べさせなきゃって、おっかさんはろくにご飯を食べてなかった。せいぜいお釜の底にへばりついた焦げ飯を握って口に入れるぐらい……それすら、あたしたちが横取りしてた。おっかさんだけずるい、焦げ飯は一番美味しいのにって……」

「そうだったな……」

「あたしが吉原に行けば、みんなが助かる。みんなもおっかさんもちゃんとご飯が食べられる。もちろん、あたしも。それに、奉公って年季が明ければ帰れるんだろ？　それまできれいなべべを着て三味線を鳴らしてればいい」

村の暮らしより楽しそうだ、とれんは無理やりのように笑った。

「駄目だよ、そんなの！」

思わず大きな声が出た。

おそらくれんは、吉原の本質などわかっていない。なにをするところかも、その『きれいなべべ』も櫛《くし》も簪《かんざし》も紅も白粉《おしろい》もすべて自前で、みるみるうちに借金が増え、どこかの金持ちにでも身請けされない限り、外には出られないことも……

家に帰るなんて夢のまた夢——それが吉原だった。

「おれん。吉原ってのは怖いとこだ。いったん入ったら、ちっとやそっとじゃ出られない。それどころか、悪い病《やまい》に罹《かか》って命を落とすこともある。そんなところに行くんじゃないよ！」

よねの言葉に、れんが叫ぶように答えた。

「だったらどうしろっての⁉」

いつの間にか、れんの目は真っ赤になり、目尻に光るものも見えた。

「あたしが行かなけりゃ、家族十人が飢える。ひとりと十人なんて比べられっこないじゃん！」

「それにしたって！」

一向に話は前に進まない。当たり前だ。ほかに策があるならこんなことにはならない。

ただ、このまま れんを匿《かくま》い続けたら柳窪村の家族が困ることは明白だし、ここにいることがわかったら、よねばかりかきよや清五郎にまで害が及びかねない。八方塞《ふさ》がりとはこのことだ、とよねが項垂《うなだ》れたとき、きよが口を開いた。

「あの……みんなでお金を出し合うことってできませんか？」

「七両だよ？　そんな簡単にはいかない」

「少しずつでも、人数がいればなんとかなる気がします」

「無理だよ、おきよ姉さん。それに、おとっつぁんには返すあてだってない」

「諦めちゃ駄目よ、おれんちゃん。無理かどうか、やってみなけりゃわからないじゃない。私、明日にでも旦那さんに話してみるわ」

「『千川』の？　そりゃ、『千川』の主《あるじ》は人情に篤いって評判だけど、さすがに……」

「駄目なら駄目でほかを探すまでです。でも、とりあえず一日、明日の夜まで待ってください」

　周りが口を挟めない強さで、きよは言い切った。

『千川』は繁盛している料理茶屋だし、主は金を貯め込んでいる可能性はある。それでも、返ってくるあてのない金を貸すはずがない。よねには、明日の夜までというのはただの気休めとしか思えなかった。

「およねさん、およねさん！　いらっしゃいますか⁉」

引き戸が壁に当たって跳ね返らんばかりの勢いで開けられたのは、翌日、昼九つ半（午後一時）のことだった。なんの騒ぎかと確かめてみると、戸口にいたのはきよである。

「どうしたんだい、おきよちゃん。あんた、お勤めは？」

「ちょっと抜けさせてもらいました。そんなことよりおよねさん、すごくいいお知らせがあるんですよ！」

「まさか、『千川』の旦那が金を貸してくれるってのかい⁉」

「貸してくれるっていうか、それよりいい話かもしれません」

「貸してくれるよりいい話って……」

れんが吉原に行かずに済むには、誰かが金を用立ててくれるのが一番だ。それよりいい話なんてありっこない。

けれど、それに続いたきよの話は、用立ててもらった金を返さずに済むという、富籤《とみくじ》に当たったみたいな話だった。

「旦那さんに話してみたら、一度おれんちゃんを連れてこいって言うんです」

「おれんを？　そりゃまたいったい……いや、それより七両は……」

「旦那さんは、お金は貸してくれるそうです。でも、それにはおれんちゃんを奉公に出すのが条件だそうです」

「奉公……」

「そうです。さすがに吉原は気の毒すぎるが、よその店ならいいんじゃないかって」

『千川』の主《あるじ》は、ただ金を貸してやってれんを家に帰したところで、子どもが九人もいては食べさせるだけでも大変だ、言い方は悪いが口減らしをしたほうがいい、吉原以外の店に普通に奉公させてはどうか、と言ったそうだ。

「いやいや、吉原以外に七両なんて金を出してくれる店はないよ。だからこそ親も涙を吞んで吉原に……」

「うちはどうですか？」

「うちって……まさか『千川』でおれんを働かせてくれるってのかい⁉」

「はい。旦那さんは、このところとにかく手が足りなくて困ってる、できれば奉公人を増やしたいって考えてたそうです」

「なるほど……それで会ってみたい、と」

「そうなんです。いい話だと思いませんか？」

「ああ。そんな大金を出してくれる店はないだろう。吉原にしても、子どもに七両は稀《まれ》らしいし」

『千川』は料理茶屋だ。女ならお運びが常で、きよのようにへっついの前に座りっぱなしでほとんど客とかかわらない、というのは珍しい。客の前に出す以上、誰でもいいというわけではない。口に出さないまでも、客から贔屓《ひいき》にされそうな子を……と思ったのかもしれない。なにより、手癖の悪そうな奉公人はもってのほかだろう。

ありがたい話に違いないが、よねにとっては寂しくもある。なぜなら、きよと清五郎は親同士のかかわりが深いせいで我《わ》が儘《まま》が許されているだけで、子どもの奉公人は住み込みが当たり前だからだ。

それでもれんにとって、働くことで借金が減っていき、口減らしにもなるという一石二鳥の話だ。よねが寂しいからと止められるわけがなかった。

「よかったじゃないか、おれん！　おきよちゃん、旦那さんは店にいるんだろ？」

「もちろん。早いほうがいいだろう、って旦那さんがおっしゃるので、私がおれんちゃんを迎えに来たんです」

「そういうわけかい。おれん、善は急げだ。早速行っておいで！」

「う、うん……」

れんは曖昧に頷いて草履《ぞうり》に足を入れる。そして、心細そうによねを見た。

「およねさんは一緒に行ってくれないの？」

「このあと、まだ稽古があるんだよ。おきよちゃんがいるし、店には清ちゃんだっているから、安心して行っておいで」

「顔合わせが終わったら、また送ってきてあげるから」

きよに連れられ、れんは出かけていった。

――これでいいんだよ。あの子は聡《さと》いし、この子ならって吉原が言うぐらいの器量でもある。『千川』は主《あるじ》親子も奉公人も情に篤くて、いい奉公先だ。それに目と鼻の先なんだから、いつでも顔を見に行けるんだし……

小さくなっていくれんの姿を見ながら、よねは自分に言い聞かせていた。


「およねさん、ただいま！」

半刻《はんとき》（一時間）ほど過ぎたあと、れんは出かけたときとは裏腹に元気いっぱいで帰ってきた。

きっと『千川』の主に気に入られて、奉公が決まったに違いない。どうしようもない寂しさを感じつつも、無理に笑って迎える。後ろから清五郎が顔を出した。

「清ちゃんが送ってきてくれたのかい」

「夕方の書き入れ時に備えて板場が忙しくなってきたんで、俺が。おれんちゃんはひとりで帰れるって言ったけど、さすがにそれは、って旦那さんが言ってくれてさ」

「それは面倒をかけたね。清ちゃんもすぐに戻らなきゃならないんだろ？」

「ああ。でもおよねさんがすごく心配してるだろうから、成り行きだけは知らせてこいって言われてる」

「なるほど。話を伝えるのは、おきよちゃんより清ちゃんのほうがうまいってことか」

「まあそうなります。で……」

そのあと、清五郎は、『千川』の主《あるじ》によるれんの検分について話した。ものすごい早口だったが、聞きたいことはすべてわかる。きよは常々、弟は口がうまいと半分貶《けな》しているような口調で言うけれど、話し上手なことに間違いはなかった。

「じゃあ、おれんは『千川』に奉公できるんだね。とりあえず七両は出してもらえて、七年の年季ってことだね？」

「そういうこと。もしかしてそのあとも『千川』で働きたいってんなら相談に乗るって。でもまあ、おれんちゃんは別嬪《べっぴん》になりそうだから、嫁に行っちまうかもな」

七年経ったられんは十六、嫁入りするのにちょうどいいと清五郎は笑う。『千川』で働くなら、十六になったれんを見ることができる。もしかしたら嫁入りだって……そう思うと、寂しさも薄らいだ。

「ありがたいことだね、おれん」

「うん！　あたしもう吉原に行かずに済むし、おとっつぁんたちも痛い目にあわずに済む。それに、藪入《やぶい》りにはうちに帰っていいんだって！」

れんはことさら嬉しそうに言う。なにも知らないと思っていたが、どうやら吉原はいったん中に入ったら家には帰れないことは知っていたようだ。

「『千川』は店中がすごくいい匂いだったよ。おきよ姉さんが『賄《まかな》いもすごく美味しいわよ』って。すっごく楽しみ！」

「そうかい、そうかい。本当によかった。『千川』に足を向けて寝られないよ」

「でもあたしは『千川』で寝るんだよ？　どっちに足を向けたらいいの？」

れんの言葉に、清五郎もよねも、長助までもがどっと笑う。とりわけ長助は、親が妹を吉原に売ったと聞いて、これ以上ないほど落ち込んでいたから、さぞや安心したことだろう。深々と頭を下げて言う。

「およねさん、清五郎さん、本当にありがとうございました。これで俺も安心して村に帰れます」

「あ、そうだ。旦那さんが、金は直接、吉原の店に返すって言ってたよ」

「え……？」

「だって長助さん、おれんちゃんが売られそうになった店なんて知らないだろ？」

「知りません。なにせ、売られそうになったことすら……あ、でも親父に訊いて……」

「長助さんが帰って、おとっつあんに訊いてまた知らせに来るなんて、時がかかりすぎる。さっさと片を付けたいから、矢七親分に調べてもらって、なんなら金も届けてもらうってさ。だから、また家の周りで怪しい男を見かけたとしても、金は返すって言ってやればいいさ」

「なにからなにまで……」

長助は正座したまま腰を折って、畳に頭を擦《こす》りつける。きっと人の情けのありがたさを噛みしめているのだろう。ずいぶん長い間そうしていたあと、長助は頭を上げた。

「これから『千川』に行って旦那さんにお礼を言ってから、村に帰ることにします」

「え、今から？　もう一晩泊まっておいきよ」

日暮れまでには帰り着けないのに、と心配するよねに、長助はあっさり答えた。

「明日はまた仕事があります。夜のうちに帰り着かないと」

「そうか……そりゃそうだね。じゃあ、気をつけて……」

「ありがとうございます。じゃ、おれん、またな」

「うん……大兄ちゃん、来てくれてありがとう。嘘をついて出かけてきたことを叱られないといいけど……」

「叱られるかもな。でも、こんなにいい知らせがあるんだから、勘弁してもらえるだろ」

「そうだね。みんなによろしく言ってね」

「ああ、おれんは江戸でいい飯食ってぶくぶく太ってた、って言ってやる」

「ひどい！　あたし、ぶくぶくなんて太ってないよ！」

「そうだな、ちいっとばかりふっくらした、だな」

「もう！」

「おい、よせ、おれん。痛《いて》えじゃねえか！」

れんが長助の背を拳で叩き、長助は大げさに痛がっている。

奉公がこの先七年続くにしても、『千川』ならひどい目にあうことはない。れんはきっと幸せになる。これで万事解決だ。

――これまで料理茶屋に行くことなんて稀《まれ》だったけど、これから先は『千川』に通い詰めることになりそうだ。『千川』は商売繁盛、それを見越しておれんを奉公させることにしたとしたら、あの主《あるじ》は大した狸《たぬき》だね……

そんなことを思いながら、よねは兄妹の戯《たわむ》れ合いに目を細めた。

主《あるじ》の留守

長月《ながつき》に入り、過ごしやすい日が続いていたある日、源太郎がほくほく顔で店に入ってきた。昼八つ（午後二時）ごろに寄り合いがあると言って出かけていったのだが、なにかいい話でも聞いたのだろうかと思っていると、まっすぐに板場に来て弥一郎に話しかける。

「神無月《かんなづき》に入ったら、俺はちょいと留守にするからな」

「留守って……どこに行くんだ？」

「伊勢《いせ》」

「伊勢⁉　まさか、お伊勢様に参ろうってのか？」

「当たり前だ。ほかに伊勢にどんな用事があるってんだ」

「ちょっと待ってくれ。伊勢参りっていったら一月《ひとつき》以上、お天道《てんと》様のご機嫌次第じゃ二《ふた》月《つき》ぐらいかかるって話だ。その間、店はどうするんだよ！」

「おまえがいるじゃねえか。おれんだって入った。なんとかなるだろ」

「一日二日ならまだしも、二月だぞ！　それに、おれんはまだ駆け出し、いやそれ以前だ。なんともならねえよ！」

「そんなことを言ってたら、いつまで経っても代替わりなんぞできない」

「親父が達者なんだからいいじゃねえか」

「まあな。だが俺ももう年だ。いつどうなるかわからねえんだから、稽古はしておいたほうがいい。それには俺がいなくなるのが一番だ」

店に出ないにしても、裏の家にいれば、なにかあったときに駆けつけられる。弥一郎にも奉公人にも甘えが出かねない、と源太郎は言う。さらに、この機会に出かけたい理由についても語り出した。

「俺が伊勢講に入ってたのは知ってるよな？」

「ああ。入ってからもうずいぶんになるな」

「その伊勢講がとうとう満額になったんだ。で、今日は代参を誰にするかって話し合いだったんだ」

「昼間っからそんな話をしてたのか！」

てっきり同業の寄り合いだとばかり思っていたのに、と弥一郎に責められても、源太郎はどこ吹く風だった。

「同業に違いねえ。この伊勢講は、深川あたりの料理茶屋や煮売り屋、奈良茶飯屋《ならちゃめしや》が集まって作った講だからな。しかも、商《あきな》いの話だってちゃんとしたあとだ」

「そうかよ！　でも、満額になったからって親父が行くことないだろ！」

「なんで俺じゃいけねえんだ？」

「ついさっき、いつどうなるかわからねえって言ったところじゃねえか！　二月《ふたつき》の旅ができるような年かよ！」

「それは言葉の綾《あや》ってやつだ。それに、孫兵衛長屋の大家が伊勢参りしたのは、今の俺と同じ年のときだったはずだ」

「そうだったかもしれねえが、あそこの大家は、毎日毎日あっちこっちにある長屋を見回って歩いてるせいで、かなりの健脚だって噂だ」

「俺だって毎日立ち働いてるんだから、足は丈夫さ」

「歩く距離が違うって言ってるんだよ。それよりなにより、二月も留守にされたら堪《たま》ったもんじゃねえ！」

「講のみんなは、『千川』には立派な跡取りがいるし、商いも順調、二月ぐらい留守にしても平気だろう、って言ってくれたぞ？」

「他人事《ひとごと》だからって呑気なことを……いや、待てよ。もしかしたら親父が留守の間に、うちの馴染みを引っ張ろうって算段か？」

「うちの馴染みは、俺がいないからって浮気するような連中じゃねえ。それに、本当にうち以外に代参できそうな店がないんだ」

「だったら講なんて始めるなよ！」

講には、『伊勢講』や『富士講《ふじこう》』のようにどこかにお参りするためのものと、『頼母子《たのもし》講《こう》』や『無尽講《むじんこう》』のように金に困ったときの助け合いのためのものがある。万が一に備える『頼母子講』や『無尽講』ならまだしも、代参のあてもないのにお参りのための講を始めるのはおかしい、と弥一郎は言うのだ。

だが、これにも源太郎は涼しい顔で答えた。

「始めたときは、どこも先代が達者だったんだよ。みんなが、あと何年かすれば代替わりするから、跡取りに店を任せて代参できると思ってたんだ。ところがどっこい……」

そこで源太郎は言葉を切り、軽くため息をついた。弥一郎がはっとしたように言う。

「そういや、このあたりの旦那連中は、代替わりしたあと先を争うように逝《い》っちまったな……」

身代を譲って安心したからなのか、もともと調子が悪かったから代替わりをしたのかは定かではない。だが、源太郎が入っていた伊勢講の仲間たちのほとんどがこの数年で亡くなり、講も跡取りが引き継ぐことになったそうだ。

「いつでも身代を譲れるほどになった息子がいる、でもまだ譲ってねえってのは、うちぐらい。あとは受け継いだ店を守るのに精一杯で、伊勢参りどころじゃねえ」

「だからって……」

「なあ弥一郎、みんなの気持ちもわかってやってくれよ。幸い『千川』はひどく順調だが、みんながみんなそうなわけじゃねえ。親父の代から入ってなけりゃ、講に出す金すら惜しむぐらいだ。実際、決められた額を出せなくなった店もある。先行きが不安で不安で、お伊勢さんのご加護が欲しいって思ってるんだよ」

「親父……」

「だから、俺が行くことにした。俺がみんなの思いを背負って参ってくる。それで深川一帯が盛り上がるなら、こんなにいいことはねえ」

「だが、道中で万が一のことがあったら……」

「そのときはそのとき。そういう定めだったたって思うさ。あとはおまえがしっかりやってくれればいい」

「勘弁してくれよ……」

弥一郎の声が格段に小さくなった。

同業者の藁《わら》にもすがるような思いを聞いて、行くなとは言えなくなったに違いない。そこで源太郎は、苦虫を噛み潰したような顔になった弥一郎の肩をぽんと叩いた。

「そんな顔をするな。大丈夫、なにもひとりで行くわけじゃねえ」

「ほかに行けるやつがいねえから、親父が行くんじゃねえのかよ」

「伊勢講はひとつだけじゃねえ。うちの講からは俺だけだが、幸い呉服屋や小間物屋が組んだ講もあって、そっちも近々満額になるらしい。長く留守にできない事情は似たり寄ったりだし、長い道中ずっとひとりってのもつまらない。いっそのこと一緒に出かけようって話になった」

「なんだ……それならそうと最初から言えよ！」

「ちったぁ安心したか？」

「まあな。だが、ほんのちょっとだ。くれぐれも気をつけて行ってくれよ」

「わかった。まあ、出かけるとは言ってもまだ先、神無月《かんなづき》の中過ぎだからな」

今から出かけたら、伊勢に着くのが神無月になる。神無月には、全国の神々が出雲《いずも》に集まると言われている。わざわざ留守とわかっているときに行かなくてもいい、と源太郎は考えたらしい。

もっともな話だし、それだけあれば支度もゆっくりできる。準備万端整えれば、旅先で難儀することも少なくなる。留守を預かるほうも、心構えができるというものだった。

伊勢参りが決まってから、源太郎はうきうきと、弥一郎は少々気が重そうに働く日が続いた。

往来手形は言うまでもなく、着物や草鞋《わらじ》、足袋《たび》、脚絆《きゃはん》、手甲《てっこう》、矢立《やたて》、蝋燭《ろうそく》、火付け道具、提灯《ちょうちん》、櫛《くし》、鬢付《びんつ》け油、さらにそれらを入れる平行李《ひらごうり》や風呂敷といったものをひとつひとつ調《ととの》えながら、何日目にどこまで歩く、雨が降ったらどうする、といった旅の予定を立てることも忘れない。さらには懐《ふところ》に忍ばせる小刀も研ぎ上げた。

心配しながら見ていた弥一郎も、源太郎の周到さに、これならきっと無事に旅ができる、と安心しつつあった。

ところが、長月《ながつき》の末が近づき、朝夕の冷え込みが気になり始めたある朝、店の奥にある洗い場のほうから、れんの甲高い声が聞こえてきた。

「大変！　旦那さんが！」

ちょうど芋を煮上げたところだったきよは、急ぎ足で洗い場に向かう。そこには、源太郎が蹲《うずくま》っていた。

「どうなさったんですか⁉」

源太郎は腰を押さえて呻《うな》るばかりで、まともに答えられそうにない。やむなくれんに訊ねると、水が入った鍋を持ち上げた拍子に大声を上げたそうだ。幸い鍋をひっくり返すことはなかったものの、それきり動けなくなったらしい。

少し遅れてやってきた弥一郎が、首を左右に振りながら言う。

「腰をやっちまったんだな。水でいっぱいの大鍋なんぞ運ぼうとするから……」

弥一郎の非難がましい声に、ようやく源太郎が答えた。

「これぐらい持てると思ったんだよ。それに、こんなに重い鍋、おれんには運べっこない」

「だったら誰か呼べばいいじゃねえか。店には清五郎だって、伊蔵だっていただろうに」

「わざわざ呼びに行くのは面倒だ。俺が運べば済む話だと思ったんだよ。まったく、年は取りたくねえな」

「ごめんなさい……あたしがちゃんと運べれば……」

れんは何度も何度も頭を下げる。慰めるように弥一郎が言う。

「おれんのせいじゃない。親父が勝手に無理をしたんだ。なにより、この鍋は一度にあれこれできて便利だが、おまえの手に負える大きさじゃない」

「でも……」

そこでれんは、ちらりときよに目をやって続けた。

「おきよ姉さんは、いつもこのお鍋を使ってたのに……」

「は？」

弥一郎は再び首を左右に振り、呆れた声を出した。

「おきよとおまえじゃ年が全然違う。おまけにおきよは、男顔負けの力持ちだ」

「男顔負けって……そこまでじゃありませんよ」

「どうだか。おまえが本気を出せば、清五郎ぐらいは吹っ飛ばせるんじゃないか？」

「そんなわけないじゃないですか！」

「せいぜい張り倒すぐらいか？　まあ、おきよはわけもなくそんなことはしないんだから、張り倒されるようなことをする清五郎が悪い」

弥一郎は、褒めているのか貶《けな》しているのかわからないことを言う。ただ、今気になるのは清五郎ではなくれんだった。

「おれんちゃん、どうしてそんな無理をしようとしたの？」

「あたし、おきよ姉さんみたいになりたい……ううん、ならなきゃって！」

「私みたいに？　どうして？」

「お料理を作ってるおきよ姉さんは、すごく格好いいんだもん。板長さんに言われなくても、仕事の段取りだってちゃんとわかってるし」

「私だって最初からそうだったわけじゃないのよ？」

「そうかもしれないけど、あたしの前はおきよ姉さんが下働きをしていたんでしょう？だったら同じぐらい役に立たなきゃ……」

そしておれんは俯《うつむ》いたまま、蚊の鳴くような声で続けた。

「だってあたし、おきよ姉さんよりたくさんお金をもらったはずだし……」

きよが奉公に出るにあたっていくらもらったかなんて、れんが知るよしもない。ただ、村から奉公に出た子どもが七両なんて大金をもらっていないことぐらいはわかっているのだろう。

源太郎が破格の給金でれんを奉公させてくれたおかげで、れんばかりではなく家族まで救われた。なんとか役に立とうと躍起《やっき》になるのは恩返しなのかもしれない。それでも無理は禁物、そんなことをしたら誰にとってもいい結果にならないことは明白だった。

「あのな、おれん。おまえはまだ九つ、身体もできてねえ子どもだ。奉公はこの先七年も続く。ここで無理をして身体を壊されたんじゃ元も子もねえんだよ」

さっきまでの辛《つら》そうな呻《うな》り声はどこに行った、と訊きたくなるほど落ち着いた声で源太郎が諭した。続いて弥一郎も声をかける。

「おきよがうちに来たのは大人になってから。しかも、おきよは商《あきな》いをしている家に育ったから、おまえみたいに田畑の仕事の手伝いもさせられなかった」

「そうよ。だから暇がたくさんあって、お料理ぐらいしかすることがなかったの。家の仕事を手伝っていたおれんちゃんのほうがずっと立派よ」

「それだってろくに役に立ってなかったもん……」

れんはいつまでも顔も上げない。弥一郎が、れんの肩に手を置いて言った。

「同じ女だから比べたくなるのはわかるが、比べるなら伊蔵にしとけ」

「伊蔵さん？」

「ああ。子どものころから『千川』に奉公したのはあいつだけだ。まあ、伊蔵がおれんの年だったころは、目もあてられなかった。そうだよな、親父？」

「そうだった、そうだった！　なにひとつまともにできねえ。それどころか、おっかさんを恋しがって夜な夜な枕を濡らす体《てい》たらく。気持ちはわからねえでもないが、たいがいにしろって、さすがの俺も叱ったもんだ」

「な？　それに比べりゃ、おれんは上等。泣きもわめきもせず、しっかり勤めてる。おまえを見かけた客たちも、いい子を取ったなって言ってくれてるんだぞ」

「いい子？　あたしが？」

弥一郎の言葉に、れんは目をまん丸にした。まだほとんど店に出たことがない自分を、そんなふうに見てくれる客がいることが意外だったのだろう。

「とにかく一生懸命なところがいい。言葉遣いだって最初はなっちゃいなかったが、来るたびによくなってる。少なくとも客になにかを言われたときは、丁寧な言葉で返すようになった、って褒めてくれた」

「そんなの当たり前だし……」

「当たり前のことが当たり前にできねえのが子どもってもんだ。大人ですらできないやつもいる。とにかくこの調子でしっかり勤めてくれ、ってことで、親父、立てるか？」

源太郎は、未だ土間に尻餅をついたままだ。話すだけなら立たなくていいと考えていたのか、そもそも立てないのか、弥一郎も気になったのだろう。

「立てるに決まってるじゃねえか」

そう言うなり、源太郎は立ち上がろうとした。だが、腰をまっすぐにしたとたんに再び大声を上げ、海老《えび》のように丸まってしまった。

「なるほど、動けねえと……。仕方ねえな。おーい、清五郎！」

弥一郎に呼ばれて、すぐさまやってきた清五郎は、海老みたいになっている主《あるじ》を見て踵《きびす》を返す。

「おい、どこに行くんだ？　親父を家に連れてくのを手伝ってくれよ」

「連れてくもなにも、それじゃあ動けっこありません。蔵から戸板を持ってきます」

「おいおい、戸板で運ぼうってのか……」

「だって旦那さん、荷車に乗せる距離じゃないですよ？」

まるで仏じゃねえか、と嘆く源太郎を置き去りに、清五郎は蔵に走っていき、すぐに戸板を担いで戻ってきた。

「俺は尻を持つから、清五郎は肩のあたりを持ってくれ」

「そっと、そっとだぞ！」

源太郎が哀願するように言う。

「そっとにも限度がある。ちったあ我慢しやがれ」

弥一郎は、毒づきながらも精一杯『そっと』源太郎の尻の下に手を入れる。同じように肩を支えた清五郎と息を合わせ、よいしょっとばかりに源太郎を戸板に移した。

「よし、じゃあこのまま裏口から出て家に運ぶぞ」

「へーい」

えっほ、えっほとふたりは戸板、いや源太郎を運んでいく。あとに残ったきよとれんは、顔を見合わせて噴き出してしまった。

「駄目よ、おれんちゃん。旦那さんが気の毒だわ」

「そんなこと言っても、おきよ姉さんだって笑ってるじゃない」

「だって、まるで芝居みたいで……」

「ほんとほんと。でも……」

そこでれんは裏口のほうを見て、心配そうに言った。

「旦那さん、あれじゃあしばらく動けないよね？　お伊勢参りはどうなるの？」

「ちょっと心配だけどまだ半月以上あるし、なんなら出発を少し遅らせればいいし」

「お店は？」

「板長さんがいるから大丈夫よ」

「でも、板長さんは料理人でしょ？　お料理を運ぶ人が足りないんじゃない？」

「そういえば……」

お運びは源太郎、清五郎、とら、と三人いても大忙しで、みんなが店の中を小走りで動いている。源太郎が動けないとなったら、てんてこ舞いになってしまう。だがそれは、源太郎が伊勢参りに出かけてからも同じことだ。いったいどうするつもりだろう、と思っていると、難しい顔の弥一郎が戻ってきた。

「今、深庵先生が診に来てくれたが、この分じゃしばらく動けないだろう、って……」

「お伊勢参りはどうなるんですか？」

「親父はなんとしてでも治すって意気込んでる。最悪、霜月《しもつき》に入ってから出るって」

「よかった……」

「そう安心もできない。伊勢参りは行けるかもしれねえが、当面動けねえとなると店の手が足りねえ。ただでさえ忙しかったのに、あの酒合戦以来、深川の外からも客が詰めかけてくる。おまけに明日は縁日だ。どう考えてもふたりじゃ無理だ」

やはり弥一郎も、人手が足りないことを心配していたらしい。きよが、いっそ口入れ屋に行って誰か回してもらっては、と言おうとしたとき、れんが手を挙げた。

「あたしじゃ駄目ですか？」

「おれんが店に出るってのか？　さすがにそれは……」

れんはまだ働き始めたばかりだ。驚くほど頑張っているが、それは下働きに限ってのことで、客の応対となると話が違う。言葉遣いこそ客に褒められるようになったが、注文を取ったこともなければ料理を運んだこともない。いくら人手が足りなくても、じゃあ頼む、とは言えないのだろう。

だが、難色を示す弥一郎に、れんはなおも言い募る。

「注文を取るのは難しいけど、できたお料理を運ぶことはできるよ」

「いやいや、運ぶのも難しいぞ。重い器もあるし、酒や汁気のあるものは傾ければ溢《あふ》れる」

「それは大丈夫、練習したから！」

「練習？」

弥一郎はもちろん、きよだってそんな話は初耳だ。れんはいったいどんな練習をしたのだろう、と思っていると、れんは得意げに語った。

「旦那さんがお伊勢参りに行くって聞いたあと、徳利《とっくり》や丼に水を入れて、お盆にのせて行ったり来たりしたの」

「ここでか？」

「うん。洗い場に回ってきたのを使って。最初はそーっとしか歩けなかったけど、毎日やってたら十日ぐらいで普通に歩けるようになったよ」

もうすぐ源太郎は出かけてしまう。帰ってくるまでの間、手が足りなくなるのはわかっていたから、自分にもできることはないかと考えた末、お運びならできそうだと思いついたそうだ。

「どれ、見せてみろ」

言うなり弥一郎は洗い上げられていた徳利に水を入れ、流しの脇に置いてあった盆にのせた。

れんはためらいなく盆を受け取り、すいすいと歩き回る。清五郎やとらには及ばないが、腰が曲がり始めている源太郎とどっこいどっこいの速さだった。

「なるほど、大したもんだ。これなら親父の留守中でも口入れ屋の世話にならずに済むかもしれない」

「ほんと……おれんちゃん、頑張ったわね」

「でしょ？」

「うーん……今日のところはおれんを店に出してみるか。うまくいかないようなら、また別の手を考えよう。ただし……」

そこで弥一郎は、真剣そのものの眼差しをれんに向けた。

「言葉遣いにはくれぐれも気をつけろ。ぞんざいな口をきくんじゃねえぞ」

「わかった、じゃなくて、わかりました！」

「よし、じゃあ俺は親父に知らせてくる」

さすがに主《あるじ》に無断でというわけにはいかないのだろう。弥一郎は早速裏の家に向かった。ほどなく板場に戻ってきた弥一郎が言うには、源太郎はしばらく考え込んだものの、最終的には頷いたそうだ。不安はあるがほかに手がない、といったところだろう。

「親父、相当嘆いてたよ。あんな鍋ひとつ持てなくなっちまうなんて、ってさ」

弥一郎の口調にいたわりの気持ちが滲《にじ》んでいる。普段から丁々発止《ちょうちょうはっし》のやりとりが多い親子だが、それができないほど源太郎が気落ちしていたに違いない。

伊蔵も心配そうに言う。

「そこまで気落ちしなくても、旦那さんはあの年にしちゃ、ずいぶん元気だと思いますけどね」

「俺もそう思うんだが、親父にしてみりゃ、これまでできていたことができなくなるってのは不甲斐ないんだろう」

「でも、米問屋の前の主は五年も前に隠居しちまったじゃないですか。確かあの人、うちの旦那さんより三つか四つ若かったはずです。それに比べりゃ……」

「そういえばそうだが、米問屋の旦那も確か腰をやっちまったんじゃなかったか？」

「そうだった、そうだった！　それこそ大八車《だいはちぐるま》に乗せられて深庵先生のところに運ばれたって聞きました。で、そのあとすぐに代替わりしたんです。息子が一人前になっててよかったな、ってみんなが言ってたっけ。でも、前の主は隠居してすぐ……」

「ああ……」

そこで弥一郎がひどく辛《つら》そうな顔になった。

きよが知る限り、米問屋にはもう隠居はいない。伊蔵の言葉から察するに、隠居してすぐに亡くなってしまったようだ。

もしかしたら弥一郎は、代替わりしたあとの源太郎が心配になったのかもしれない。弥一郎の様子に気づいたのか、伊蔵が慌てて付け加える。

「米問屋の前の旦那はずいぶん無理をしてたんですよ。四十間近でようやくできた子どもだから、隠居に間に合わねえんじゃないかって心配されてたらしいし。なんとか一人前になるまで頑張った挙げ句、身体を壊して、そのまま……たぶん、気も緩んだんでしょう」

きよは思わず目を覆いたくなった。

——伊蔵さん、それではやぶ蛇だわ……。うちの旦那さんだって、今までは元気いっぱいに働いていたのに腰を痛めてしまった。やっぱり無理をしていることに違いはないし、身代を譲ったら気が緩むことだって、十分考えられるのに……

恐る恐る隣に目をやると、案《あん》の定《じょう》、弥一郎はさっきよりもさらに沈痛な面持《おもも》ちになっていた。

「伊勢参りから戻ったら、親父は身代を譲る気でいるのかもしれねえ。だが、米問屋に限らず、ここらには代替わりして一年も経たねえうちにいけなくなっちまった隠居がいくらでもいる。それこそ、伊勢講が満額になっても代参のなり手がねえぐらい、あっという間にあの世に行っちまってるんだ」

「だ、大丈夫ですって板長さん！　腰こそうっかり痛めちまったけど、旦那さんはまだまだ元気です。飯だっていっぱい食うし、口だって達者だし！」

「まあな……そのまま元気でいてくれることを祈るしかねえ。実のところ、親父は隠居する気なんてこれっぽっちもないのかもしれないし」

「いやいや、旦那さんは、もういつでも譲れると思ってるに違いありません。だからこそ二月《ふたつき》も留守にできるんですって」

慰めるように言う伊蔵に、弥一郎は力なく言い返した。

「どうだか。口ではあれこれ言ってるが、俺が頼りないから、隠居しようにもできないんだ」

弥一郎の情けないのと悔しいのを織り交ぜたような表情に、こちらまで辛《つら》くなる。やむなくきよは口を開いた。

「板長さん、旦那さんが隠居されないのは、できないんじゃなくて、したくないからだと思いますよ」

「さてな……親父はいつも、おきよたちの親父さんを羨《うらや》んでる。『菱屋』の息子みたいな跡取りがいたら安心して隠居できるってさ。裏を返せば、俺が頼りないから隠居できないってことだ」

「そんなことありませんって！　父は何年も前に兄に身代を譲りましたけど、その兄と比べても板長さんのほうが上です」

「兄っていうと清太郎さんのことか？」

「もちろん。次兄は本当に頼りなくてぐずぐずなんですけど、長兄はすごくしっかりしてます。だから父も安心して隠居したんですが、その兄よりも板長さんのほうがずっとしっかりしてると思います」

「なんとでも言えるさ」

家族だからと身贔屓《みびいき》する者は多いが、その逆もいる。近くにいれば欠点も目につきやすい、と弥一郎は渋い顔で言う。

源太郎が動けないときに、代わりを務めるべき弥一郎がこんな様子では困る。根拠もなく自信満々になられるのは鼻持ちならないが、弥一郎には経験も技量もある。もう少し胸を張ってほしかった。

そのとき、へっついの向こうから呆れた声が聞こえた。

「あーあ……板長さん、それじゃあ姉ちゃんと一緒じゃねえですか」

「おきよと？」

「そうです。誰かと比べては、私なんてまだまだ、って後ろに引っ込む」

「確かにおきよにはそんなところもあったが、今はそうでもないぞ」

「そうですよ。あの海老《えび》みたいだった姉ちゃんですら、今は前へ前へって頑張ってる。ましてや板長さんは、姉ちゃんとは比べものにならないほど技があるし、客や奉公人の扱いだってわかってる。俺から見たら、今すぐ代替わりしたってなんとでもなるぐらいです。おかげで俺はとんでもない目にあった」

「とんでもない目ってなんだよ」

「先だってうちの親父が来たでしょう？　あれ以来、ことあるごとに『千川の息子さんを見習え』って言われるんです。せめてうちの兄貴なら同じ血なんだからなんとかなるかもって思えるけど、板長さんと比べられたら望みなしです」

「確かにおとっつぁん、板長さんのことをすごく褒めてました。でも……」

　父の言葉を思い出して首を傾げたきよに、弥一郎は不安そうに訊いた。

「でも？　褒めたついでに、なにかしら悪いところがあるって言ってたとか？」

「そうじゃなくて、おかしなことを言ってたんです。確か『あれだけしっかりした跡取りがいたら、俺の隠居もまだ先だった』って……」

「おとっつぁん、姉ちゃんにそんなことを言ってたのか？　わけがわからねえな……」

「でしょ？　しっかりした跡取りがいるなら安心して隠居できるはず……ああ、でも……」

そこできよは、父の質《たち》を思い出した。父はいわゆる用意周到、ありとあらゆる心配を前もって片付けたい人だった。口では元気なうちに隠居して余生を楽しみたいと言っていたが、本当は自分が衰えて判断が怪しくなった挙げ句、とんでもないしくじり、店を潰すような大失敗をする前に、身代を譲ってしまいたかったのかもしれない。

きよは、大きなしくじりはいきなり起こらないものだと考えている。なにかしらの兆《きざ》しがあったとき、それに気づいて正してくれる人がいれば安心して勤められる。長兄にはその役割が期待できないと思ったからこそ、さっさと隠居したのではないか。あの父なら、そんなことを考えそうな気がした。

「なるほど、あとの守りがしっかりしてれば、いつまでだって戦えるってわけか……」

きよの話を聞いた弥一郎は、ようやく表情を緩めた。伊蔵もほっとしたように頷いている。清五郎が茶化すように言った。

「盤石《ばんじゃく》の備えって板長さんみたいな人のことをいうんですよ。少なくとも、俺たち奉公人がなにやらかしたとしても、板長さんならなんとかしてくれる、って俺は思ってるし、旦那さんだってきっとそう思ってる。さもなきゃ裏の家に引っ込んだりしねえ。そこらに樽《たる》でも据えて、腰掛けたまんま見張ってるはずです」

「徳利《とっくり》一本運べないのに、文句ばかりほざく親父なんてごめんだ！」

勘弁してくれ、と悲鳴のような声を上げる弥一郎に、奉公人たちがどっと笑う。

重苦しい空気は霧散し、みんながまたそれぞれの仕事に戻った。


源太郎が腰を痛めてから十日が過ぎた。

身動きならぬほどの痛みは膏薬《こうやく》でなんとか和らぎ、ゆっくりとであればひとりで寝起きできるようになったものの、店に出て働くことはやはり難しい。本人はやる気満々だったけれど、さとや弥一郎はもちろん、奉公人たちからもまだまだ養生しなければ、と言われてしまった。

店が気になってならないのに出てくるなと言われ、伊勢参りの出発まで遅らせることになってしまった源太郎は不満たらたら……

それでも、帳簿を見る限り商《あきな》いは順調すぎるほど順調だ。弥一郎は目に見えて采配がうまくなったし、愛想もよくなった。

書き入れ時で座敷がいっぱいのところにさらに客がやってきても、笑顔で「ちょっとばかり詰めてやってくだせえ」などと客を移動させ、新たな客を座らせる。そのあと板場に戻り、詰めてくれた客の料理をいつもより少し多めに盛り付ける、なんてこともする。飲み食いしている最中とはいえ、少しばかり移動しただけでおまけしてもらえた客は大喜び、ほくほく顔で帰っていく。

伊蔵から話を聞いた源太郎も、板長ならではの気配りだと感心し、そのあとは大人しく養生するようになった。そして、神無月《かんなづき》の半ば、以前とほぼ変わりなく歩けるようになったあと、彼は意外なことを言い出した。

「腰はまあまあよくなった。だが、万全かと言われるとそうでもない。ただじっとしていてもつまらないから、いっそ湯治《とうじ》に行こうと思う」

唐突な申し出に、弥一郎はかなり驚いたようだが、もとより働き者の源太郎のこと、じっとしていてもつまらない、湯治で完全に治してから伊勢参りに出かけたいと言われればそのとおりだ。伊勢参りの予行を兼ねて、ということで、快く送り出すことにした。

さらに弥一郎は、母親に言ったそうだ。

「おふくろも一緒に行ってきたらどうだ？」

「え……あたしはいいよ。おとっつぁんは腰の養生だけど、あたしはどこも悪くない。ただの物見遊山《ものみゆさん》じゃ……」

「いいじゃねえか、物見遊山でも。俺は生まれてこの方、親父やおふくろが遊んでるところなんて見たことがねえ。たまには骨休めしたって罰《ばち》は当たらねえよ」

「でも、銭だってたくさんかかる。ただでさえ伊勢参りがあるのに」

「銭の心配なんてするなよ。伊勢参りの分は講から出るし、どうせ親父は貯め込んでる。さもなきゃ、湯治なんて言い出さねえ」

「せいぜい、おとっつぁんひとり分だろうよ」

「まさか。それに、いくらよくなったといってもやっぱり親父ひとりじゃ不安だ。道中なにかあっても困るし、一緒に行ってもらったほうが俺だって安心だ」

「そ、そうかい？　じゃあ、あたしも行かせてもらおうかね……」

「それがいい。親父は箱根《はこね》まで行くって言ってたが、くれぐれも急がねえようにな」

源太郎だけだと、腰を痛めたのも忘れてせかせかと急ぎ足になりかねないが、さとと一緒であれば少しはのんびり歩くだろう。それも計算のうちだ、と弥一郎は笑ったらしい。

源太郎は一回り、七日間の予定で箱根の湯に行くという。深川から箱根まで男の足なら三、四日だが、さとがいれば五、六日かかる。ようやく腰の痛みが癒えたばかりならそれぐらいがちょうどいい、と弥一郎は考えたようだ。

住み込みの奉公人たちは最初こそ、さとが出かけると聞いて不安そうにしていたものの、飯の支度は弥一郎と伊蔵がいれば問題ないし、洗濯はもとより自分たちでやっている。れんも、奉公し始めたころはさとにあれこれ手をかけてもらっていたが、今では一通りのことは自分でできるようになっている。手に負えないことが出てきたとしても、とらもきよもいるから心配ない。むしろ、れんは口うるさいさとが少々苦手だったらしく、いなくなって少し肩の力が抜けたようだ。さとはさとで、まだ子どものれんをしっかり躾《しつ》けなければと思っているに違いない。口うるさくて苦手だ、と思われるのは気の毒というものだろう。

かくして源太郎夫婦は湯治《とうじ》に出かけ、本当の意味での『主不在《あるじ》』の日々が始まった。

板場だけではなく、店全体に目を光らせねばならなくなった弥一郎は見るからに大変そうだったが、今のところ大きなしくじりはない。それどころか、今まで以上に奉公人に目が届くようになったらしく、へっついの前に座ったまま、客と長話をしている清五郎やとらを窘《たしな》める。

とりわけれんには気をつけていて、難癖をつける欠点があったり、酔っ払っていたりする客のところには料理を運ばせないようにしている。客のほうは新顔のれんをかまいたくて仕方がないようだが、弥一郎や奉公人たちに阻まれてただ眺めることしかできない。

それでも、れんがちょこまかと立ち働く姿は、見ているだけで楽しいと客たちは言う。それまで看板娘を自認していたとらは頬を膨らませているが、『千川』の面々は、とらが子ども相手に焼き餅を焼くような質《たち》じゃないと承知している。客を楽しませるために、あえてそうしていることは明白だった。

「あーあ、やっぱり若い子には敵《かな》わないわ」

聞こえよがしのとらの言葉に、客がどっと笑う。

ここでれんがおどおどしたら困ってしまうけれど、れんはれんで「あたしみたいな餓鬼が、おとら姉さんの色香に太刀打ちできっこない……です」なんて涼しい顔で言い返す。無理やり最後に『です』をくっつけたところが面白い、とまた客が笑う。

主不在の『千川』は極めて順調で、源太郎は安心して旅立っていった。ただ、あまりにも困り事が起きなさすぎて、俺はもういなくていいのか、と嘆いたとか嘆かなかったとか……

そんなある日、『千川』に困り果てた様子の上田が現れた。

このところ『千川』で神崎と待ち合わせることが多かったが、珍しく今日はひとりで、店に入るなりきょろきょろと中を見渡した。

「主はいかがした？　出かけておるのか？」

へっついの前に座ったまま、弥一郎が答える。

「あいにく腰をやっちまいまして、休んでおります」

「家でか？」

「しばらくは家におりましたが、かなりよくなったので、養生の仕上げに箱根に行きました」

「箱根……おお、湯治《とうじ》か！　それはよい。だが、困ったのう。ちいと頼み事があったのじゃが……」

「と、おっしゃいますと？」

「いや……いい。主《あるじ》がいないなら手が足りぬのだろう。この上、おきよを寄越してくれとは言いにくい」

「そりゃあ無理です。主がいてもいなくても、おきよは貸せません。それきり返してもらえなくなったら大変だ」

大口を開けて笑う弥一郎に、上田は目を見張った。

「おぬし、なかなか言うようになったな。これまでなら、困り顔で苦笑いするだけじゃっただろうに」

「まあ、主の代わりを務めておりますと、ただ笑ってばかりもいられません。駄目なものは駄目と言わないと」

「そのとおりじゃが、わしにだけはもうちっと手加減してくれ」

「それで、いったいどうしておきよを？」

店は相変わらず忙しい。せっせと手を動かしつつも、弥一郎は話を元に戻した。

「おお、そうじゃった。実は、母上の具合が今ひとつでな」

「おりょう様が⁉」

それまで黙って聞いていたきよも、堪《たま》らず声を上げる。

りょうとは長らく会っていないが、一口では語れないほど世話になっている。一番はじめにきよの座禅豆に目を留め、贔屓《ひいき》にしてくれたのがりょうだ。りょうがいなければ、きよが料理の道に入ることはなかった。もともと身体が丈夫ではないと聞いたことがあるが、上田がここまで困った顔をしているからには、相当具合が悪いのだろう。

どこがどう悪いのですか、と迫るきよに、上田は近頃のりょうの様子を語った。

「腹がしくしく痛むらしい」

「お腹が……それはお辛《つら》いですね。お医者様には診ていただいたのですか？」

「言うまでもない。すぐに医師を呼んで診てもらった。じゃが、玄草《げんそう》を煎じて飲めばよい、と言われてしもうた」

「玄草《げんそう》……ああ、お腹を壊したときの薬ですね」

「そうじゃ。医師は腹下しにはこれが一番と申す。確かによく効く薬なのだが……」

「効かなかったのですか？」

「いや、効くには効くのじゃが、すぐまた……」

薬を飲めば腹の痛みは治まる。けれど、二、三日でまた腹の痛みを訴える。近頃のりょうは、食事のたびにお膳の上の料理を見てため息ばかりついているそうだ。

「よほどお辛《つら》いのだろう。すっかり食も細くなられてな。出された料理を半分も食せばよいほう、どうかすると手をつけないものもある。賄《まかな》い方は滋養があるものを拵《こしら》えてくれているのだが……」

「お嫌いなものだったのでは？」

いくら滋養があっても、嫌いなものは食べたくない。具合が悪いならなおさらだろう。

だが、上田はそうではないと言う。

「母上は好き嫌いはほとんどない。わしも幼いころから、賄い方が丹精込めて作ってくれたものを残すのはもってのほか、と言い聞かされて育ったのじゃ。その母上が残すのだから、よほど具合が悪いに違いない」

「いつからですか？」

「もう二月《ふたつき》になる。はじめはわしも一時のことかと思っていた。医師は大丈夫だと言うし、秋は旨いものが多いから、食いたい気持ちも湧いてくるに違いない、と。じゃが、いつまで経っても母上の箸は進まん」

「それは困りましたね……」

弥一郎も心配そうに言う。無理難題を持ち込む上田と異なり、りょうはとにかく優しいし、気配りに富む。あの母親からどうしてあんな気儘《きまま》な息子が生まれたのだ、と首を傾げたくなるほどで、きよだけでなく、ほかの奉公人からの人気も高い。そのりょうが具合が悪いと聞けば心配せずにいられないのだろう。

理解を得たと思ったのか、上田が弥一郎に頭を下げて言う。

「一日、いや半日でいいからおきよを貸してくれぬか。母上はここしばらくでずいぶんお痩せになった。母上はおきよが大のお気に入りじゃから、おきよの料理なら召し上がるに違いない」

料理を作り終えたら必ず返すから、と上田は念を押す。

きよにしても、今すぐ駆けつけたい。自分の料理なら食べられるというなら、何日でも留まりたい。けれど、『千川』は相変わらず大繁盛で、弥一郎は源太郎の代わりに仕入れや帳面付けまでしなければならないため、今までのように料理に専念できていない。

この上きよまでいないとなったら、伊蔵は途方に暮れるだろう。

「与力《よりき》様、私がお伺いすることはできそうにありません。今ここでおりょう様のお口に合いそうなお料理を作って、持っていっていただくというわけにいきませんか？」

「うーむ……できれば作りたてを差し上げたいがやむをえん。で、母上の口に合いそうな料理は見当がつくか？」

「まずは座禅豆……それから……」

座禅豆、と言った瞬間、りょうの言葉が頭に浮かんだ。

初めて『千川』を訪れたとき、りょうはきよが作った座禅豆を『柔らかくて甘くて、とても美味しかった』と褒めてくれた。このところ、すっかり座禅豆が食べられなくなっていたとも……

——あれからずいぶん時が過ぎた。もしかしたらおりょう様は……

そこできよは、上田に訊ねてみた。

「おりょう様が箸もつけないというのはどんなお料理なんですか？　油がたくさん使われている、もしくは馴染みの薄い料理とか？」

「これまで当たり前のように召し上がっておられたものばかりじゃ。油の多い少ないは特に気にしたことはないが、煮たり焼いたりした魚とか烏賊《いか》とか。青菜の胡麻《ごま》よごしや蓮《はす》の煮物なども大好物だったのに、今では一口召し上がるのがやっと」

「魚はすべてですか？」

「いや……残されるのは焼いたものが多いような……」

「ご飯はどれぐらい召し上がりますか？」

「飯は決まって二膳。これは前から変わらない。むしろ少し増えた気がする。ただ、お菜を召し上がりたくないせいか、湯漬けにされることが多い。ああ、粥を召し上がられることもあるな」

「香の物は？」

「それもさほど……ただ、でんぶはよく召し上がる。でんぶも焼き魚も同じ魚だというのに……」

「なるほど……」

　そこできよは、心配そうにしている弥一郎を見て言った。

「大丈夫です。私の出る幕ではありません」

「というと？」

「きっと、与力様のお宅の賄《まかな》い方は魚に十分に火を通されているのでしょう」

「おりょう様の具合が悪いのなら当たり前だ。ただでさえ腹を下しがちなのだから、この上なにかあっては大変じゃないか。だが、それがなにか？」

「魚は火を通せば通すほど硬くなります。おりょう様はおそらく、歯が痛いのだと思います」

「歯……？」

「はい。初めてお会いしたときに伺ったんですが、おりょう様が私の座禅豆を気に入ってくださったのは柔らかいからだそうです。あのころですら、硬いと噛めなかったようですから、今はなおさらではないかと……」

しっかり焼いた魚も、烏賊《いか》も、青菜も蓮《はす》もすべて噛み応えがある食べ物だ。もともと好物だから食べたいのは山々だが、いざ噛もうとすると歯が痛い。やむなくろくに噛まずに呑み込んでいるうちに、腹を壊したに違いない。

噛みたくても噛めず、腹の痛みは止まらない。辛うじて粥や湯漬けにでんぶをのせて腹を満たす。そんなりょうの様子が目に浮かんだ。

「与力《よりき》様、おりょう様は、お豆腐とか柔らかく煮た芋などは召し上がっていらっしゃるんじゃないですか？」

「そのとおりじゃ。そういえば母上が残されるものは、硬いものばかりだな……」

なるほどと頷く上田に、微かな怒りが湧く。

——残すことには気づいているくせに、それぐらいのこと考えつかないのかしら……

「十中八九、歯が痛いのだと思います。医師ではなく、口中医《こうちゅうい》に診せたほうがいいかと」

「口中医か……思いもつかなかった」

「なんとか痛みが治まるといいのですが……。賄《まかな》い方には、おりょう様が召し上がるものは、硬くならないように拵《こしら》えてほしいとお伝えください。魚は焼くよりも煮たほうがいいですが、おりょう様がもともと焼き魚がお好きなら、お酒をたっぷりと……」

「酒？」

「はい。まずたっぷり塩を振って、その塩をお酒で洗い流すんです。塩気はちょうどよくなりますし、魚の身にお酒が染み渡って焼いてもあまり硬くなりません。ただし、やはり小さく薄い切り身で拵えるほうが、火にかける時間が短くなると思います」

「しかと伝える。ほかになにか気を配ることは？」

「青物は噛み応えがなくなるほど火を通すと旨みも失われます。ですが、やはり青菜を食べていると身体の調子はいい気がしますから、すり流しでも拵えてみてください」

「自然薯《じねんじょ》のすり流しはよく聞くが、青菜をすり流しにするのか？」

「はい。賄い方なら拵え方はご存じのはずです。板長さん、ほかにもなにかありますか？」

弥一郎は、きよより遥かに料理を知っている。歯が痛くても食べられる料理も知っているだろう、と訊ねてみると、すぐに答えが返ってきた。

「とろろ汁はどうだろう?」

「いいですね。とろろは滋養がたっぷりありますし、なにより食べやすくて。あ、鯛《たい》のとろろ汁にすれば一層滋養がたっぷりです」

「とろろ汁に鯛を入れるのか? 生のままで?」

「いいえ。鯛は焼いてから擂《す》り潰すんです。しっかり火を通しても擂り潰すことで柔らかくなります」

「でんぶのようなものか」

「でんぶよりも細かく擂ります。そのままでも飯にかけても美味しいです」

きよの説明に、上田はよだれを垂らさんばかりだった。

「それは旨そうだ。よし、賄《まかな》い方にたくさん作らせて、わしも相伴しよう。酒にも合いそうだな。そうだ、もしかしたら母上も、酒なら召し上がるかもしれない」

噛まずに済むからな、と上田は嬉しそうに笑う。

腹を下しているのに酒など呑んで大丈夫か、と思うが、酒は百薬の長というぐらいだから案外平気かもしれない。なにより、母を思う息子の気持ちに腹の底から温められ、りょうの調子も戻る気がした。

いずれにしても、りょうの不調の原因らしきものが見つかってよかった。これなら上田家に引っ張っていかれることはない、ときよは胸を撫で下ろした。

ちょうど座禅豆を煮ていたところだったため、上田は煮上がるまで酒を呑みながら待ったあと、丼いっぱいの座禅豆と青菜の白和《しらあ》えを持って帰っていった。

座禅豆は上田に渡す分だけ取り分けて、いつもより長く煮たから、かなり柔らかくなったはずだ。柔らかくて甘みたっぷりだから、さぞやりょうも喜んでくれることだろう。

青菜の白和えも、茹でた青菜を細かく刻んでから、擂った豆腐と和えた。そのまま呑み込めるほど小さく刻んだから、歯が痛くても食べられるはずだ。

上田を見送ったあと、弥一郎は塩を振った小ぶりの鯛を焼き網にのせた。

時刻は六つ半（午後七時）が近い。客足も途絶えているし、今、店にいる客からも鯛の注文は入っていないのに……と思っていると、山芋を渡してくる。

「おきよ、そいつを擂ってくれ」

さらに弥一郎は、伊蔵にも声をかける。

「伊蔵、へっついは空いているな？」

「へい」

「じゃあ、飯を炊いてくれ」

「今からですか？　あ、もしかしてその鯛《たい》……」

網の上の鯛と、きよが手にしている山芋を見て、伊蔵が歓声を上げた。

「鯛のとろろ汁を拵《こしら》えるんですね⁉」

「ああ。おまえが与力《よりき》様に話しているのを聞いたせいで、どうにも食いたくなった」

「だったらおりょう様にも持っていっていただけばよかった……」

「それは俺も考えたんだが、鯛を焼くところから始めるのではさすがに時がかかりすぎる。それに、とろろ汁には炊きたての飯がいい。鯛のとろろ汁はそれほど面倒な料理じゃないから、あちらで作って炊きたての飯で食ってもらったほうがいい」

「そのとおりですね」

「だろ？　で、こっちは今から飯を炊いて、店を閉めたあと、みんなで食うって寸法だ」

「賄《まかな》いに炊きたて飯！　こいつは贅沢だ！」

伊蔵は手放しで喜んでいるが、きよは、源太郎がいないときにこんな勝手をしていいのだろうか、と心配になる。なにせ、昨日の賄いは『ふはふは豆腐』だった。ふはふは豆腐は擂《す》った豆腐に溶いた卵をまぜて、煮立てた出汁《だし》に入れて作る。卵はひとつしか使わなかったけれど、熱々のふはふは豆腐は空きっ腹に染みたし、身体を芯から温めてくれた。おかげで、風が強い日だったにもかかわらず、それほど寒いとも思わず家に帰れたのだ。

昨日に続いて今日も熱々の賄いと聞いて、嬉しいけれどやはり不安になる。

「ちょっと贅沢すぎませんか？」

だが、恐る恐る訊ねたきよを、弥一郎は笑い飛ばした。

「本当に心配性だな、おきよは。大丈夫だ。親父は賄いの中身でうるさいことは言わない」

「本当に？　あとから叱られたりしませんか？」

「叱られるだろうな」

「え⁉」

きよばかりか、伊蔵もぎょっとして弥一郎を見た。自分たちの贅沢のせいで弥一郎が叱られるなんてもってのほかだ。

「板長さんが叱られるぐらいなら、俺は冷や飯と味噌汁で十分です！　いや、味噌汁もなくていい。塩握りでも……」

ところが、伊蔵の言葉に弥一郎は大笑いだった。

「ありがとよ。だが、叱られるとしたら、昨日の賄いで卵をひとつしか使わなかったことだ。みんなでひとつなんてけちくさい、三つでも四つでも使えばいい。鯛だってもっとでかいのを焼けばいいのに、って言うに決まってる」

「へ⁉」

伊蔵に続いて、きよも声を上げる。

「そんなはずないでしょう？」

「いやいや、このところ、みんなよく働いてくれる。縁日なんぞ、店を閉めるまで飯を食う間もないほどだ。腹ぺこで働きづめなんだから、多少贅沢したって罰《ばち》は当たらねえ、って笑うさ」

「そうかもしれません……」

「かもじゃなくて、そうなんだ。それに、親父はおれんのことも気にしてたな」

「おれんちゃん？　どんなふうに？」

「江戸に来てから、しっかり食ってよく動くせいか肌の色艶もぐっとよくなった。もともと目鼻立ちがはっきりした娘だから、さぞや別嬪《べっぴん》になるだろう。年季明けによその店に行かれねえように、旨い飯で引きつけとこうって寸法らしい」

「なんだそれ……」

いいなあ別嬪は、と伊蔵がひどくつまらなそうに言う。とたんに、弥一郎が言い返した。

「それは親父の考えだ。俺はおれんだけじゃなくて、みんな同じだと思ってる。むしろ、みんなのほうが……」

「そいつはいったいどういう意味で？」

「うちの奉公人は、おれんを除いて年季はかかわりない。おまえもおとらもとっくに年季なんぞ明けてるし、清五郎とおきよについてはそもそも年季なんかない。だから、嫌だと思ったら今すぐにでもよその店に移れる」

そういえば……ときよは思い出した。

逢坂から江戸に来るにあたって、清五郎ときよは『千川』に預けられた形だった。父がなにかしらの金をもらったわけではなく、むしろ礼金として源太郎にいくらか払った気がする。だからこそ、『千川』に奉公したその年から、ふたりとも給金をもらっていたのだ。

伊蔵が、合点《がてん》がいった顔で頷いた。

「なるほど……『千川』はずいぶん奉公人によくしてくれると思ったら、そういうわけだったんだ……」

「わけはそれだけじゃないが、昔から親父に言い聞かされてる。奉公人が仏頂面《ぶっちょうづら》をしている店で飯を食いたがるのは、よっぽど酔狂な客だけだ。奉公人が機嫌良く働けるように気を配ってこそ、店も繁盛するんだってな」

「ありがてえ話だ……」

「親父は、威張り散らして奉公人を押さえつけるんじゃなく、腕や人柄でついてこさせろって言う。で、俺もそのとおりだと思ってる。だから、気張って働いて旨いものを食う。で、客にもたらふく呑み食いさせて儲《もう》ける。それが『千川』の信条だ」

そう言いつつ、弥一郎は鯛《たい》をひっくり返す。

火を通したことで皮目が桜色に染まり、うっすら焦げ目がついている。飾り包丁を入れたところから覗く真っ白な身に、きよの腹の虫が微かに鳴いた。

「板長さん、おきよの腹が鳴ってますぜ！」

「そいつは大変だ。伊蔵や清五郎ならいつものことだが、おきよまでとなると奉公人みんなが空きっ腹ってことになる。伊蔵、飯はまだか？」

「しばしお待ちを！」

芝居のような見得を切り、伊蔵が団扇《うちわ》でへっついを扇《あお》ぐ。

ほどなく、飯が炊ける匂いが店中に広がり始め、残っていた客が騒ぎ始めた。

夏なら戸口を開けっぱなしているからそれほどでもないが、神無月《かんなづき》、しかも夜ではさすがに戸を閉めている。その分、料理の匂いがこもってしまったのが徒《あだ》になった。

「おい、なんだってこんな時分から飯を炊いてるんだ？　それに魚が焼ける匂いもしてるな、どれどれ……」

その客は『千川』の古くからの馴染みで、帰り際には板場まで来て「旨かったよ」なんて声をかけてくれる。料理人との気安さと、店に残っていた客がひとりだけだったことも手伝ったのか、ひょいっと立って板場を覗きに来た。

「なんて旨そうな鯛だ！　おい、その炊きたての飯で食わせてくれ！」

「えっ、そんな！」

とっさに上げた声に、客がまじまじと声の主——伊蔵を見た。

「なんだ？　ははーん……さてはおまえたちの賄《まかな》いなんだな？」

「えっと……」

伊蔵は、助けを求めるように弥一郎を見る。やれやれと言わんばかりに、弥一郎が答えた。

「すみません。実はそのとおりなんです。ですが、ご所望とあらば……」

伊蔵がますます悲痛な面持《おもも》ちになる。きよですら、もうすぐ鯛のとろろ汁が食べられると思っていただけに、内心ではがっかりしていた。

そのとき、板場に並んだ三人の顔を見まわした客がくすりと笑った。

「なんて顔してやがる。冗談だよ。ただ、締めにはなにか食いたいのは間違いねえが」

「締めですか……どんなものがよろしいでしょう？」

「そうさな……湯漬けみたいにさらさらっと流し込めるのがいい」

そこで弥一郎はふうっと息を吐き、伊蔵に訊ねた。

「飯はたっぷり炊いたな？」

「へえ……」

「おきよ、山芋をもう少し擂《す》れ」

「あ、はい」

これでこの客の締めが決まった。

「鯛《たい》のとろろ汁ってのはいかがですか？」

「鯛のとろろ汁……なるほど、鯛一匹をみんなで食うなんてけちくさい賄《まかな》いだと思ったが、とろろ汁に入れるのか！」

それなら十分だな、と頷きつつも、客はもう一度、伊蔵ときよの顔を見た。

「いや、やっぱりやめとこう。伊蔵もおきよもずいぶん楽しみにしているみたいだし、俺が横取りするのは悪い」

「心配いりません。十人も二十人もっていうなら困りますが、ほかの客はもうみんな帰ったし、今から来る客もいないでしょう。鯛もいい具合に焼けましたし、ぜひ食っていってください」

客をそっちのけで賄いを確保する料理茶屋なんて聞いたことがない。普通なら、客が二度と来るか！　と怒り出しかねない。なにより、客にこんなことを言わせる奉公人は、こっぴどく叱られただろう。

けれど『千川』ではそのどちらも起こらない。主《あるじ》親子が気遣うように、客もまた奉公人に優しかった。

伊蔵も申し訳なさそうに言う。

「すみません。つい食いたい気持ちが先に立っちまって……」

「こんな遅くまで飯も食わずに働いてるんだから、当たり前だ。じゃあ、俺も鯛のとろろ汁を食うとするか」

「山芋は擂れた、飯も炊けた、鯛も焼けた。すぐにご用意しますから、あちらでお待ちください」

客を座敷に戻らせたあと、弥一郎は鯛を皿に移してほぐし始めた。

焼きたてで熱いに違いないのに顔色ひとつ変えないが、それは今に始まったことではない。煮え立った湯が多少手にかかろうが、鉄鍋の油が飛び跳ねようが、弥一郎はまったく動じないのだ。

俺は鈍感なんだ、と本人は笑うが、おそらく長年板場の仕事をしていると手の皮が厚くなって、熱さを感じなくなるのだろう。うっかりへっついの上の鍋に触っては悲鳴を上げるきよとは大違いだ。早く弥一郎のようになりたいと思うばかりだった。

感心して見ている間に弥一郎は鯛《たい》をほぐし終わり、擂鉢《すりばち》で擂り始めた。力強く回される擂《す》り粉木《こぎ》の下で、鯛はあっという間に形をなくす。

そこに出汁《だし》と味噌で味を調《ととの》えた山芋を足してよくまぜれば、鯛のとろろ汁の出来上がりだった。

「お待たせしました、鯛のとろろ汁です」

「うお、こいつはとびきりだ！　飯から湯気がたっぷり立ってやがる！」

江戸ではみな朝のうちに一日分の飯を炊いてしまうから、晩ご飯は冷や飯と決まっている。『千川』は料理茶屋なので、一日に何度か飯を炊くけれど、客が押しかけてくる前に炊いてしまうので、よほど運がよくなければ炊きたての飯にはありつけない。

炊きたての飯に鯛のとろろ汁というのは、客の言うとおり滅多に出会えないとびきりのご馳走だった。

「熱い飯にとろろ汁がかかってちょうどいい塩梅《あんばい》だ。俺は熱いものが苦手だから、さらさら食えるって意味では湯漬けの上を行くかもしれねえ」

そういえばこの客は猫舌だったな、と思っていると、弥一郎が声をかけてきた。

「おまえたちも食っちまっていいぞ」

やった、と声を上げ、伊蔵が奥の小部屋に入っていく。一方、きよは座敷に目をやる。客はまだなお舌鼓《したつづみ》を打ちつつ、とろろ汁を掻き込んでいた。

「でも、まだお客さんが……。それに、今から来るお客さんもいるかも」

「真面目だな、おきよは。平気だよ。もう暖簾《のれん》をしまっちまうから」

「え⁉」

いつもなら、客がいるうちに暖簾をしまうことなどない。これは源太郎がいてもいなくても同じだ。それなのに、今日に限って暖簾をしまうとは……

「今日は思いのほか客が多かった。儲《もう》けだって十分ある。炊きたての飯ぐらい食ったっていいだろう。今いる客の相手なら俺がする」

いいからさっさと奥へ行け、ときよを追い立て、弥一郎は戸口に向かう。

客の飯はなくなりかけているし、食べ終わって長々と居座るような男でもない。弥一郎もほどなく賄《まかな》いにありつけるはずだ。

きよは安心して奥に入り、伊蔵や同じく追い立てられてきたらしき清五郎ととらと一緒に、賄いを食べ始めた。ところが、一膳目の飯を食べ終わっても弥一郎が来ない。せっかく炊きたてなのに飯が冷めてしまう、と心配し始めたころ、ようやく弥一郎が姿を見せた。

　すかさず清五郎が訊ねた。

「あの客、なにか面倒なことでも言い出したんですか？」

「いや、面倒どころか、賄《まかな》いを横取りしてすまなかったって心付けをはずんでくれた。滅法旨かったから品書きに入れたらどうだ、とも」

「それは無理でしょう。こいつの旨さの半分は飯が炊きたてだからです。冷えた飯だったら、そこまで褒めてくれたかどうか」

　そこまで言ったあと、清五郎は弥一郎の顔を見て慌て出す。部屋に入ってきたときとは裏腹に、彼はひどく難しい顔になっていた。

「あ、いや、鯛《たい》や山芋の擂《す》り加減も、味加減も抜群ですけど、それに加えて熱い飯ってのが……」

「わかってる。確かにとろろ汁は熱い飯のほうが旨い。品書きに入れたところで、客が注文したときに、いつもいつも炊きたての飯があるとは限らねえ。初めて来た客が注文して、『千川』はこんなものか、と思われてもつまらない」

「そんなことにはならねえでしょう。どこの店だって、たった今炊けました、なんて飯を出してません。味付けが抜群なんだから、やっぱり『千川』はとろろ汁ひとつ取ってもすげえ、って思ってもらえますって」

「だが、さっきの客は炊きたての飯の味を知ってる。次に来たとき、冷めた飯でも旨いと思ってくれるだろうか」

「それは……」

清五郎は明らかに返事に困っている。

無理もない。どう考えても熱い飯のほうが旨いのは明らかだった。

「いっそ釜を小さくしてこまめに炊くか……」

「とろろ汁を売るためだけにそこまで手間をかけてられません。今ですら手一杯なんですから」

伊蔵の言葉に、きよも大きく頷く。

れんが頑張ってくれているおかげで、注文を取ったり料理を運んだりするのはなんとか回るようになったが、板場は前と変わらない。むしろ滞りなく注文が流れてくる分、大変で、これでは源太郎が復帰したらどうなるのかと心配になるほどだった。

「やっぱり今までどおりで行くしかないか。鯛のとろろ汁ならいい値がつけられると思ったんだがな」

いかにも残念そうに言ったあと、弥一郎も賄いを食べ始めた。

翌朝、きよが朝飯の支度をしようと井戸端に行くと、そこにはすでによねがいた。

きよが使っている七輪はよねのもので、夜のうちに借りておき、朝ご飯の支度が終わったところによねがやってきてそのまま使うことになっている。したがって、よほどのことがない限り、きよが朝ご飯の支度を始める前によねが来ることなどないのだ。

「おはようございます、およねさん。ずいぶん早いですね」

「おはよう。実は、おきよちゃんにちょいと頼みがあってさ」

「なんでしょう？」

「味噌汁を分けてもらえないかね？」

「ああ、お味噌汁。かまいませんよ。今日は大根で仕立てるつもりです」

「嬉しいね、大根の味噌汁は大好物だ。それにしてもやらかした……」

よねはなんだかひどくがっかりしている。どうしたのだろう、と思ったら、お櫃《ひつ》の蓋を開けっぱなしにしてしまったのだという。

「閉めたつもりでいたんだけど、朝起きてみたら開けっぱなし。ご飯が硬くなっちまってたんだよ。夜のうちに食べればまだよかったんだけど、用足しに行った帰りに蕎麦屋《そばや》が出ててさ。つい、つるつるやっちまった」

昨日は朝のうちに稽古が終わったため、昼ご飯を済ませて昔なじみのところに遊びに行った。夕七つ（午後四時）ぐらいには帰ってくるつもりだったのに話が弾んで日暮れ間近になってしまい、晩飯を作るのが面倒になって蕎麦を食べた。そのあと、いったん家に帰ったもののお櫃のことなど気にもせず、湯屋に行って寝てしまったのだそうだ。

「丸一日に開けっ放しじゃ、飯だって硬くなる。あれじゃあ、汁かけ飯か湯漬けにでもするしかない。まあ、味噌汁ぐらい自分で作れって話だけど……」

よく見ると、よねはかなり疲れた顔をしている。昔なじみと話が弾んで楽しかったには違いないが、やっぱり疲れたのだろう。その上、ご飯が硬くなっているのに気づいてすっかり気落ちしたに違いない。

「お味噌汁ぐらい、お安いご用ですよ」

「ありがと。じゃあ一杯分頼むよ。かわりに佃煮《つくだに》をあげるから」

「佃煮？」

「昨日会った昔なじみがくれたんだ。お茶請けに出してくれたんだけど、これが滅法旨くてさ。どこで買ったのか訊いたら、自分で作ったって言うじゃないか。佃煮屋より旨いよって褒めちぎったら大喜びで、じゃあ持っていって、って分けてくれたんだ」

「そんなに美味しかったんですか……」

「ああ、浅蜊《あさり》のむき身が値打ちだったんで、たくさん買って佃煮《つくだに》にしたんだってさ。お茶にも合うが、これでご飯を食べたら堪《たま》らないだろうって楽しみにしてたんだよ。でも今朝は駄目だね」

昨日に限って飯はたくさんある。帰ってきたら疲れているに違いないと思って、今朝の分まで炊いたそうだ。これでは夜まで湯漬けばっかりだ、とよねはひどく悲しそうにしている。毎度毎度、炊きたて飯を食べているわけではない。冷や飯に汁や湯をかけて食べることなど当たり前、もともと美味しい佃煮なら支障ないだろうに……と不思議に思ったきよは、つい訊ねてしまった。

「佃煮なら湯漬けでもいいでしょう？　きっと美味しいですよ」

「そりゃそうだけど、あたしは炊きたての飯でこの佃煮を食べたかったんだよ。でも、明日までお預けだ」

「そうだったんですか……」

よねのため息が止まらない。

佃煮なんてそう簡単に傷《いた》まない。明日でも明後日《あさって》でも大丈夫のはずだが、やはり『今すぐ』食べたい気持ちが大きかったのだろう。

「じゃあ、うちのご飯を少し分けましょうか？　もうそろそろ炊き上がってるころですから……」

「もらいたいのは山々だけど、飯はたくさんあるんだ。ただでさえ硬くなっちまってるんだから、さっさと食べないと……」

「それもそうですね」

堪《たま》らないご馳走だが、今日のところはお預けだ、とよねは嘆く。ここまで残念そうにするからには、相当美味しい佃煮なのだろう。なおも、繰り言が続く。

「炊きたての飯に佃煮を埋めるのさ。そうすると、飯の熱に蒸されて佃煮が柔らかくなって、佃煮の醤油も飯に染みる。それを一気に掻き込んでさあ……」

「蒸されて……あ、じゃあご飯を蒸して温めたらどうですか？」

「そんな贅沢な……」

「でも、もう硬くなっちゃってるんでしょう？　少し水を振って蒸したら、柔らかくて熱々になりますよ。ご飯を温めるだけならすぐ……」

そこできよは言葉を止めた。なんのことはない。鯛《たい》のとろろ汁の問題もこれで解決できると気づいたからだ。

米から飯を炊くのは大変だけど、蒸し直すだけなら大して時はかからない。とろろ汁に添える飯は蒸し直して出せばいいのではないか……

こんな簡単なことに気づかなかったとは、と半ば呆れつつ、きよは七輪の火を熾《おこ》す。佃煮がもらえるなら、今日はもう味噌汁を作るだけでいい。朝ご飯をさっと済ませて出かけよう。今はよねのことよりも、熱々の飯で鯛《たい》のとろろ汁を出す術《すべ》を弥一郎に伝えることで頭がいっぱいだった。


「飯を蒸し直す？　そんな暇はない」

話を聞いた弥一郎は、きよの考えを頭から否定した。

だが、反対されることなど百も承知、弥一郎を説得する案はあった。

「彦之助さんがいなくなってから、通路のへっついは空いていることが多いですよね？あのへっついにせいろを用意しておいて、鯛のとろろ汁の注文が入ったときはさっと蒸し直して出したらいいいんじゃないですか？」

「熱々の飯で食えるとなったら、注文が殺到する。毎日毎日、飯の蒸し直しばっかりやってられるか」

「それにも策があります。鯛のとろろ汁は、月に一度か二度の特別な献立にすればいいんです」

「同じことだ。鯛のとろろ汁が品書きに入ってる日にはてんてこ舞いになるのに変わりはない」

「もともとお客さんが少なそうな日にしたらどうでしょう？」

『千川』は富岡八幡宮の参道にあるため、参拝客が多い縁日はごった返す。だが、その前後はめっきり客が減る。雨でも降った日には閑古鳥《かんこどり》が鳴くとまでは言わないが、今にも鳴きそうな閑古鳥が裏口に控えている状態になることもある。奉公人は骨休めができてありがたいが、源太郎や弥一郎は手放しで喜べないだろう。

そんな日に『鯛のとろろ汁』を出せば、裏口で控えている閑古鳥を追い払うことができる、というのが、きよの考えだった。

「縁日前後にも、お客さんに来てもらう工夫がいると思うんです。縁日は混み合うから来ないってお客さんもいます。縁日の前後に来てくれるのはそういうお客さんが多いですから、閑散としたときに来てくれているお礼にもなるんじゃないですか？」

「そうか……縁日の前後は暇なことが多いから、飯の蒸し直しぐらいできるし、客寄せにもなるってわけだな」

「そのとおりです。悪くない策だと思うんですが……」

「確かに悪くない。そうだ、鯛のとろろ汁を出す日を壁に貼り出そう。この日に来れば鯛のとろろ汁が食えるってわかれば、足を運んでくれる客も増えるかもしれない」

「あ、それなら店の外にも貼ったらどうですか?」

「そうしよう。残念だな。彦之助がいれば絵も描かせられたんだが……」

まあ、そこまですることはない、鯛《たい》のとろろ汁が出る日さえわかればいいのだから、と弥一郎は口の中で呟いている。ふとしたときに弟を思い出す、というよりも、常に頭のどこかで彦之助のことを気にしているのだろう。

いろいろなことがあったけれど、やはり兄は兄なのだな、ときよは温かい気持ちになる。そしてふと隣を見たとき、伊蔵が眉根を寄せているのに気づいた。

「どうしたんですか? あ、もしかして縁日の前後も忙しくなりそうだから?」

伊蔵だけではなく、とらやれんだって息抜きができなくなるのは、嫌に違いない。酷なことをした、と反省しかけたが、伊蔵が心配しているのは休めなくなることではなかった。

「忙しいのはかまいません。ただ、魚屋が鯛を持ってこなかったら大変だな、と……」

鯛は、比較的季節を問わず獲れる魚らしいが、海が荒れて獲れない日もあるだろう。客は鯛のとろろ汁を目当てにやってくるのに、出せないとなったら目も当てられない。どうかすれば『千川』は嘘つき扱いされてしまう、と伊蔵は言うのだ。

そんなもっともな心配に、弥一郎はあっさり答えた。

「鯛はそんなに足が早くない魚だ。むしろ、仕入れて寝かしておいたほうが味が上がることすらある。鯛のとろろ汁を出す日が決まっているなら、二、三日前から仕入れてしまえばいい。魚屋だって、この日は必ず鯛を持ってこい、と言われるほうがやりやすいってもんだ」

「なるほど……これが杞憂ってやつですね」

「お、難しい言葉を出したな。だが、ちょっと違う。杞憂ってのはあり得ないことを心配することだが、鯛のあるなしは十分考えられる心配だ。ただ、あらかじめ対策できるってだけ」

「そうか……やっぱり慣れねえ言葉は使うものじゃありませんね」

「使ったからこそ直された。間違いに気づけた。なんでも同じだ。やってみて初めてわかる、しくじったからこそ身につくことはいくらでもある」

気を落とすことはない、その調子で頑張れと言われて、伊蔵は嬉しそうに笑った。

こうして前触れつきで、鯛のとろろ汁を品書きに入れることが決まった。

店の中だけでなく、外の壁にも紙が貼られ、前を通る人の目を引く。貼り紙を見てその日に合わせて訪れる客も徐々に増え、宣伝効果は抜群。

ただ、二度、三度と繰り返すうちに、鯛のとろろ汁目当ての客が増えすぎて、日暮れ前に品切れになってしまうのには困った。

弥一郎は、いくら特別な料理があっても縁日の前後にこんなに客が来るとは思っていなかったらしく、それほどたくさん仕込まなかった。だが、初めて鯛《たい》のとろろ汁を出した日にあっという間に売り切れてしまったため、次のときには仕込みを倍に増やしたが、それでも売り切れた。

作ったら作っただけ、しかも早い時刻に売り切れてしまう鯛のとろろ汁に、客も店もてんやわんや。伊蔵に至っては、山芋が品薄になる夏が待ち遠しいと言い始める始末……それでも少なかった縁日前後の売上げが目に見えて伸びたことは嬉しい、湯治《とうじ》から帰った源太郎が驚く様子が早く見たい、とも言っていたから、伊蔵は伊蔵なりにやり甲斐を感じているのだろう。

ただ、熱々の飯がつくのは鯛のとろろ汁に限ってなのか、と客が言い出したのには困った。隣で熱々の飯を食べているのに、自分は冷や飯となったら文句を言いたくなる気持ちはわかるが、みんなに蒸し直した飯を出すわけにはいかない。

清五郎やとらが、鯛のとろろ汁は数に限りがあるからこそ、熱い飯を添えられるのだと説明して勘弁してもらったが、寒い日に食べる熱い飯は鯛のとろろ汁以上の贅沢なのかもしれない。

「板長さん、とろろ汁なんぞつけなくても、冬は熱々の飯だけで客が詰めかけてくるんじゃねえですか？」

「ふざけたことを言うんじゃねえ」

微かに顔をしかめつつ弥一郎が言う。鯛のとろろ汁よりも熱い飯のほうが評価が高そうなのが気に入らないのかと思いきや、山芋を取り出すときに桶の水が手に沁みたらしい。それもそのはず、桶の水には山芋の灰汁《あく》を抜くために酢が入れてある。

きよは一瞬、熱には強くても、酢水には勝てないのね、とおかしくなったが、弥一郎の手には細かい傷がたくさんついている。いくら手の皮が厚くても、傷があれば酢が沁みるのは当然だ。慌てて口元を引き締めたが、見とがめられてしまった。

「笑うな、おきよ。『千川』は料理茶屋だ。料理を売らなくてどうする。飯だけ売れば楽には違いねえが、そういうわけにはいかねえ。しっかり心得てくれ」

「はい……」

笑ったのはまったく別のわけだとも言えず、きよは素直に頷く。

その一方で、近頃折に触れて浮かぶ、もし自分の店を持てるとしたら……という考えがまた頭を過《よぎ》る。

――お菜は振売《ふりうり》から買うことができる。でも、ご飯を売ってくれる振売はいない。いるのかもしれないが、少なくとも私は知らない。お産のあとや病《やまい》のとき、ご飯を炊くのは大変。お菜と一緒にご飯も買えたら、ずいぶん助かるだろうに……

彦之助の弁当屋が繁盛している理由は、一切煮炊きすることなく飯が食えるという手軽さにあるのではないか。毎日のように振売《ふりうり》がお菜を売りに来たところで、飯がなければ話にならない。飯もお菜も揃っている弁当が人気になるのは当たり前だろう。

それでも、弁当を買いに行ったり注文しに行ったりもできない、振売を呼び止めることすらできない人はどうするのだろう。もっといえば、源太郎のように足腰を痛めた場合、動けなくても腹は減る。面倒を見てくれる人もおらず、空腹を抱えて寝ているだけなんて気の毒すぎるし、それでは治るものも治らない。

なにかの理由で食事に困っている人を助けたい。きよは、本来なら生まれてすぐに消えてしまうはずだった命を救われた。逢坂から江戸に来られたのも、女の身で料理の道に入れたのも、千にひとつ、万にひとつの幸運だろう。いろいろな人に助けてもらいながらここまできた。今があるのは周りのおかげだから、今度は自分が誰かの役に立ちたい。できれば料理を通じて——自分の中に、そんな思いがある気がしてならなかった。

どんな店を作れば、困っている人を助けられるのかはわからない。そもそも、料理人としてひとり立ちもできないのに、そんな考えを持つこと自体が畏《おそ》れ多い気もする。

それでも、心の中で緋色の暖簾《のれん》は揺れ続ける。『きよ』と名の入った暖簾を掲げるために、少しずつでもいいから進んでいこう。それで助かる人がひとりでもいれば、生きながらえた価値があるというものだ。

いつかきっと、という思いを新たに、きよは通路のへっついにかけてあったせいろの蓋を取る。一気に立ち上る湯気が、飯が温まっていることを教えてくれる。

「おきよ、その飯、大盛りにしてくれ。あの客は大食いだからな」

「はーい！」

弥一郎の指示に答える声に力がこもる。目標を持つことの大切さが、今更ながら身にしみる。道のりはまだまだ遠いけれど一歩、いや半歩ずつでも進み続ければ、いつかきっと辿り着く。小さくてもいいから日々の目標を掲げ、精進し続けよう。できないことや至らないところを嘆くばかりではなく、時には自分を褒めることも忘れてはならない。

れんは『おきよ姉さんは格好いい』と言ってくれた。意外すぎる言葉だったけれど、心底嬉しかった。れんにがっかりされないように、これからも頑張らなければ……

きよの胸の中には、いつの間にか消えることがなくなった緋色の暖簾が揺れている。

自分の店を持てる日が来たら、女や病人の助けになるような料理を出すのもいいかもしれない。滋養に富む料理を自分で拵《こしら》えなくても食べられるように……

ともあれ、今は目の前の目標、みんなと力を合わせて主《あるじ》の留守を預かることが大事、ときよは腹にぐっと力を入れた。

【参考文献】

『近世風俗志（守貞謾稿）1〜5』喜田川守貞　宇佐美英機・校訂　岩波書店
『本朝食鑑1〜5』人見必大　島田勇雄・訳注　平凡社
『三田村鳶魚　江戸生活事典』三田村鳶魚　稲垣史生・編　青蛙房
『楽しく読める江戸考証読本一、二』稲垣史生　新人物往来社
『江戸時代　武士の生活』進士慶幹・編　雄山閣出版
『武士と世間』山本博文　中央公論新社
『武士の家計簿　「加賀藩御算用者」の幕末維新』磯田道史　新潮社
『商人道「江戸しぐさ」の知恵袋』越川禮子　講談社
『幕末武士の京都グルメ日記　「伊庭八郎征西日記」を読む』山村竜也　幻冬舎
『居酒屋の誕生　江戸の呑みだおれ文化』飯野亮一　筑摩書房
『幕末単身赴任　下級武士の食日記　増補版』青木直己　筑摩書房
『お江戸の意外な生活事情　衣食住から商売・教育・遊びまで』中江克己　PHP研究所
『江戸の食卓　おいしすぎる雑学知識』歴史の謎を探る会・編　河出書房新社
『江戸っ子は何を食べていたか』大久保洋子・監修　青春出版社
『江戸めしのスヽメ』永山久夫　メディアファクトリー
『江戸の旬・旨い物尽し』白倉敬彦　学習研究社
『江戸のおかず帖　美味百二十選』島﨑とみ子　女子栄養大学出版部
『変わりご飯　江戸の料理書にみる変わりご飯・汁かけ飯・雑炊・粥』福田浩　島﨑とみ子　柴田書店
『江戸の食文化　和食の発展とその背景』原田信男　小学館

『日本人なら知っておきたい江戸の商い　朝から晩まで』歴史の謎を探る会・編　河出書房新社
『大江戸生活事情』石川英輔　講談社
『大江戸長屋ばなし　庶民たちの粋と情の日常生活』興津要　ＰＨＰ研究所
『大江戸商売ばなし』興津要　中央公論新社
『一日江戸人』杉浦日向子　新潮社
『大江戸美味草紙』杉浦日向子　新潮社
『江戸へようこそ』杉浦日向子　筑摩書房
『大江戸観光』杉浦日向子　筑摩書房
『絵でみる江戸の町とくらし図鑑』善養寺ススム　江戸人文研究会・編　廣済堂出版
『絵でみる江戸の町とくらし図鑑　商店と養生編』善養寺ススム　江戸人文研究会・編　廣済堂出版
『深川江戸資料館展示解説書』江東区深川江戸資料館
『本当はブラックな江戸時代』永井義男　朝日新聞出版
『古地図で楽しむ江戸・東京講座　切絵図・現代図 比較マップ』ユーキャン　こちずライブラリ・編集
『古地図で楽しむ江戸・東京講座　メインテキスト』ユーキャン　こちずライブラリ・編集
『江戸ごよみ十二ヶ月』高橋達郎　人文社編集部・企画編集　人文社
『時代小説用語辞典』歴史群像編集部・編者　学習研究社

※本作はフィクションであり、その性質上、脚色している部分があります。

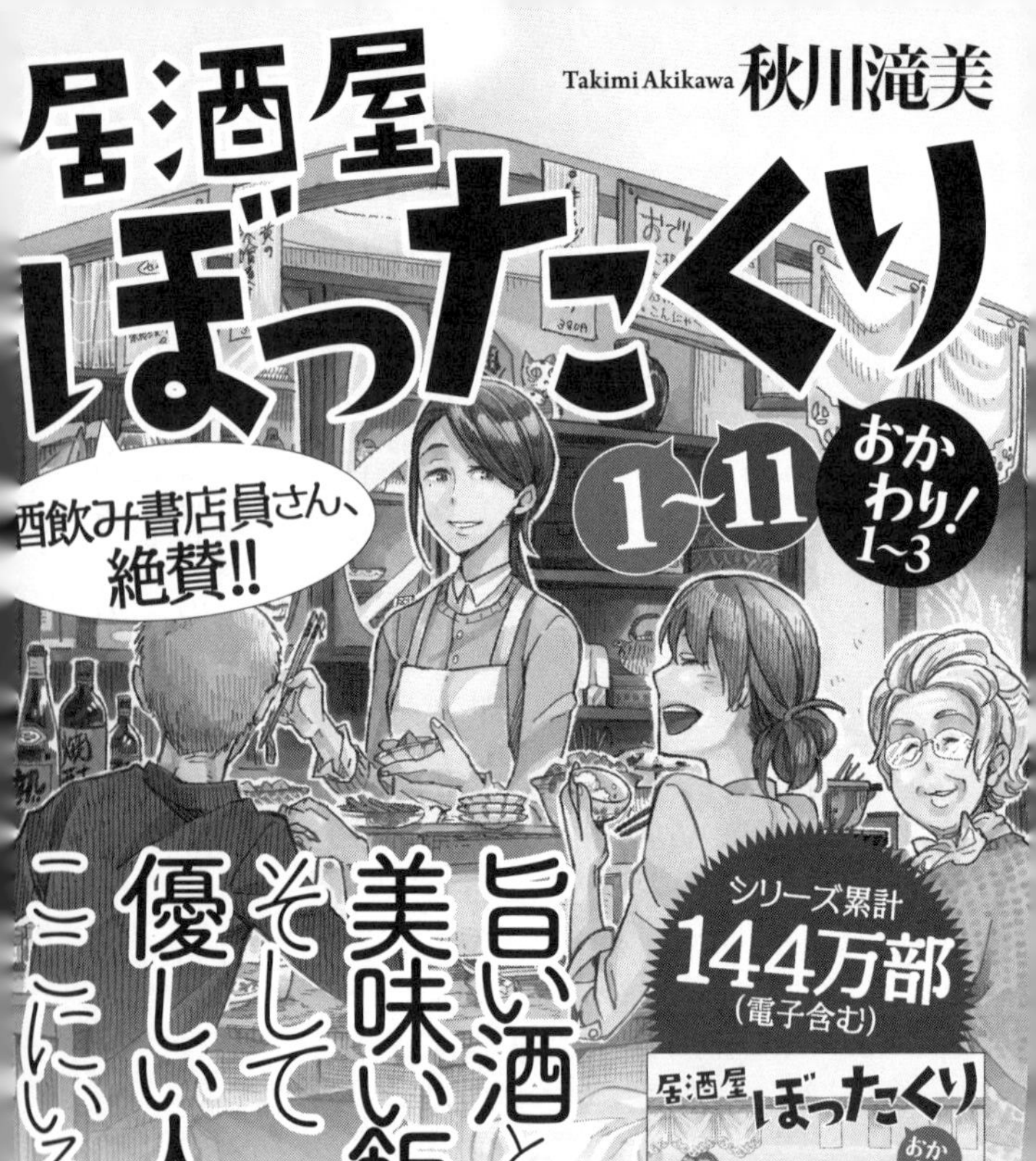

東京下町にひっそりとある、居酒屋「ぼったくり」。
名に似合わずお得なその店には、旨い酒と美味しい料理、そして今時珍しい義理人情がある――
旨いものと人々のふれあいを描いた短編連作小説、待望の文庫化!
全国の銘酒情報、簡単なつまみの作り方も満載!

Illustration:しわすだ

◉文庫判 ◉各定価:1~11巻・おかわり!1~2巻:737円(10%税込)、おかわり!3巻814円(10%税込)

人情あふれる居酒屋譚、大好評発売中

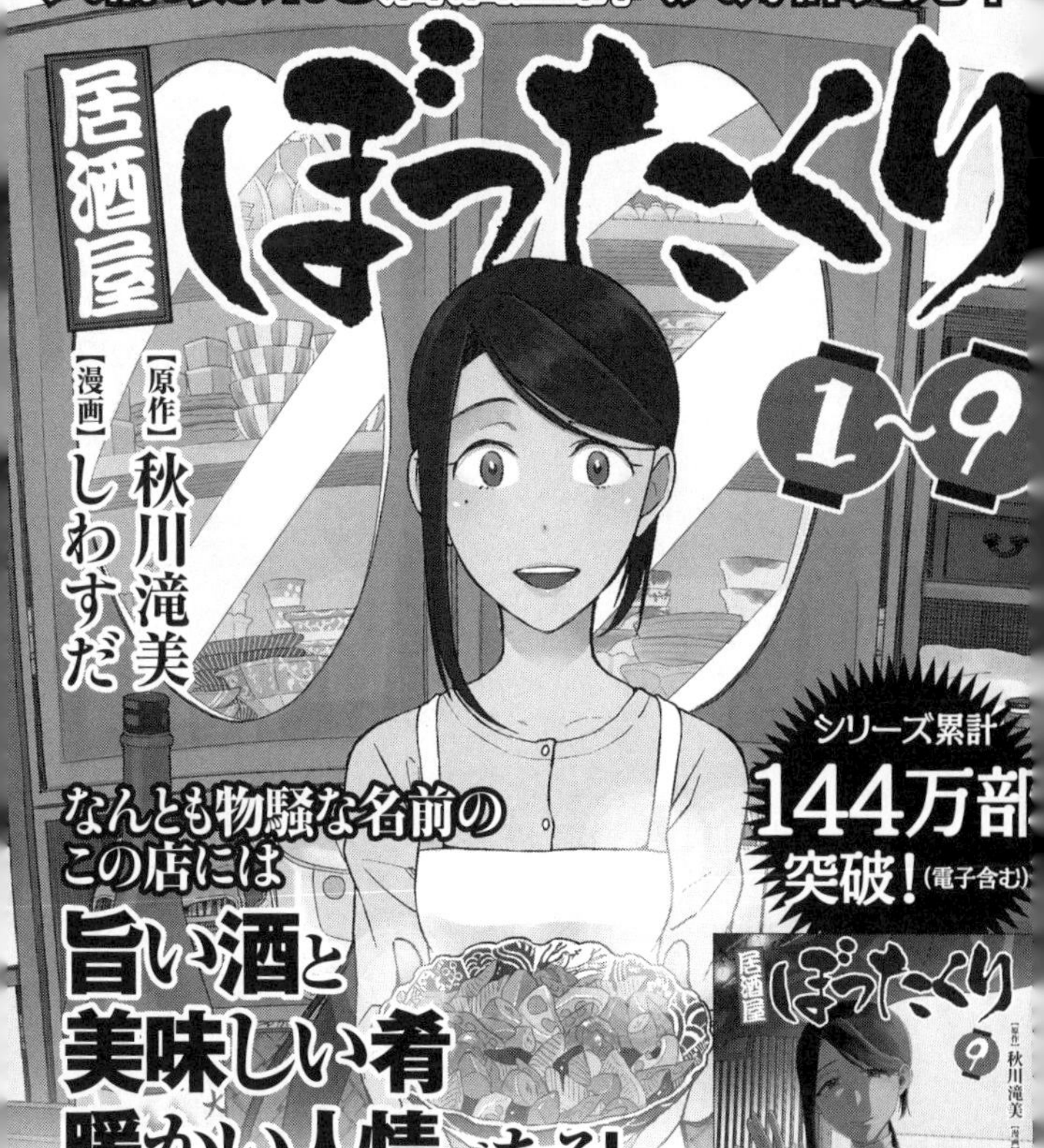

東京下町にひっそりとある、居酒屋「ぼったくり」。なんとも物騒な暖簾のかかるその店では、店を営む姉妹と客達の間で日々、旨い酒と美味しい料理、誰かの困り事が話題にのぼる。そして、悩みを抱えて暖簾をくぐった人は、美味しいものと義理人情に触れ、知らず知らずのうちに身も心も癒されてゆく——。

◉B6判 ◉各定価:748円（10%税込）

無料で読み放題
今すぐアクセス！
アルファポリスWebマンガ

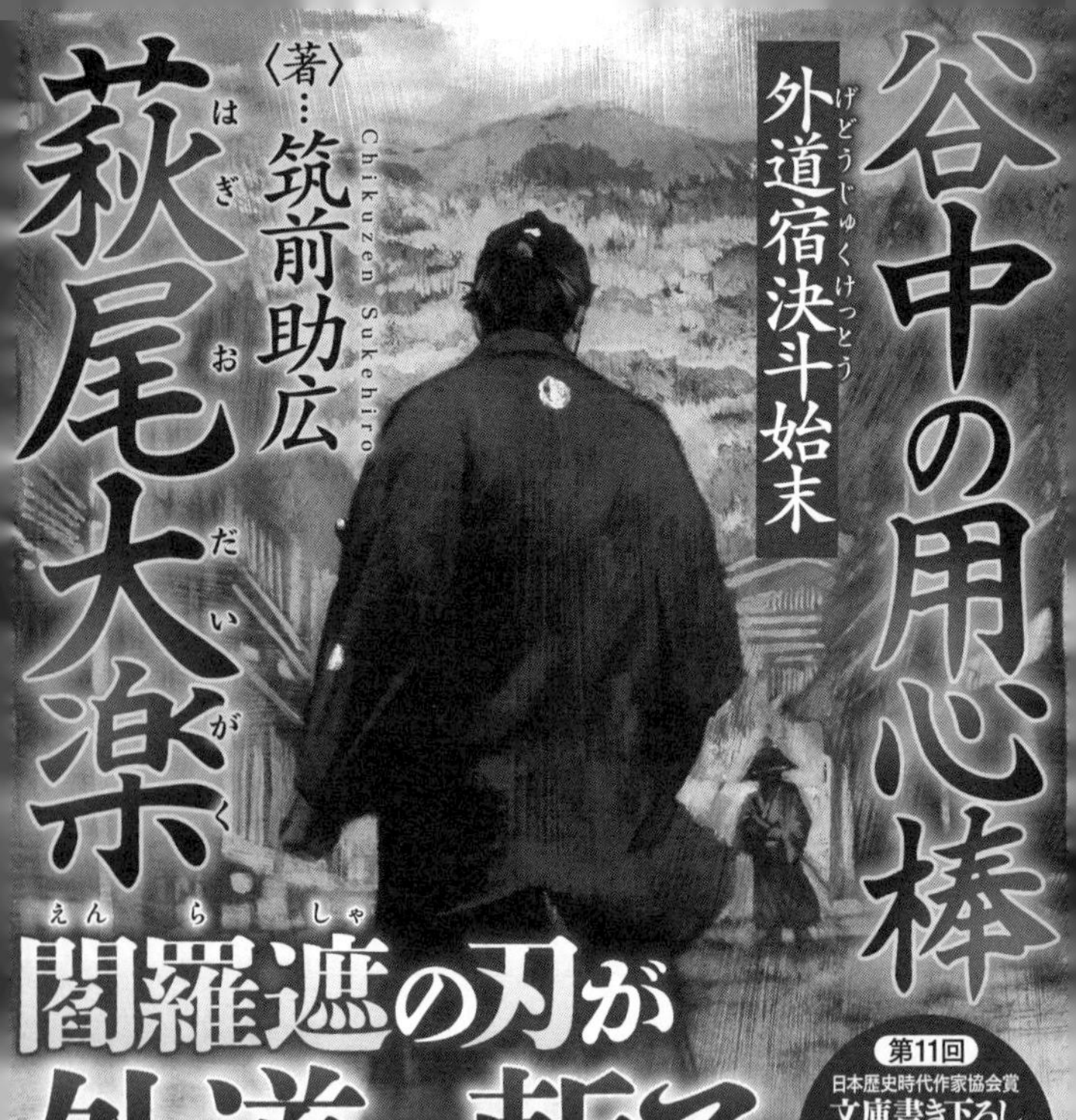

ご禁制品の抜け荷を行っていた組織・玄海党を潰した萩尾大楽は、故郷の斯摩藩姪浜で用心棒道場を開いていた。玄海党が潰れ平和になったかに見えた筑前の地だが、かの犯罪組織の後釜を狙う集団がいくつも現れたことで、治安が悪化していく。さらに大楽の命を狙い暗躍する者まで現れ、大楽は否応なしに危険な戦いへと身を投じることとなる——とある用心棒の生き様を描いた時代小説、第二弾!

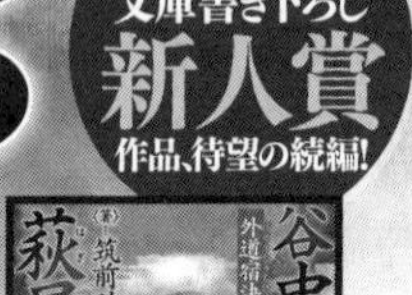

◎定価:770円(10%税込み)　◎978-4-434-33506-8　◎illustration:松山ゆう

くたびれた心に効くあったか人情飯

行方不明だった父と再会後も、心優しいヤクザの親分の料理屋で働き続けるお鈴《すず》。

美味い飯を食えば道が開くという父の教えを信じ、様々な事情の客へ料理を振舞っていたある日、店の仲間であり元殺し屋の弥七《やしち》と共に彼が過去に面倒を見ていた青年、喜平《きへい》と出会う。

人懐こい喜平の手伝いのおかげで繁盛し始めた店だったが、突然悪い噂が立ち、営業禁止の危機に――!?

ほっこり江戸飯物語、第三巻!

定価:737円(10%税込み)　ISBN:978-4-434-33327-9

イラスト:ゆ

不思議な長屋で繰り広げられる、
あやかし×人情の時代小説!

深川にある柳鼓長屋に住んでいるお七は怪異に滅法強く、「えいや」と塩を投げるだけであやかしを退散することができる。そんなお七についた渾名は『柳鼓の塩小町』。ある日、お七のもとに、長屋の住人で元忍びの鉄之助が番屋にしょっぴかれたという報せが入った。どうやら最近江戸を騒がせている盗賊団『しょうけら』の一味だと疑われたらしい。そして、その盗賊団には、なにやら厄介な怪異が絡んでいるようで——

◎定価：737円（10%税込み）　◎ISBN978-4-434-31366-0　◎Illustration：トミイマサコ

世に背を向けて生きてきた侍は、

今、友を救うため、無双の秘剣を抜き放つ！

北陸の小藩・御辻藩《みつじはん》の藩士、佐々木景久《ささきかげひさ》。人並外れた力を持つ彼は、自分が人に害をなすことを恐れるあまり、世に背を向けて生きていた。だが、あるとき竹馬の友、池尾彦三郎《いけのおひこさぶろう》が窮地に陥る。そのとき、景久は己の生きざまを捨て、友を救うべく立ち上がった――

◎定価：737円（10％税込み）　◎ISBN978-4-434-31005-8　◎Illustration：はぎのたえこ

この作品に対する皆様のご意見・ご感想をお待ちしております。

おハガキ・お手紙は以下の宛先にお送りください。

【宛先】

〒 150-6019 東京都渋谷区恵比寿 4-20-3 恵比寿ｶﾞｰﾃﾞﾝﾌﾟﾚｲｽﾀﾜｰ 19F
（株）アルファポリス　書籍感想係

メールフォームでのご意見・ご感想は右のＱＲコードから、
あるいは以下のワードで検索をかけてください。

アルファポリス　書籍の感想　検索

ご感想はこちらから

アルファポリス文庫

きよのお江戸《えど》料理《りょうり》日記《にっき》 5

秋川滝美（あきかわ たきみ）

2024年　4月 30日初版発行

編集－塙 綾子
編集長－倉持真理
発行者－梶本雄介
発行所－株式会社アルファポリス
〒150-6019 東京都渋谷区恵比寿4-20-3 恵比寿ｶﾞｰﾃﾞﾝﾌﾟﾚｲｽﾀﾜｰ19F
TEL 03-6277-1601（営業） 03-6277-1602（編集）
URL https://www.alphapolis.co.jp/
発売元－株式会社星雲社（共同出版社・流通責任出版社）
〒112-0005 東京都文京区水道1-3-30
TEL 03-3868-3275
装丁イラスト－丹地陽子
装丁デザイン－AFTERGLOW
印刷－中央精版印刷株式会社

価格はカバーに表示されてあります。

落丁乱丁の場合はアルファポリスまでご連絡ください。

送料は小社負担でお取り替えします。

©Takimi Akikawa 2024.Printed in Japan

ISBN978-4-434-33760-4　C0193